COLLECTION FOLIO

Marie Nimier

Les inséparables

Gallimard

Marie Nimier est née par un mois d'août torride à l'hôpital Saint-Antoine, Paris XIIe. Elle commence à quinze ans une carrière chaotique de comédienne et de chanteuse, participe aux créations théâtrales et musicales du « Palais des Merveilles », de « Pandemonium and the Dragonfly » (aux États-Unis) et des « Inconsolables ».

Elle a déjà publié douze romans traduits pour certains en Chine, aux Pays-Bas, en Allemagne, en Italie, au Japon, en Égypte, au Vietnam et aux États-Unis : *Sirène* en 1985 (couronné par l'Académie française et la Société des Gens de Lettres), *La girafe* en 1987, *Anatomie d'un chœur* en 1990, *L'hypnotisme à la portée de tous* en 1992, *La caresse* en 1994, *Celui qui court derrière l'oiseau* en 1996, *Domino* en 1998, *La nouvelle pornographie* en 2000, des textes pour le théâtre, des nouvelles, des livres pour enfants, dont *La Kangouroute* (Gallimard Jeunesse), *Les trois sœurs casseroles*, *Le monde de Nounouille* (Albin Michel Jeunesse), *Etna, la fille du volcan* (Paris-Musées) et des chansons pour Jean Guidoni, Juliette Gréco, Art Mengo, Clarika, Eddy Mitchell…

Dans *La Reine du silence*, récompensé par le prix Médicis, Marie Nimier ose s'attacher à la figure de son père, Roger Nimier, écrivain et chef de file des « hussards ». La plupart des textes réunis sous le titre *Vous dansez?* sont à l'origine du spectacle de la Compagnie du Beau Geste « À quoi tu penses? », chorégraphié par Dominique Boivin. Son dernier roman, *Les inséparables,* a paru en 2008.

À Lyb

I

Léa avait cet indéniable avantage sur moi : ses animaux, elle pouvait les prendre dans ses bras et ils lui tenaient chaud. Les miens étaient plus réservés. Ils s'étalaient sur les murs de ma chambre sous forme de papier glacé, avec la marque de la pliure et des trous d'agrafes. On pouvait les suspendre à l'envers, les tordre, les découper de sang-froid : rien ne coulait jamais, rien n'aboyait ni ne mordait, rien ne ronronnait. Parfois sautait une punaise, l'animal s'enroulait sur lui-même dans un soupir de feuille fanée, et c'était bien sa seule façon d'exprimer son amour.

Le bestiaire de Léa prit au fil des années des formes extraordinaires, et fut l'objet longtemps de toutes nos attentions. Nous étions liées par ces petits êtres de chair en qui nous trouvions, enfin, des compagnons à la hauteur. Quels que soient la longueur des poils ou des oreilles, le nombre des pattes ou les aliments que nous leur préparions, ils avaient en commun ce talent exclusif de réunir deux fillettes qui, en apparence, se ressemblaient si peu. Les autres pouvaient dire ce qu'ils voulaient, Léa et moi, c'était pour la vie. Un soir d'hiver, nous avions fait ce que nous ne pourrions plus faire aujourd'hui : entailler nos poignets et les coller l'un contre l'autre. Nos sangs s'étaient mélangés. Nous avions attendu que la maison soit endormie pour conclure notre pacte. Il y avait du bruit dans la rue, un homme qui criait, des rires, je ne sais plus. De sa main libre, Léa m'avait obligée à relever la tête. Des larmes coulaient sur mes joues. Elle m'avait suppliée d'arrêter. J'avais les yeux si clairs, disait-elle, qu'à force de pleurer, ils allaient disparaître.

J'ai pensé : toi, ce sont tes cheveux qui vont s'enflammer, mais je ne l'ai pas dit — c'était mon genre à moi, le genre à ne pas dire.

Plus tard, bien sûr, nous serions vétérinaires.

Depuis l'âge de cinq ans, nous partagions les mêmes maîtresses — Léa, au fond de la classe, non loin de la fenêtre, moi au plus près du bureau, et dans la cour, ensemble, toujours ensemble. Personne n'aurait parié un kopeck sur notre amitié, nous formions un couple dépareillé et, si nous étions si proches, c'était sans doute parce que nous habitions des rues parallèles, à deux pas du rond-point des Champs-Élysées. De ces adresses prestigieuses, nous ne tirions aucune gloire particulière, n'ayant pas la moindre conscience de ce que cela pouvait représenter à l'extérieur du quartier.

Chaque matin, nous empruntions le même souterrain. Il fallait descendre comme pour prendre le métro Franklin-Roosevelt, puis bifurquer à droite avant d'arriver aux guichets.

Ce passage sans nom ouvrait au centre de notre géographie une brèche singulière — lieu de toutes les frayeurs et des fous rires partagés. Une odeur de colle identifiait l'endroit plus certainement qu'aucune plaque émaillée, et c'était par là que nos mères, dans leur belle innocence, voulaient — non ne voulaient pas : exigeaient — que nous passions chaque jour. Nous avions interdiction formelle de traverser l'avenue à l'air libre, aussi pendant des années, chaque matin et chaque soir, il fallut descendre les marches, puis les remonter, et entre les deux surtout ignorer les avances du Talon-Minute, ignorer son sourire, et ce que découvrait son sourire, ses dents très blanches ponctuées de petits clous qu'il tenait dans la bouche lorsqu'il réparait les chaussures. Nous n'avions pas le droit de lui adresser la parole, pas le droit d'adresser la parole à quiconque en vérité sur le chemin de l'école et, en ce qui concernait le Talon-Minute, l'interdiction tombait à pic, car il n'y avait pas que ses clous qui me mettaient mal à l'aise, il y avait aussi ses clés, une multitude de clés pendues sur un tableau au fond de la guérite. Léa n'était pas plus rassurée que moi, et c'est bien autour de ça, dans ce terreau-là me semble-t-il aujourd'hui, que notre amitié prit racine : dans la peur et l'attraction de l'homme aux clés et aux clous — une peur apprivoisée par les histoires que nous inventions à son sujet, semaine après semaine, année après année.

La forme métallique sur laquelle il embrochait mocassins et bottines était source infinie d'inspiration. Avec cet objet étrange, on pouvait assommer, creuser, crever les yeux, défoncer la porte du placard de Barbe-Bleue, et sans doute encore bien d'autres choses que nous n'osions formuler.

Le tabouret devant sa boutique excitait aussi notre imagination, un de ces sièges hauts qui imitent la forme des fesses, où attendait parfois un client en chaussettes, le buste penché en avant pour ne pas empiéter sur l'étal du vendeur de billets de Loterie nationale, un vieux jeune homme très à cheval sur le respect des limites, lui-même mitoyen du marchand d'accessoires, lunettes de soleil ou parapluies selon la saison. Nous pouvions enfin ralentir le pas devant la vitrine où étaient exposés les souvenirs de Paris, puis décrypter à la sauvette les graffitis obscènes qui couvraient les volets de la dernière boutique du passage, boutique aveugle que nous avions toujours connue fermée, à l'enseigne du Bonheur des Hommes.

Après ce travelling hautement chargé en émotions viriles, il fallait remonter à la surface. Laisser sur notre droite le kiosque à journaux, tourner rue Marbeuf après la pizzeria, longer la papeterie de luxe, sa propriétaire très chic et très mince, ses stylos qui valaient plus d'un an de loyer, passer devant le cinéma sans perdre trop de temps à regarder les photos, contourner la boulangerie, penser au moment où nous sortirions de classe et où nous pourrions, cette fois, entrer dans la boulangerie pour acheter nos vingt centimes de bonbons quotidiens, notre salaire en somme, notre récompense, mais cette pensée était vite aspirée par le flot des élèves arrivant des rues adjacentes.

*

Quand la cloche sonnait nous nous mettions en rang. La directrice venait nous lire la morale du jour, morale qui se retrouverait écrite au tableau dans chaque classe entre deux paires de guillemets, comme s'il s'agissait d'une parole trop précieuse pour se livrer à nous sans écrin. Léa, avec un talent inouï, détournait ces phrases, elle me faisait rire, je mettais ma main devant ma bouche. J'étais sage, si sage. Pendant la récréation du matin, on nous donnait du lait froid chocolaté que nous buvions à la paille.

Ça nous paraissait très moderne de boire du lait à la paille, mais l'idée de distribuer du lait était déjà ancienne, nous le savions car le discours de Pierre Mendès France avait été retransmis à la radio la veille de la rentrée, un discours datant des années cinquante qui nous avait beaucoup impressionnées. D'une voix vibrante venant d'un autre siècle, Mendès France incitait les élèves à prendre de bonnes habitudes en consommant des jus de fruits, de l'eau ou du lait, plutôt que du cidre, de la bière ou du vin.

Nous nous sentions sincèrement privilégiées de participer à la lutte contre l'alcoolisme et, par la même occasion, comme l'avait expliqué le journaliste, d'aider les producteurs laitiers à écouler leurs excréments. Je ne voyais pas très bien le rapport, mais le mot « excédent » ne faisant pas encore partie de mon vocabulaire, je me débrouillais comme je le pouvais avec cette image. D'un côté le lait, sa blancheur, sa pureté, de l'autre le chocolat et puis, finalement, l'effort national récompensé par le bon fonctionnement du transit intestinal de sa jeunesse. Comme toujours quand quelque chose me dérangeait, je n'en parlais pas à Léa — elle avait trouvé le discours exaltant. Ce Mendès France était-il toujours vivant ? Nous aurions bien aimé lui écrire. Quel beau pays nous habitions qui distribuait gratuitement des boissons sucrées aux écoliers ! « Au bonheur des dentistes », voilà ce qu'il aurait fallu inscrire au fronton de notre petite école, juste en dessous de la devise républicaine.

Ainsi chaque jour, les bouteilles consignées arrivaient dans des casiers de bois que portait le concierge, seul élément mâle de l'établissement public. Léa souvent m'offrait sa part que je me forçais à boire jusqu'au bout pour n'avoir rien à lui refuser. Elle aurait pu le donner à une autre fille, mais non, c'était à moi qu'elle le donnait. Pierre Mendès France avait visé juste : le lait chocolaté avait sur mes intestins un effet mitigé. Il fallait attendre midi pour aller aux toilettes sous un auvent vétuste plaqué au fond de la cour. Il n'y avait pas de loquet, Léa me tenait la porte, une porte qui s'arrêtait aux genoux et se rabattait façon ranch, comme si, jusqu'au cœur de l'intimité, l'administration scolaire avait droit de regard. Ce qui entrait dans notre corps et ce qui en sortait participait de cette même emprise, et ce qui recouvrait nos corps aussi, puisqu'il nous était interdit, sauf dérogation exceptionnelle liée aux intempéries, de mettre des pantalons. Personne ne protestait, personne n'aurait eu l'idée même de protester, c'était comme ça, inscrit dans le règlement. Cette mesure ne concernait évidemment que les filles. Les garçons vivaient, de l'autre côté du mur, sous un régime nettement moins contraignant.

Était-ce pour cela qu'on nous gardait séparés ? Pour que soient préservés sans mot dire les privilèges exorbitants liés à la nature expansive de leur petit robinet ?

*

Les garçons allaient à l'école dans le bâtiment adjacent, même nom, porches jumeaux et marronniers centenaires dans la cour de récréation, comme si on avait replié la rue en son milieu avant qu'elle ne soit complètement sèche. La symétrie s'arrêtait là.

Cette image d'un monde plié en deux me suivrait longtemps. De chaque côté, les dessins étaient différents, mais partaient d'une tache commune. Notre corps de la même façon faisait semblant d'être symétrique, deux yeux, deux bras, deux poumons, mais ne contenait qu'un seul cœur. Les matins d'hiver, les filles regardaient le thermomètre avant de s'habiller. Sous zéro, elles avaient enfin le droit de sortir les pantalons. Au-dessus, il fallait se contenter de ces horribles collants qui tombaient à l'entrecuisse quand nous jouions à l'élastique, et qui grattaient, surtout au niveau du ventre. Nous avions beau nous plaindre, ça ne changeait rien. Ce que nous sentions n'avait guère d'importance, et si on nous écoutait parfois, les adultes savaient toujours mieux que nous ce qui était bon pour notre santé.

Et la laine, c'était bon pour la santé.

Parce que la laine, ça respirait.

Les démangeaisons ? Dans la tête, il suffisait de ne pas y penser. Ou alors nous courions trop, nous transpirions trop — Vous n'avez qu'à moins courir, moins transpirer.

Il ne servait à rien de s'opposer, les principes, c'était les principes. Et la laine faisait à cent pour cent partie des principes. Les bonnets de laine, les gants de laine, les écharpes de laine, les chandails de laine et les fameux *collants* de laine. Quand ça grattait trop, on allait les enlever dans les toilettes, pour ne les remettre qu'au moment de rentrer chez nous. J'aimais bien sentir mes pieds nus dans mes chaussures, et l'air froid qui caressait l'intérieur de mes cuisses. J'aimais avoir froid, là.

Jamais nous ne nous fîmes prendre. Satisfaire les adultes était un jeu d'enfant, nous l'avions compris très jeunes. Ils se contentaient de pas grand-chose, et il était dans notre intérêt de respecter les lois sur lesquelles se cristallisait leur autorité. Après, sur le reste, on nous laissait tranquilles. Il suffisait de ne pas mettre les coudes sur la table, de rapporter des notes au-dessus de la moyenne, de sourire, de parler un peu, mais pas trop, de ne pas leur casser la tête avec nos bavardages, de tomber parfois malades pour leur donner le sentiment de leur utilité, mais pas trop souvent non plus, pour ne pas les déranger dans leur travail. Avoir une meilleure amie était un atout de taille. Il ne nous serait pas venu à l'esprit de hausser les épaules ou de lever les yeux au ciel devant la mère d'une copine, comme il ne venait pas à l'idée des parents de contester les règlements de l'école, cette interdiction vestimentaire qui signait en apparence la différence essentielle entre les deux cours de récréation, celle des filles et celle des garçons. La différence profonde était à chercher ailleurs.

Ailleurs, mais pas si loin. De part et d'autre d'un mur mitoyen.

Je ne sais d'où nous tenions ça, ni si nous partagions ce sentiment avec d'autres élèves, mais nous étions très conscientes de la supériorité des filles sur les garçons. Il n'y avait pas à en parler : c'était évident.

Malgré sa réputation de cow-boy, Léa portait la jupe avec élégance et, après ses cheveux, c'étaient ses jambes qui me fascinaient le plus. Elle savait se baisser sans montrer sa culotte et s'asseoir légèrement de biais, comme ces femmes qui attendent chez le médecin en feuilletant des magazines. La comparaison s'arrêtait là. Côté coiffure, Léa perdait toute crédibilité bourgeoise. Ses cheveux flamboyants résistaient à ses efforts de domestication. Elle se bricolait une espèce de chignon sans projet, retenu par des baguettes qu'elle replantait souvent. Des baguettes chinoises, disait-elle, rapportées de Corée par son beau-père, cet homme avec un accent qu'elle appelait Papa, et que sa mère, Clara Mancini, appelait par son nom de famille, Palmer, John Palmer, bien qu'elle couchât selon toute probabilité dans le même lit que lui, puisqu'il n'y avait pas d'autre lit chez Léa, ni dans la chambre ni dans le salon, pas le moindre canapé convertible.

Tout ça était assez mystérieux.

John Palmer était né à Saint Louis, dans le Missouri, comme Joséphine Baker, disait-il en sifflotant un air que nous ne connaissions pas. Il était *américain* — mon père à moi était *décédé*, ça nous faisait à toutes les deux un petit air penché, un truc à mettre en italique.

Mes cheveux n'avaient pas la vigueur de ceux de Léa, mais ils étaient très longs. Ils pendaient autour de mon visage, comme ces rideaux que l'on accroche de chaque côté des portes cochères d'un immeuble pour signaler la mort d'un de ses habitants. Je n'avais jamais vu ça dans un autre quartier, et longtemps j'ai cru qu'il s'agissait d'un rituel exclusivement réservé aux autochtones du huitième arrondissement. Deux barrettes pailletées en guise d'embrasses, de celles que l'on trouvait par six dans le passage sous les Champs-Élysées, ou un bandeau rouge élastique, selon les jours, venaient illuminer ma panoplie d'écolière.

J'étais une élève souriante et bien tenue, sans exagération.

Le chignon de Léa lui valut quelques remarques désobligeantes de la part de nos maîtresses successives mais, quand elle le défaisait, ce qui se passait avec ses cheveux ne ressemblait tellement à rien que personne n'insistait vraiment. Les baguettes furent remplacées un jour par des crayons, John Palmer ayant protesté contre cet usage détourné d'objets auxquels il tenait soudain comme à la prunelle de ses yeux.

C'était un souvenir de guerre, protestait-il, pas un ustensile de coiffure !

John Palmer avait été envoyé en Corée en tant qu'infirmier. S'il tenait tant à ces baguettes, pourquoi n'avait-il pas réagi plus tôt ?

Ce n'est que bien plus tard que Léa adopterait cette longue tresse qui doublerait sa colonne vertébrale, comme si pour se tenir droite, à partir d'un certain âge, il lui avait fallu un autre tuteur que son beau-père, un autre fil à plomb.

*

Je n'arrive plus à me souvenir de la couleur de nos blouses. La seule photo de classe que j'ai retrouvée de cette époque est en noir et blanc. Peut-être, dans un élan de liberté magnanime, la directrice n'avait-elle pas imposé ses préférences, et ce n'est que plus tard, au lycée (ainsi appelait-on alors l'établissement qui abritait toutes les classes de la sixième à la terminale), qu'il faudrait jongler entre le rose et le beige selon les semaines.

Le beige, c'était aussi la couleur de ces toiles tendues entre deux X en bois qui servaient de lits pliants à l'école. J'ai toujours pensé qu'il s'agissait de brancards de l'armée, mais non, pourquoi des brancards, d'où me venait cette idée ? La guerre n'était pas loin, ni dans l'espace ni dans les esprits, John Palmer en parlait souvent. Lorsque nous revenions de la cantine, j'aidais la maîtresse à installer les lits, repoussant ainsi le plus longtemps possible le moment de m'y allonger. J'avais peur qu'il ne cède sous mon poids. Je restais éveillée sans bouger, attentive au moindre grincement des montants. Je respirais très lentement, je me souviens de ça : en respirant d'avoir pris conscience que le corps se chargeait et se déchargeait d'air, ne s'arrêtait jamais de se remplir et de se vider, et d'en avoir éprouvé un sentiment de bien-être. Toutes ces choses qui entraient et qui sortaient du corps, sans que personne n'en parle jamais…

Il me semble bien qu'un jour une des toiles avait effectivement lâché, et qu'une élève s'était fêlé cette vertèbre flottante dont nous prononcions le nom avec circonspection, comme s'il s'agissait d'un terme vulgaire, de ces sons qui n'étaient pas beaux dans la bouche des enfants. *Coccyx*, et plus tard *aisselles*, *scrotum* ou *pelvis* désignaient des zones floues de notre anatomie. Je n'ai aucun souvenir de Léa pendant le temps du repos, pourtant il me semble bien qu'elle mangeait à la cantine. Peut-être pas. Et peut-être, sûrement même, qu'à l'époque où nous faisions encore la sieste, une jeune fille nous accompagnait à l'école. Dans mon souvenir, nous arrivions seules. Sans doute nous laissait-on au coin de l'impasse, puisque, malgré son appellation, la rue Robert-Estienne n'était pas une rue, mais une impasse.

La rue Robert-Estienne, une impasse ? Ces grandes personnes qui décidaient de tout n'étaient pas aussi fiables qu'elles le prétendaient. Si elles se permettaient de laisser le mot *rue* à l'entrée d'une *impasse*, quel crédit leur accorder en ce qui concernait des affaires plus sérieuses ? Le monde animal, nous semblait-il, échappait à ce genre d'approximation. Pour un chat, disait Léa, qui avait le sens des formules, un chat est un chat. Quand il a faim, il mange. Quand il a besoin d'affection, il vient chercher des caresses. C'est simple. C'est comme ça.

Léa avait raison. Il me suffisait de monter ses quatre étages, avenue Franklin-Roosevelt, pour en avoir la preuve. Il me suffisait de frapper trois petits coups et de m'installer sur le tapis de sa chambre pour qu'un être poilu s'allonge sur mon ventre, me renifle le cou, ou lèche la peau salée de mon bras.

Léa eut un siamois gris perle qui se prit de passion pour le lobe de mon oreille gauche. Il ne tétait jamais le droit, toujours le gauche. L'oreille droite devait sentir autrement, comme la main droite écrivait autrement que la main gauche. De là à dire qu'elle entendait autrement, voilà qui nous intriguait — et ainsi s'était ouvert à nous, grâce au siamois gris perle, un nouveau territoire à explorer.

Une de nos expériences auditives préférées consistait à nous boucher alternativement l'une et l'autre oreille en rabattant le lobe vers le tympan. Cela créait une musique étrange, les mots à la longue se transformant en notes qui n'avaient plus grand-chose à voir avec ce qu'ils désignaient. On parvenait à une impression similaire en répétant la même phrase en boucle, jusqu'à la dépouiller de toute signification. Aucun proverbe n'échappait à la règle. Ainsi, pendant quelques mois, nous déshabillâmes nos phrases comme on désarticulait nos poupées, pour découvrir ce qu'il y avait dedans — et dedans, au fond, il n'y avait rien. Il n'y avait rien et c'était vertigineux car, pour dire qu'il n'y avait rien, nous étions obligées de passer par ce même langage qui ne disait rien, et ainsi de suite, comme sur les boîtes de Vache qui rit, la vache portant des boucles d'oreilles représentant la boîte sur laquelle souriaient de nouvelles vaches. Et Léa n'aimait pas les vaches, elle les trouvait stupides.

En matière d'animaux, c'était notre seul différend.

*

Cette histoire de rue et d'impasse occupa longtemps mon esprit — l'idée que les mots ne recouvraient pas forcément les choses qu'ils désignaient, même sous leur forme la plus stable (la forme écrite) et dans un espace aussi policé que le quartier des Champs-Élysées. J'étais d'autant plus troublée par cette confusion que la maîtresse, interrogée à ce sujet, répondit à mes doutes par une pirouette qui fit rire toute la classe. Si j'en ai oublié la teneur exacte, je n'ai pas oublié la réaction des autres filles. Nous en reparlerons souvent avec Léa, au lycée, et plus tard encore, avec la même véhémence. On nous annonce que c'est une rue, quelque chose qui traverse, qui continue, et c'est une impasse en vérité, quelque chose qui s'interrompt brutalement. Une impasse, la vie, quelque chose qui finit. Pourquoi voulait-on nous faire croire le contraire ?

Je savais déjà à l'époque que les pères n'étaient pas immortels, et nos animaux, nous en avions fait l'expérience avec un cochon d'Inde, une tortue aquatique et quelques poissons rouges, vivaient beaucoup plus vite que nous et mouraient en conséquence — mais l'amitié, que dire de l'amitié, et de la nôtre en particulier ? Fallait-il qu'elle se termine ? Était-ce inscrit au tableau ?

Autour de nous, les liens se nouaient et se dénouaient pour des raisons futiles, ou sans raison du tout. C'était comme ça. D'une semaine à l'autre, les meilleures copines se tournaient le dos.

Échapperions-nous à la règle ?

Nous répondions que oui, haut et fort, mais au fond, cette histoire d'impasse aidant, j'étais tentée de penser le contraire. Et c'était triste, si triste, ce doute qui s'installait déjà.

Le jour de ses sept ans, Léa reçut un fennec. John Palmer lui avait promis un épagneul breton assorti à ses cheveux, mais il y avait du retour d'Algérie dans l'air, et le chien roux dont nous rêvions se métamorphosa en renard des sables.

Les petits rats, avait clamé John Palmer en désignant le panier qu'il avait rapporté de l'American Legion, je vous présente Rommel !

Depuis quelques mois, John Palmer nous appelait ses petits rats, avec son accent américain à couper au couteau, *mes petits wra'ts*, il fallait prendre ces mots pour une marque d'affection. Nous avions soulevé doucement le couvercle. Une boule de poils très doux dormait dans un coin. Une boule légère, pas plus grosse que les deux poings d'un homme.

John Palmer poursuivit les présentations.

Les petits wra'ts, Rommel.

Rommel, les petits wra'ts.

Nous n'avions pas eu notre mot à dire sur la question du nom, et le fennec, réveillé par les éclats de voix, bondit avec élégance hors du panier pour aller se cacher sous le lit de Léa.

Rommel s'imposa dès son installation comme le chef incontesté de la meute. Un serpent, arrivé par je ne sais quel chemin dans la baignoire de l'avenue Franklin-Roosevelt, ne réussit même pas à l'intimider. On plaça la cage des hamsters hors d'accès, le chat siamois dans la chambre des parents, enfin tout se mit à tourner autour du fennec, et de son irrésistible petit museau.

*

Le serpent, avant d'être relégué au rang des accessoires, avait eu son heure de fierté. Un jour, Léa m'avait proposé de l'emmener avec nous au square des Champs-Élysées pour faire peur aux petits. Cette perpective ne m'enchantait pas vraiment, mais Léa avait insisté, et j'avais accepté de l'accompagner si elle me promettait de garder l'animal sous son manteau, et non autour de son cou comme elle avait l'habitude de le porter dans l'appartement.

Nous nous assîmes tranquillement près du bac à sable. Quand un petit garçon s'approcha de nous, Léa laissa passer la tête du serpent entre deux boutons. Il avait une gueule très effrayante, rouge à l'intérieur, avec un dard très long. Le marmot poussa un cri et, abandonnant son seau, courut vers sa nourrice. Un index accusateur pointa dans notre direction. Je voulus partir, mais Léa m'en empêcha d'une main ferme posée sur mon épaule. La nourrice nous regardait d'un air réprobateur, elle allait se lever pour venir nous parler quand Léa lui décocha son plus beau sourire. La femme prise d'un doute se pencha vers l'enfant et lui dit quelque chose qui le fit pleurer, et plus il pleurait, plus nous avions envie de rire, pas d'un rire nerveux, non, d'un rire gai et léger.

Très tranquillement, Léa ramassa le seau et la pelle qui traînaient à nos pieds et les rapporta à la nourrice. Le garçon toujours hoquetant fut prié de nous remercier et, comme il ne le faisait pas, et qu'il laissait couler la morve de son nez — tu pourrais au moins te moucher —, il prit une taloche. Léa se retourna très vite vers moi pour cacher son hilarité.

D'où nous venait cet élan de cruauté, de quoi fallait-il que nous nous vengions ? Question sadisme, il n'y a pas de génération spontanée, et même si je peux avouer aujourd'hui qu'il s'agissait d'un serpent en plastique et que sa langue était actionnée par un ingénieux système de tirette, la peur était bien là dans les yeux de l'enfant, et la peur de l'enfant nous faisait rire.

Il est des petites hontes que l'on traîne toute sa vie.

*

À l'arrivée de Rommel, le serpent retourna dans le bric-à-brac. J'apprendrais plus tard qu'il venait lui aussi de l'American Legion, comme le boomerang, le beurre de cacahouète (« pinutbateur ») et les marshmallows (« marchmaloses »), denrées alors inconnues des épiciers de l'Hexagone, ainsi qu'un nombre important d'hommes très grands en taille ou en réputation. Certains étaient des héros de la guerre du Vietnam. L'un d'eux n'avait presque plus de jambes. Il s'appelait Lester Young.

John Palmer nous avait montré son nom sur un disque de jazz, associé à celui de Billie Holiday, mais nous avions vite compris qu'il s'agissait d'une blague. Palmer ne savait pas mentir, il en faisait toujours trop. Le Lester du vinyle jouait du saxophone — celui de l'American Legion aurait préféré être musicien que d'aller sur le front. Il avait prononcé ces mots à voix basse, ce n'était pas le genre de sentiment en vogue rue Pierre-Charron. Léa lui avait pris la main. Elle aimait beaucoup Lester. Aurait-il eu ses jambes, elle l'aurait sans doute aimé un peu moins. Comme la rue Robert-Estienne, son corps se terminait en cul-de-sac. Son pantalon était replié au niveau des cuisses, très proprement. Une ceinture l'empêchait de tomber de sa chaise roulante, un truc piqué dans un avion sans doute, ça faisait un joli bruit quand il la bouclait

Cul-de-sac, cul-de-jatte, Léa détestait ces expressions, elle trouvait qu'elles ne correspondaient en rien au visage de Lester, à son charme et à la grande douceur de son regard. Il était né en Caroline du Sud, sa peau était très noire et les muscles de ses bras impressionnants.

Peut-être ne buvait-il pas plus de whisky que John Palmer mais, avec tout ce corps qui lui manquait, il tenait beaucoup moins bien l'alcool que lui.

Il a encore fallu reconduire Lester Young jusqu'à son lit, disait Léa quand elle arrivait en retard chez moi pour recopier ses devoirs, il en tenait une sérieuse.

En tenir une sérieuse. Tenir tête. Tenir l'alcool ou ne pas tenir l'alcool, boire un coup et tenir le coup. Pierre Mendès France aurait beau distribuer du lait chocolaté, il en fallait de l'énergie pour vivre sans ses jambes — nous comprenions ça, Léa et moi, nous comprenions pourquoi, soir après soir, Lester en tenait de sérieuses. Rommel, lui aussi, venait d'un pays où il y avait eu la guerre. Nous lui inventions une enfance très malheureuse : sa mère avait sauté sur une mine, son père avait été enlevé et torturé et peut-être même tué par les services secrets comme ce Ben Barka dont on parlait dans les journaux. Pauvre Rommel, il avait dû beaucoup souffrir. Il se rattrapait maintenant. Nous aimions son ventre blanc et ses longues moustaches. Nous aimions par-dessus tout ses oreilles immenses, disposées de chaque côté de son crâne comme les deux doigts en V du signe Peace and Love.

*

La guerre, on n'en voulait pas, et ce fut le message de nos premiers graffitis sur les volets du Bonheur des Hommes, au feutre rouge, un gros marqueur volé chez Prisunic. *Make love, not war* : en anglais, ça sonnait encore mieux, sur les tracts maison collés à la salive, *Make love, not war*, et aussi *Pompidou, des sous*. Le général de Gaulle était encore au pouvoir, question discours, il se débrouillait aussi bien que Mendès France, mais pouvait-on compter sur lui ?

Heureusement, il y avait des valeurs sûres : les chiffres, les nombres, les mensurations. Les oreilles de Rommel, par exemple, faisaient seize centimètres, c'est-à-dire plus d'un tiers de sa longueur (quarante centimètres), sans la queue (vingt-sept centimètres). Transposé à l'échelle humaine, disait John Palmer qui aimait bien les règles de trois, c'était comme si ses oreilles à lui mesuraient soixante-trois centimètres et sa queue un mètre vingt.

Il nous charriait souvent à ce sujet.

On va lui faire une coupe au bol, qu'est-ce que vous en pensez les petits wra'ts, Rommel sera beaucoup plus joli avec des oreilles courtes. Il faisait claquer ses ciseaux, les ouvrant et les fermant comme pour détourer une forme dans l'espace. Rommel allait se cacher sous le lit. Bien que ce fût John Palmer qui le nourrissait chaque nuit, il ne le laissait jamais s'approcher. Avec nous, il était en confiance. Il nous regardait en plissant les yeux et jamais, lorsque nous le portions, il ne chercha à nous mordre. Il avait des dents redoutables, coupantes et pointues. Quand il était en colère, sa queue doublait de volume. Il émettait des cris terribles, une sorte d'aboiement bref et glaçant qui s'en allait decrescendo pour se répéter par vagues, comme les coyotes peut-être, enfin ce que nous imaginions du cri des coyotes. Qu'un son si puissant puisse sortir d'une bestiole qui pesait à peine deux kilos nous fascinait.

Et nous inquiétait aussi.

C'était un drôle d'animal. Il ne buvait pratiquement jamais. Il préférait récupérer l'eau sur la paillasse de l'évier ou sur les vitres, l'hiver, que prendre celle mise à sa disposition dans un bol jaune acheté exprès pour lui. Il n'était pas difficile, non, il était différent. Il mangeait de tout — omnivore, avait demandé John Palmer à Lester Young, ça veut bien dire tout, c'est-à-dire, tout, vraiment tout ?

Et en effet, Rommel était omnivore, mais plutôt que tout, il mangeait n'importe quoi. Des carottes, de la pizza, des dattes ou du saucisson. Il chassait aussi les souris et les cafards dont l'immeuble était infesté. L'appartement de Léa, comme celui de ma mère, était ce qu'on appelait une « loi de 48 » — en clair, son loyer était très faible et, tant qu'on le payait, il était presque impossible de nous mettre dehors. Ces logements qui ne rapportaient pas grand-chose à leurs propriétaires étaient quasiment laissés à l'abandon. Ainsi, à deux cents mètres des Champs-Élysées, trouvait-on encore beaucoup d'immeubles insalubres. Chez Léa même, depuis un hiver particulièrement rigoureux, les canalisations d'évacuation des eaux usées ayant cédé sous la pression du gel, la salle de bains avait été décrétée hors service, et transformée en grenier où s'accumulaient une foule d'objets récupérés dans la rue. John Palmer refusait d'en informer le propriétaire de peur d'être éjecté, ce qui aurait été bien normal d'après lui, car quel couillon accepterait de mettre en location cent dix mètres carrés avenue Franklin-Roosevelt au prix d'une place de parking ?

Pour pallier tant bien que mal les problèmes d'évacuation des eaux usées, il avait installé un tuyau qui, sortant par le coin de la fenêtre de la cuisine, allait directement dans la gouttière de l'immeuble, et permettait au moins de se servir de l'évier. On faisait sa toilette au gant, debout dans un baquet d'eau fumante, comme dans le village natal de Clara Mancini. L'évacuation des toilettes, heureusement, empruntait un autre conduit — mais les toilettes étaient situées à l'opposé de l'appartement, et il fallait passer par la chambre conjugale pour y aller, ce que pour rien au monde nous n'aurions fait. Dans la chambre de Léa, il y avait donc, en cas d'urgence nocturne, un pot — une tinette comme disait John Palmer.

Où avait-il été chercher ce mot ?

Nous étions des privilégiées — le privilège, en l'occurrence, étant de vivre sous le coup de la loi de 48. Nous étions assez fières de nos appartements : ils étaient très grands, on arnaquait les propriétaires et nous pouvions aller à pied à l'école, à deux pas de ce qui était considéré comme la plus belle avenue du monde. Et pour nous elle l'était sans aucun doute, surtout lorsque à Noël, de la place de la Concorde à l'Arc de triomphe, s'illuminaient les platanes et les marronniers.

Chez les filles à gouvernantes, ce n'était pas du tout la même ambiance. Et chez les filles à *nannies*, catégorie supérieure encore, n'en parlons même pas. L'appartement de Sophie Retz, par exemple, nous impressionnait beaucoup parce que chaque chambre avait sa salle de bains, et chaque salle de bains son bidet et ses serviettes qui semblaient toujours sortir du magasin. Pourtant, comme ça, en apparence, Sophie Retz n'était pas très différente de nous, à part évidemment les cheveux, et l'état de ses chaussures.

Les cheveux des filles riches étaient d'une qualité supérieure. Ils ne frisottaient jamais quand il pleuvait. Ils étaient guindés, comme habillés d'une matière qui leur donnait ce bel aspect lisse et soyeux, mais à l'intérieur, sous la chevelure, les mêmes questions nous habitaient, et parfois d'autres questions encore qui nous intéressaient particulièrement. Léa me reparlerait souvent de cette visite chez Sophie Retz où, profitant d'un instant d'intimité, elle nous avait confié ses peines de cœur. Son petit ami ne lui avait pas fait signe depuis plusieurs semaines.

Son petit ami ? Nous devions avoir neuf ans, et elle dix, tout au plus. Ce genre de malheur n'était pas encore parvenu jusqu'à nous. Nos derniers fiancés dataient de la maternelle, après, nous nous étions complètement désintéressées de la chose.

Je me souviens d'un garçon plutôt gros qui m'avait embrassée sur la bouche en colo, à la sortie du car, est-ce qu'on pouvait appeler ça un petit ami ? Il m'avait saisie par le cou et tirée à lui avec une force inouïe. Léa aussi avait vécu une aventure similaire en Italie, dans le village de sa mère. Un voisin lui avait fait pipi dessus, ça ne lui avait pas vraiment plu. Un autre, toujours à la colo mais l'année suivante, m'avait montré sa bistouquette, il voulait que je touche, j'avais touché pour voir, sans regarder, et puis voilà, on n'allait pas en faire toute une histoire.

Voir sans regarder était une des clés de la bonne éducation telle que nous la percevions, comme voler sans se faire prendre ou s'amuser sans faire de bruit pour ne pas déranger.

Quand Sophie Retz nous raconta ses malheurs, nous n'avons pas su comment la consoler. Nous n'avions pas encore le vocabulaire pour ça. On ne se demandait jamais si on était heureuses, Léa et moi, c'était une question qui ne se posait pas. Je crois que de l'extérieur oui, nous étions heureuses.

Pas mal de filles du quartier étaient visiblement beaucoup plus fortunées, mais aussi beaucoup moins libres que nous. Pour rien au monde nous n'aurions voulu être accompagnées à l'école par ces femmes rigides qui faisaient tout un plat d'une tache sur un col. Et puis les bidets, ça nous impressionnait aussi. Fallait-il vraiment se mettre à cheval chaque jour sur cet objet étrange ? Nous étions très pudiques à l'époque, et l'idée de laver directement cet endroit, séparément du reste, nous paraissait le comble de la vulgarité.

*

C'était une grande affaire, la propreté. La propreté et la tenue. Il fallait se tenir, encore ce verbe, *tenir*, avoir de qui tenir, savoir se tenir, ne pas respirer trop fort, oui, retenir sa respiration de peur que la toile du lit pliant ne craque, et tenir son langage surtout, mais tenir avec quoi ? Était-ce la tête qui tenait les organes, et les organes qui tenaient les émotions et la langue tournée sept fois dans la bouche qui retenait les mots pour qu'ils sortent bien lisses, comme des petits bouts de verre polis par la mer ? Était-ce une instance extérieure qui décidait de tout cela, dictait ses règles, imposait ses lois ? Ces gouvernantes qui gouvernaient, comme leur nom le suggérait, ou les parents, cachés derrière, qui tiraient les ficelles ?

Chez nous, au moins, on nous fichait la paix. Les adultes avaient déjà bien trop à faire.

De l'American Legion, je ne savais que ce que Léa m'en racontait. L'Association des vétérans, créée après la Première Guerre mondiale, occupait tout un immeuble de la rue Pierre-Charron. Je voyais ça comme une espèce de casino aux lumières tamisées où l'on pouvait boire, jouer et faire de bonnes affaires sous le manteau en achetant des produits destinés aux bases militaires américaines. Il devait y avoir des bureaux, dans les étages, et peut-être des chambres ou des appartements pour les visiteurs de marque. Léa y allait avec son beau-père. Je ne fus jamais invitée. Il venait la chercher sur sa Triumph Bonneville au coin de la rue Marbeuf. Elle s'asseyait à califourchon derrière lui en serrant bien sa jupe sous ses cuisses. Ses bras étaient trop courts pour faire le tour de John Palmer. Elle qui me dépassait d'une demi-tête semblait soudain rétrécir, et c'était une Léa miniature que je voyais s'éloigner avec un petit pincement au cœur. Pas de la jalousie, non, juste une envie très forte de disparaître aussi. Là-bas, Léa jouerait aux machines à sous pendant que John Palmer boirait son whisky en parlant une langue qu'elle ne comprenait pas. Le lendemain elle me dirait qu'un journaliste de *Paris Match* l'avait prise en photo à côté de Lester Young, ou qu'elle avait vu Maurice Chevalier.

Qui était Maurice Chevalier ? Je n'en avais aucune idée, mais son nom de famille, associé à la Triumph Bonneville, sonnait comme la promesse de grandes aventures. Son prénom faisait moins rêver, Maurice, mais bon, il n'y aurait qu'à l'appeler Chevalier tout court, et ce fut un leitmotiv entre Léa et moi, est-ce que tu as vu le Chevalier, est-ce que le Chevalier était à l'American Legion ce week-end, as-tu des nouvelles du Chevalier, mais le Chevalier ne revint jamais et il fallut se contenter de personnages aux noms moins évocateurs.

*

Pendant que Léa découvrait le monde, je faisais mes devoirs dans la cuisine de la rue Jean-Mermoz. C'était la pièce la plus chaude de l'appartement. J'aimais l'odeur du charbon, et le formica jaune de la table à rallonges. Chaque mardi, le monsieur de Mermoz Primeurs livrait les fruits et légumes que ma mère commandait par téléphone. Je garde un souvenir précieux de cet homme se penchant pardessus mon épaule pour vérifier mes calculs. Il avait un tablier de cuir avec une ceinture qui se nouait sur le devant. Sa voix était douce. Plus tard, et ça deviendrait un jeu entre nous, il me ferait faire des multiplications chaque fois que je passerais le voir au magasin. Quand le résultat était bon, il traçait un petit bâton sur la première page de son carnet de commande. Au bout de quatre bâtons, il les rayait pour marquer le cinquième, ça ressemblait à une prison, et au bout de cinq prisons, il me donnait un cadeau. Je devins très forte en arithmétique. C'est lui qui, le premier, me ferait passer le test des outils, bien avant qu'il ne circule au lycée. Il fallait répondre aux questions suivantes, le plus rapidement possible :

— Un carré peut-il être rond ?

— Qu'est-ce que tu bois le matin, du chocolat ou du potage ?

— 24 est-il un chiffre pair ou impair ?

— Combien font 63 fois 2 ?

— Et 7 + 32 ?

— Quelle serait l'année de ta naissance si tu avais vingt ans ?

— Et, dernière question, dis-moi sans réfléchir le nom d'un outil, le premier outil qui te passe par la tête, puis une couleur.

Je pensai à un marteau. Un marteau... rouge.

Et tout le monde, Léa incluse, pensait à un marteau rouge.

Même ma mère pensait à un marteau rouge.

Il suffisait d'enchaîner une série de questions ou d'opérations simples à un rythme soutenu pour aboutir à cette conclusion. Ainsi, il y avait en nous une part qui était indépendante de nous, une part commune, qui appartenait à tout le monde. On se croyait singulières, Léa et ses cheveux roux, moi et mes yeux bleus, mais au-delà des couleurs apparentes, que l'on soit fille ou garçon, jeune ou vieux, marchand de légumes ou couturière, nous partagions la même langue et les mêmes visions.

*

Mermoz Primeurs fut remplacé par une boutique de vêtements, puis un restaurant, puis une galerie d'art. Si l'homme au tablier de cuir avait toujours été là, j'aurais aimé lui demander s'il se souvenait de ce second test qu'il m'avait fait passer. Il s'agissait de dessiner un cheval, je crois, ou un cochon. Il m'avait annoncé en regardant mon dessin que j'aurais trois enfants et un métier en rapport avec le son.

Mais encore ?

Musicienne, avait-il dit, oui, je te verrais bien dans la musique.

Je crois que j'avais simplement dessiné l'animal avec de très grandes oreilles, à cause de Rommel, je m'étais un peu égarée dans les proportions. La prédiction de l'homme au tablier m'avait séduite. Si je devais jouer d'un instrument, ne devrais-je pas m'y mettre tout de suite ? Je demandai son avis à Léa. Pour elle, tout ça c'était des bêtises. Elle n'aimait pas beaucoup cet homme, peut-être était-elle jalouse — de lui, ou de ma capacité à compter de tête. J'étais une bonne élève, j'aurais tout fait déjà pour être aimée, et par un détour qui me semble encore aujourd'hui étrange, ce fut Léa qui m'aima le plus. Pour elle, j'étais prête à beaucoup de sacrifices. Il me fallait faire un grand détour pour aller au lycée sans passer devant chez Mermoz Primeurs, et pourtant je le fis. Je ne voulais plus répondre à ses questions.

Le présent a cette faculté de compresser les sentiments du passé, donnant comme un amour exclusif ce qui n'était encore qu'une amitié partagée car, pour être tout à fait honnête, Rachel Touati m'aimait bien aussi. C'était une fille curieuse, toujours prête à se joindre à nous pour aller explorer le quartier. Je n'ai jamais su si elle faisait partie du gang des lois de 48. Son appartement était perpétuellement en travaux. Nous marchions sur des bâches en plastique pour aller jusqu'à sa chambre. La couleur de sa peau nous fascinait, dorée, même en plein hiver, nous trouvions qu'elle avait de la chance.

Les parents de Rachel tenaient un magasin de fleurs naturelles dans la rue du Colisée, entre la poste et la cordonnerie. Sa mère avait des cernes jusque-là. Un jeudi, nous étions invitées à l'anniversaire de Rachel et son père s'est tué. On a entendu une détonation, il s'était tiré une balle. On nous pria d'évacuer les lieux. Rachel n'avait pas encore coupé son gâteau. Elle nous dit de prendre des bonbons, au moins, on s'en était bourré les poches. Nous descendîmes de l'appartement par le magasin. Avec toutes ces fleurs qui étaient là déjà, comme prêtes à partir pour le cimetière, il y avait une sorte d'évidence que Léa souligna à mi-voix. Une prédestination, en somme. Comment pouvait-elle affirmer une chose pareille ?

Je n'aimais pas le père de Rachel, il mangeait trop, il sentait mauvais, au fond, c'était bon débarras. Cette pensée, bien plus terrible que la remarque de Léa, rejoindrait la petite colonie des réflexions passées sous silence.

On n'a plus jamais reparlé de ce coup de feu, comme si la mort des pères avait lieu dans un autre temps, un espace capitonné qui n'appartenait qu'à eux.

Le magasin déménagea. Bien qu'il fût plus étroit et plus loin de chez nous, j'adorais le nouvel endroit. De l'arrière-boutique, on pouvait descendre dans le sous-sol et, de là, les caves se rejoignant, traverser jusqu'à la rue du Cirque. Parfois c'était mouillé. Nous avancions à la queue leu leu, les mains posées sur l'épaule de la fille de devant en claquant de la langue pour effrayer les souris — ou pour nous rassurer, sans doute, car les souris n'avaient que faire de nos petits claquements de bec. Habituées aux bruits des voitures et des canalisations, elles étaient beaucoup plus audacieuses que nous. Si elles se méfiaient, c'était surtout de ces grains rouges qu'on leur distribuait parfois, et qui les faisaient mourir en dansant.

Léa marchait toujours la première quand nous partions explorer les sous-sols. Sa mère disait qu'elle m'aidait à grandir, qu'elle me donnait de l'énergie, parce que j'étais un peu trop calme, selon elle. Empotée, même, sur les bords, c'est le mot que Clara Mancini prononçait avec son accent qui amollissait encore l'épithète, un peu empotée — elle ne disait pas ça méchamment, elle avait de la tendresse pour moi, pour cette chose invisible qui m'empotait sans doute, ou pour la clarté contradictoire de mes yeux. Ma mère de son côté trouvait que j'avais une bonne influence sur Léa, sur le plan scolaire. C'était une chance pour elle de lier amitié avec quelqu'un de ma qualité — ma mère avait une haute idée de ma petite personne, je crois qu'elle ne se rendait pas du tout compte de la gêne qui m'habitait. La mère de Rachel quant à elle ne disait rien, mais nous offrait toujours une rose lorsque nous repartions. Pas un machin pourri, une fleur invendable, non, une de ces roses un peu raides qui se vendent très cher à la pièce.

Les mères étaient contentes, nous étions tranquilles.

*

Et il fallut qu'un jour John Palmer vienne déranger nos plans. Il nous surprit, assises sur un banc, Léa, Rachel et moi, en train de faire l'inventaire d'une caisse de livres rapportée d'une expédition dans les caves. Nous avions eu un mal de chien à la remonter. Arrivées dans la rue, nous nous étions assises sur un banc pour évaluer notre butin, quand John Palmer surgit sur sa Triumph Bonneville. Il freina brusquement quelques mètres plus loin, ce grincement strident, on en aurait pissé dans notre culotte. Je le revois encore faire marche arrière, s'aidant d'un pied, puis de l'autre, pour placer sa moto juste devant le banc.

— Et c'est quoi ce micmac, les petits wra'ts ? Vous pouvez me dire, c'est quoi ?

Ce micmac, il fallut bien l'avouer, venait d'une cave fermée par un de ces cadenas très lourds qui s'ouvraient avec une épingle à cheveux.

John Palmer ne cria pas en apprenant cette nouvelle, il ne nous gifla pas, non, il nous pria simplement de remettre la caisse où nous l'avions trouvée. Il nous accompagna même, sans nous aider, nous laissant nous débrouiller avec les portes et les marches inégales — ce serait notre punition. Nous devions assumer la conséquence de notre acte, disait-il, mais au dernier moment, alors que nous arrivions devant la porte de la cave restée ouverte, il changea d'opinion. Une autre caisse était posée là parmi les vieux meubles et les outils abandonnés. Il nous demanda si, à notre avis, c'était vraiment voler que de prendre des livres qui étaient en train de moisir.

Était-ce les voler, ou les sauver ?

Les sauver, évidemment.

Nous étions toutes les trois d'accord.

John Palmer nous regarda tour à tour. Dans la pénombre, il était difficile de savoir ce qu'il pensait de notre réponse. À quelle sauce allait-il nous manger ? Un grand sourire illumina son visage : nous étions non seulement toutes les trois, mais tous les quatre d'accord, et il s'agissait maintenant de tirer les enseignements de ces conclusions et, ce faisant, d'assumer non seulement les conséquences de nos actes, affirma-t-il, mais de nos pensées.

— Alors qu'est-ce qu'on fait ? demanda Rachel Touati qui ne comprenait rien au français de John Palmer (en fait, ce n'était pas tant son accent qui rendait la compréhension difficile que la tournure de ses phrases et le cheminement très particulier de son esprit).

John Palmer réfléchit. Si on voulait être logique, il fallait prendre les deux caisses. Dans un autre sens, disait-il, on n'allait pas s'encombrer de livres superflus. Nos appartements avaient beau être vastes, leurs bibliothèques n'étaient pas extensibles.

Rachel, toujours très pratique, proposa de revenir le lendemain avec une lampe torche pour choisir les titres qui nous intéresseraient. Elle avait repéré un guide illustré du Maroc qui plairait certainement à sa mère. Léa et moi n'étions pas d'accord. Pourquoi tirer de l'ombre un livre plutôt qu'un autre ? Le mieux, selon John Palmer, était de les prendre tous et de les revendre dans une librairie d'occasion. Avec l'argent, on pourrait acheter d'autres livres qui correspondraient exactement à nos goûts.

Rachel me regarda d'un air sceptique. Les prendre tous, les adopter en somme, sans distinction de taille ni de sujet, oui, nous étions d'accord, c'était bien la solution la plus juste. Mais les abandonner aussitôt contre de l'argent, voilà qui nous contrariait. Seule Léa, cette fois, trouvait la proposition géniale. Il ne fallait pas se dégonfler. Si nous devions rapporter les livres chez nous pour qu'ils traînent sur les étagères sans que personne ne les lise, ça ne valait pas la peine de les sauver. Comme si tu repêchais des naufragés pour les enfermer, une fois sur la terre ferme, dans une prison.

Cette comparaison nous cloua le bec. Je n'étais toujours pas de cet avis, sans être capable d'expliquer pourquoi. Peut-être trouvais-je dommage de les séparer — cet argument ne tenait pas debout, puisque le butin devait être partagé entre nous trois. Je n'ouvris pas la bouche jusqu'à la fin de l'expédition. Les caisses furent remontées, Palmer chargea la première sur son porte-bagages et cala l'autre devant lui.

On se donna rendez-vous devant la librairie, à deux pas du métro Saint-Michel.

Jusqu'à la fin de la petite école, notre territoire formait un triangle biscornu qui commençait rue Robert-Estienne pour finir au palais de la Découverte, en passant par l'église Saint-Philippe-du-Roule — à l'entrée en sixième, il s'élargirait pour atteindre la gare Saint-Lazare et le parc Monceau. Au centre, je l'ai déjà dit, s'ouvrait le souterrain sans nom qui abritait le Talon-Minute. Ce territoire se doublait, sur le plan vertical, de deux appartements et, dans chacun d'entre eux, d'une chambre de taille respectable contenant un lit fixe et un lit replié.

Ma chambre avait trois portes qui donnaient sur la salle de bains, la chambre de mon frère et le salon. Dans celle de Léa, il n'y avait qu'une seule porte qui ouvrait sur le couloir, lui-même débouchant sur le vestibule. Nous pouvions sortir sans avoir de comptes à rendre à personne. Le fennec se promenait en liberté dans l'appartement. On avait passé des jours à lui chercher une laisse qui ne soit pas trop lourde pour lui. Finalement Clara Mancini rapporta de son atelier une chaînette très légère que nous nous accrochions au poignet quand nous allions le promener sur les Champs-Élysées.

Nous avions toujours beaucoup de succès.

Un jour, une femme qui sortait de chez Guerlain nous demanda si le fennec était à vendre. Elle portait des boucles d'oreilles en or, des bagues en or, des bracelets en or, enfin elle était aussi enrobée d'or que nous étions engoncées de laine. Léa lui demanda combien elle était prête à nous donner. D'où tenait-elle cette assurance ? La femme sortit de son porte-monnaie un billet de cinquante francs. C'était énorme à l'époque, cinquante francs. Nous avions deux francs d'argent de poche par semaine, alors cinquante francs, vingt-cinq semaines d'un coup, c'était tentant, même si de toute évidence Rommel était hors commerce.

Léa me regarda en silence, comme pour dire : cinquante francs, mais elle nous prend pour qui ?

Je fis la moue. La femme comprit le message. Elle chercha quelque chose dans la poche de son tailleur — encore un billet, de cent francs cette fois. À ma grande surprise, Léa l'accepta et lui tendit le fennec en échange. La petite bête se laissa faire, toute confiante et un peu endormie, ses pattes pendant tranquillement de chaque côté de la main de Léa. Rommel avait le dessous des pattes poilu, ça nous faisait toujours rire, ces poils sous les pattes. Léa déposa un baiser sur son museau, Rommel répondit comme à son habitude par un éternuement qui le réveilla un peu. Lorsque sa nouvelle propriétaire le prit, il se laissa encore faire, mais quand elle voulut à son tour l'embrasser, il se précipita sur sa bouche et lui arracha un bout de lèvre. La femme ne saisit pas tout de suite ce qui lui arrivait. Léa tira sur la laisse, fourra le fennec sous son aile, et me prenant par la main m'entraîna en courant sur les Champs-Élysées.

Je ne savais pas que j'étais capable de courir si vite. Nous nous engouffrâmes dans le passage du Lido pour nous cacher dans la cabine du photomaton, rideau tiré, jambes levées, là personne ne pouvait nous voir, personne ne viendrait nous chercher. Quand Léa sortit le fennec, il tenait toujours un morceau de quelque chose entre les dents, un morceau peint en rouge, avec un fil qui pendait, un peu de sang sur ses babines, c'était franchement écœurant, et je fus soulagée quand, d'un mouvement vif de la tête, il le fit sauter dans sa bouche et l'avala tout rond.

Un bout de femme dans le ventre de Rommel. Un bout de femme plein de produits chimiques, à cause du rouge à lèvres, nous espérions qu'il n'allait pas tomber malade. Il était un peu trop calme à notre goût, sans doute avait-il froid. En rentrant chez Léa, on brancha le chauffage électrique et on l'observa.

*

En soulevant la plaque de carton qui protégeait le fond du cartable de Léa, on pouvait voir un billet de cent francs. À la veille des vacances d'été, il rejoindrait les quelques objets qui nous servaient de trésor : une bague en résine, un badge violet de l'American Legion avec marqué US au centre d'une étoile, cadeau de Lester Young, quelques brins de lavande qui partaient en miettes, des papiers de papillotes et surtout — surtout — cette lettre interceptée de la directrice signalant une absence injustifiée, lettre à laquelle Léa avait répondu en utilisant en cachette la Remington Noiseless 6 de son beau-père, une machine à écrire anglaise qu'il bichonnait presque autant que sa moto. La signature imitée était passée sans problème, il faut dire que John Palmer signait de ses seules initiales, ce qui rendait la copie aisée.

Ce que Léa était allée faire pendant cette journée où elle avait séché les cours, elle ne voulut jamais me le raconter, et c'est peut-être ça, cette journée-là qui, se détendant sous le poids du silence, créa cette petite distance que nous commencions à sentir entre nous.

Ou peut-être fallait-il en chercher la raison du côté de la poitrine, car celle de mon amie repoussait le coton de ses tee-shirts, alors que la mienne était encore si plate qu'elle en semblait presque creuse. Cette précocité, associée au besoin que Léa avait toujours eu de me prouver sa supériorité, la conduisit à tenter sur moi de curieuses expériences. Je me prêtais de bonne grâce à ses jeux. La souffrance, quand elle venait d'elle, n'était qu'une des facettes de cette chose que les adultes appelaient grandir. On avait mal aux jambes quand on gagnait des centimètres, on peinait à apprendre les conjugaisons, c'était normal, cohérent. Il n'y avait aucune méchanceté de la part de Léa, juste un besoin irrépressible de comprendre comment fonctionnaient les êtres humains. Je partageais avec elle cet intérêt, nous tenions ça de son beau-père, car John Palmer aimait la mécanique, toutes les mécaniques, pas seulement celle des machines. Dans sa bibliothèque s'empilaient les livres de médecine et de psychologie. Tout Freud, tout Jung, tout Steiner.

*

Je me souviens très nettement du jour où, comme s'il s'agissait d'une révélation, je ne voulus plus être vétérinaire, mais psychiatre. L'idée s'imposa un dimanche, et ne me quitta plus pendant des mois. Avant : vétérinaire. Après : psychiatre. Comme une lumière qui s'allume, une révélation.

Je fis part de ma décision à Léa de façon un peu solennelle. J'avais peur de son jugement. Elle me regarda d'un air dubitatif. Nous étions chez moi, rue Jean-Mermoz. Les animaux peuplaient encore les murs de ma chambre, mais plus pour longtemps. Ils seraient remplacés bientôt par des icônes éclectiques, exclusivement masculines, et toutes riches en poils et cheveux : Einstein et sa tignasse blanche, Jimi Hendrix dans la splendeur de sa coupe afro — un peu plus tard, le bouc de Maurice Béjart, les boucles de ses danseurs et la barbe de Che Guevara flanquée de son gros cigare.

Psychiatre, avait répété Léa en fronçant les sourcils, psychiatre…

Les jours suivants, elle déclara à son tour qu'elle aussi avait changé d'avis. Elle serait clown, dans un chapiteau, pour le côté triste de la chose.

Et le lendemain, à l'angle de la rue de Miromesnil : non, pas clown. Humaniste.

Elle prononça ce mot d'un air mystérieux.

Les clowns m'inquiétaient, mais humaniste, oui, ça me plaisait bien. Psychiatre humaniste. Ou humaniste tout court, mais était-ce vraiment un métier ?

Ce qui me semblait formidable avec humaniste, c'était que nous pouvions commencer tout de suite à exercer. Nous avions tellement besoin de nous rendre utiles. Les vieux et les aveugles devinrent notre cible préférée, mais nous ne faisions pas que de l'humanisme utilitaire, nous avions aussi l'ambition de soutenir les gens dans leur vie même, pas seulement pour traverser la rue ou lire un plan de métro, et là nul n'était besoin d'être aveugle ou vieux pour profiter de nous. Nos meilleurs clients étaient les clochards qui campaient sur la bouche du métro Saint-Philippe-du-Roule, non loin de l'église du même nom. Nous leur apportions des cadeaux quand ils dormaient pour ne pas avoir à affronter leurs remerciements alcoolisés. L'un d'eux avait repéré notre manège, il nous appelait les Mouflettes, tiens, voilà les Mouflettes, lançait-il à ses copains lorsque nous passions devant lui. Nous nous forcions à le regarder en face, sans baisser les yeux.

— Bonjour, Monsieur !

Nous nous forcions aussi à l'appeler Monsieur. Nous savions pertinemment qu'il s'appelait Richard, depuis le temps que nous le connaissions — mais Richard, non, pour désigner un homme aussi pauvre, ça nous faisait de la peine. Tout l'argent que nous trouvions dans les poches de John Palmer était pour lui. Enfin, presque tout l'argent. Dans les poches de ma mère, je n'osais pas fouiller, encore moins dans son sac, et c'est du placard de la cuisine que je soutirais de quoi nourrir ma vocation d'humaniste. Je choisissais des gâteaux très mous. Un dimanche, alors que Richard faisait la manche, une dame lui avait donné un sandwich. Il avait mordu dedans, le pain résistait un peu, il avait tiré. Saloperie, il avait crié. Richard n'avait pas voulu nous dégoûter sans doute, c'était un homme délicat et bien élevé, surtout quand il était à jeun. Il avait recraché quelque chose dans son poing, quelque chose comme un noyau de cerise et, prétendant qu'il n'aimait pas le saucisson, nous avait donné le sandwich pour qu'on aille le distribuer aux pigeons. Sur la mie déchirée il y avait un peu de rouge.

Ce que nous avions en commun ? Nous aimions faire peur aux petits, comme on nous avait fait peur, sans doute, quand nous avions leur âge. Quoi encore ? Nous avions des pères naturels absents. Et aussi ? Des mères intelligentes et bien coiffées. C'est tout ? Les animaux, en commun, bien sûr, les animaux, comme si l'amour que nous nous portions ne pouvait s'exprimer qu'à travers eux. Et puis ?

L'école, le cordonnier, la rue Robert-Estienne pliée en deux, le double triangle traversé par l'avenue des Champs-Élysées — les décorations de Noël, les tribunes du 14 Juillet.

Et puis ? Rien. Ce qui nous séparait nous liait tout autant que ce qui nous réunissait. Nous nous comblions, est-ce qu'on peut dire cela ? Se combler, comme deux pièces de puzzle qui s'imbriqueraient parfaitement, mais qui ne viendraient pas de la même boîte. Léa pouvait parler longtemps sans que jamais je ne me lasse de l'écouter. Je pouvais rester silencieuse sans qu'elle me demande si je faisais la tête. Et ensemble, notre complicité se renforçant, nous entreprenions.

Drôle de verbe, entreprendre, pour des gamines qui venaient tout juste de passer en sixième, mais c'est bien ce qui cette année-là deviendrait notre passion, et le moteur de notre amitié : fabriquer des objets ou les détourner, les revendre, monter des business, des clubs, des associations pour aider le monde à s'en sortir — et, accessoirement, mettre un peu d'argent de côté.

C'était important pour nous, l'argent. Nous avions avec lui des rapports élastiques et contradictoires. Chez moi, on n'en parlait jamais directement. D'ailleurs, de quoi parlait-on directement ? Il y avait des mots jetés, ici et là, qu'il fallait attraper au vol. Chez Léa, le sujet était régulièrement traité, pas forcément en termes de manque, non, l'argent était plutôt évoqué comme on parlerait d'un pays, avec sa langue et ses lois particulières. L'argent, règle numéro un, était l'endroit au monde où l'on pouvait le plus facilement se faire couillonner. C'était un mot que John Palmer employait souvent, couillonner, surtout dans sa forme passive. Celui qui se faisait couillonner était un couillon, un *schmuck*, ou encore un *schmo*. Jamais une couillonne. L'équivalent de couillonne, quand il s'agissait de désigner une victime de sexe féminin, était une dinde. Un homme politique qui se faisait couillonner par un autre homme politique était un âne. Et un homme politique qui se laissait influencer par l'opinion publique n'était pas forcément un couillon, mais il n'irait pas loin.

Ce avec quoi Clara Mancini n'était pas d'accord.

D'après elle, c'était celui qui n'écoutait pas l'opinion publique qui avait du souci à se faire.

Et ça partait dans la valse des voyelles, elle rajoutant des *a* partout, et lui des *i* avant les *u*, elle agitant les mains et les bras et agitant ses jambes aussi, parfois, marchant de long en large dans la cuisine et lui, stoïque, le dos tourné, passant l'éponge méthodiquement sur la paillasse. Même lorsqu'ils étaient du même avis, les conversations étaient difficiles à comprendre. Ils avaient leurs mots à eux, ponctués de cette formule mystérieuse qui revenait de façon cyclique, quelque chose comme *pout' de del*, ou *piut de del*, qui devait vouloir dire « c'est difficile », ou « bordel de merde ». Ils avaient également leurs phrases types, leurs obsessions.

Par exemple (Clara Mancini) : Si tu ne te tiens pas droite, personne ne le fera à ta place (et son équivalent exténué : on ne peut compter sur rien).

Ou alors (John Palmer) : Si tu travailles, et que tu ne fais pas travailler les autres, c'est que tu te fais couillonner.

Nous, ça nous paraissait super, comme idée, de faire travailler les autres. Les autres, ou mieux encore, de faire travailler son argent. Palmer parlait de la Bourse comme d'un jeu pour adultes. Sans doute ne plaçait-il que de petites sommes, mais ça nous donnait l'impression qu'il était très puissant, malgré la bonhomie de ses activités journalières : réparer sa moto, récupérer des choses dans la rue, nous préparer des milk-shakes et boire du whisky avec Lester Young. Il racontait souvent qu'il aurait dû être chirurgien, si sa carrière n'avait pas été brisée par les rayons — il montrait sa brûlure au niveau de la tempe.

C'est comme ça, les petits wra'ts, disait-il d'un air fataliste.

Il ne lui restait plus qu'un dixième de ce côté-là, et c'est grâce à sa vue défaillante qu'il n'avait pas fait la guerre en première ligne, et recevait du gouvernement américain une pension d'invalidité. Je me demandais comment on avait pu lui laisser son permis de conduire — j'aurais la réponse plus tard, le jour où il fut arrêté pour avoir grillé un feu : on ne lui avait pas enlevé son permis, parce qu'il n'avait pas de permis. Il avait failli aller en prison pour cette histoire, quelqu'un de l'ambassade était intervenu, promettant de fournir le duplicata d'une hypothétique licence obtenue à Saint Louis, Missouri, mais John Palmer avait dû payer tout de même une grosse amende. Clara Mancini avait refusé de lui donner de l'argent, et je me souviens qu'il y avait eu pas mal de *piut' de del* à ce sujet.

Peu de temps après ces disputes, la mère de Léa était partie *faire des affaires* à Abidjan, nous abandonnant l'appartement de l'avenue Franklin-Roosevelt. Un cousin de l'une de ses meilleures clientes l'avait présentée à un ministre ou à quelqu'un qui devait devenir ministre et pourrait lui ouvrir des portes. Elle avait insisté pour que sa fille vienne avec elle, mais Léa avait tenu bon. Nous en avions parlé longuement. Laisser John Palmer seul était inconcevable pour Léa. Une petite tristesse se glissa entre nous après le départ de Clara Mancini.

Léa prétendrait plus tard qu'elle ne voulait pas aller en Côte d'Ivoire à cause des descriptions de

John Palmer. Jamais son beau-père n'était plus américain que lorsqu'il évoquait la vie en Afrique. Il y avait des serpents, et pas des serpents en plastique, des vrais, et des espèces de vers qui sortaient par les trous de la douche, il fallait secouer ses chaussures avant de les mettre à cause des scorpions et, quand les bêtes n'étaient pas visibles, c'était encore plus dangereux — là-bas, on devait se méfier de tout, des tiques, des mouches, des moustiques, de la nourriture, de l'eau, des virus, des microbes, du soleil et des gens.

Je ne me souviens pas que Léa ait avancé, au moment du départ de sa mère, ce genre d'argument. Ce que je retins de cet épisode, et qui longtemps resta comme une blessure secrète : Léa était demeurée en France pour son beau-père, et pas pour moi.

*

Parmi les théories de John Palmer, toujours autour de cette idée d'être ou ne pas être couillonné, il y avait celle qui concernait l'engagement politique. Quand il parlait des Français et de leur lutte des classes, ça le faisait doucement rigoler. Au début, nous ne comprenions le mot classe que dans son acception scolaire, aller en classe, faire ses classes, mais quand nous saisîmes le double sens nous prîmes immédiatement position pour les plus faibles. Très jeunes, avant même le départ de la communale, nous avions développé un sens particulier des affaires politiques, nourri de ces gros titres que nous lisions en passant devant les multiples kiosques à journaux des

Champs-Élysées. L'idée de voler aux riches pour donner aux pauvres nous paraissait la solution la plus excitante. Palmer lui-même disait que ce n'était pas grave, de piquer un peu. Nous n'étions finalement pas si loin de ses idées.

Tous les enfants piquotent, ajoutait-il en imitant les mouvements de tête des poules qui picorent, il ne faut pas les traumatiser pour ça.

Nos mères n'étaient pas de cet avis. Elles travaillaient toutes les deux, honnêtement et pendant de longues heures, la mienne aux Galeries Lafayette, celle de Léa — avant qu'elle ne parte en Afrique — dans un atelier énigmatique près de la rue Roquépine. Plusieurs fois par mois, elle s'en allait le matin très tôt, avec des valises vides, pour ne revenir que tard le soir, les valises chargées.

Le dimanche, elle pleurait en écoutant *Nabucco.*

Se faire couillonner. Qu'est-ce que ça pouvait bien vouloir dire exactement ? Est-ce que Clara Mancini se faisait couillonner ?

Je découvris plus tard son lieu de travail, un atelier en effet, situé dans une arrière-cour envahie de plantes vertes. Les coupons de tissus s'entassaient sur les étagères — ces coupons rapportés de Milan dans les mystérieuses valises, obtenus sans facture et à prix cassé. Elle y taillait des robes et des petites vestes pour des personnes célèbres, des actrices, des chanteuses, des femmes de commissaire. En plus de sa clientèle personnelle, elle fabriquait des prototypes pour des maisons de couture renommées. Ses finitions étaient irréprochables, à des prix excessivement raisonnables (c'est ce que lui avait dit un jour un client, et elle n'avait pas su si cet « excessivement » impossible à prononcer pour elle était une critique ou un compliment). Elle nous rapportait de son atelier des chutes de tissus précieux que nous conservions dans une cantine en fer. De ces chutes nous fîmes, année après année, des poupées, des mobiles, des coussins, des bracelets, des jupes flottantes et même un rideau en patchwork que nous arrivions à vendre à la mère de Rachel. Car en plus de notre argent de poche, nous étions toujours à l'affût du moindre petit boulot qui nous *mettrait le pied à l'étrier* — ça aussi, une expression de John Palmer, qui tenait absolument à nous inculquer l'esprit d'entreprise. Si tu n'es pas communiste à vingt ans, déclamait-il, c'est que tu n'as pas de cœur. Si tu l'es encore à quarante, c'est que tu es con.

Il nous faisait répéter ces mots après lui, ça l'amusait de nous entendre dire ce genre de chose. Et on riait, on riait, oui John Palmer n'était jamais aussi gai que quand il parlait politique. Il se lançait parfois dans de grandes parties de chatouilles qui nous laissaient épuisées. Et puis soudain, c'était fini, il redevenait sérieux, nous engueulant parce que le linge n'était pas propre ou la chambre en désordre.

Très jeune en effet, Léa avait pris en main le linge de la maison, et j'étais toujours partante pour aller avec elle au pressing. La plupart des affaires étaient lavées au poids, seules les chemises de John Palmer recevaient un traitement à la pièce. Les tailleurs de Clara Mancini passaient sans doute par l'atelier, on ne les voyait jamais dans le tas de linge sale. Palmer portait des blue-jeans, il en avait deux, un très clair, presque blanc aux genoux, et un très foncé. Il avait deux pantalons d'homme aussi, les mêmes, gris, avec une ceinture, qu'il mettait pour aller à la banque ou à l'American Legion. Les jeunes femmes qui tenaient la teinturerie nous aimaient bien. Nous arrivions toujours à leur vendre des billets pour la tombola de l'école. Il y avait aussi les timbres à vingt centimes au profit des tuberculeux, mais là, elles se montraient moins généreuses.

Souvent les affaires propres restaient des jours, entassées sur la table de cette pièce qui servait à la fois de salon, de bureau et de salle à manger avant de trouver leur place dans les placards — ce qui n'était pas grave puisque, pour manger, on ne s'asseyait pas forcément. Chez nous, disait Léa aux copines de classe d'un air crâne, on mange *à l'américaine.* John Palmer ne claironnait jamais « c'est servi », mais « est-ce que vous avez faim ? », ne disait pas « on mange », mais « qu'est-ce que vous avez envie de manger ? ».

On s'enfermait dans la chambre de Léa, le plateau sur les genoux. Nous allions nous resservir directement à la cuisine. John Palmer nous attendait. Il aimait recevoir des compliments. Ses mains ne semblaient pas toujours très propres, parce qu'il passait son temps dans la rue à bricoler ses bécanes. Il en avait deux ou trois garées à l'angle de l'avenue Franklin-Roosevelt et de la rue du Colisée. Léa lui avait demandé un jour pourquoi il ne réparait pas plutôt la machine à laver le linge, c'était un budget énorme qui filait chaque mois chez le teinturier.

Il avait répondu qu'il avait une relation passionnelle avec les motos. Pas avec la machine à laver.

John Palmer n'achetait jamais du matériel neuf. Acheter du neuf, pour lui, c'était se faire couillonner. Ou pigeonner, oui, le mot revient soudain, il disait aussi « se faire pigeonner ». John Palmer, pour ne pas se faire pigeonner, allait dans des entrepôts où était vendu du matériel d'exposition. À Montreuil, il y en avait un, près de la Bastille aussi, en allant vers la République, et derrière la Samaritaine.

— Vous ne devinerez pas combien je l'ai achetée, celle-là ?

Rien, trois fois rien, le prix que nous annoncions était toujours supérieur à celui réellement dépensé — nous le faisions exprès, évidemment, pour voir son visage s'illuminer en nous livrant le chiffre exact de la transaction.

À ces instants précis, Palmer était un petit garçon.

Le problème, c'est que ses machines tombaient régulièrement en panne, ou alors John Palmer traînait à les installer parce qu'il manquait un tuyau de raccordement, une prise ou qu'un fusible avait sauté. Seul le sèche-linge marchait, et des sèche-linge, personne n'en avait à l'époque, même pas les filles nanties, les filles à *nannies* — encore une petite particularité dont nous ne manquions pas de nous vanter. Les jours de grande pluie, nous fourrions toutes nos affaires dedans en rentrant de l'école et les regardions tourner derrière le hublot. Quand on les sortait, elles étaient toutes chaudes et sentaient merveilleusement bon.

*

John Palmer avait les cheveux aussi noirs et raides que Léa les avait roux et bouclés. Il les portait en arrière, plaqués au Pento, une sorte de brillantine au parfum singulier. C'était la seule chose qu'il acceptait de mettre sur ses cheveux. Il ne les lavait jamais. Il avait développé une théorie là-dessus aussi, comme avec les dindes, les communistes et les pigeons.

Se laver les cheveux, c'était des conneries inventées par les marchands de savon, qu'est-ce qu'ils ont tous avec leurs conneries.

Les déodorants, des conneries, idem.

Transpirer, ce n'était pas inutile, émettre des odeurs, tout ce qui sortait de la peau servait à quelque chose — il faisait le tour de la question, citant au passage un médecin militaire qui l'avait semble-t-il beaucoup marqué, un certain Flix ou Flict, avant de revenir au point crucial : le corps humain était une machine extraordinaire. Le cuir chevelu savait très bien lui-même comment entretenir ses propres poils, si on le laissait vivre à son propre rythme.

Cette façon de voir m'intriguait. Ainsi, les cheveux appartenaient au crâne, c'était son affaire, son business à lui. Léa haussait les épaules, elle cachait ses berlingots de shampooing derrière la pile de serviettes pour ne pas déclencher la polémique. Elle en avait tout un chapelet. John Palmer employait des termes techniques. Je souriais gentiment. Ça nous prenait beaucoup d'énergie pour écouter ce qu'il disait. Il parlait aussi parfois de cette voiture que nous connaissions peu, et qu'il devait conduire sans permis, probablement, comme sa moto, une voiture, très grande, à l'image du réfrigérateur et des toasts maison. Elle était garée dans une rue lointaine, près du périphérique, je n'ai jamais très bien compris pourquoi. Elle lui servirait pour aller dans le Vexin, quand il aurait une maison à la campagne — tout ça est assez flou dans ma mémoire, je me souviens seulement que la chambre de John Palmer, dans cette maison, ailleurs, quelque chose comme *dans le Vexin*, était équipée d'un *waterbed*, invention fabuleuse qui nous faisait pousser des oh ! et des ah ! et me donna un peu le mal de mer lorsque j'y fis la sieste avec Léa.

Je n'aimais pas les voitures, et celle de John Copper encore moins, car c'est elle qui emporta Léa en Belgique, au début des événements de mai 68. À l'annonce des premières grèves, John Palmer avait décrété que les Français devenaient fous. Aux premières barricades, il fut pris de panique et décida de s'enfuir en Belgique avant que la pénurie d'essence ne les bloque définitivement à Paris. Le matin du grand départ, il fallut nous arracher l'une à l'autre. Léa me glissa un petit grelot dans la main, elle l'avait détaché du collier de Rommel, je lui donnai à mon tour cette croix de vie égyptienne que je portais toujours autour du cou. Nous étions en larmes et, même si John Palmer disait que c'était du cinéma, je voyais bien qu'il était touché. La voiture disparut à l'angle de la rue Saint-

Honoré, j'agitai encore mon mouchoir pendant quelques minutes comme si, au-delà des murs et des vitrines, Léa pouvait percevoir mon geste. Je ne comprenais pas ce qui nous arrivait. J'étais sonnée.

La veille, j'avais insisté pour qu'on me confie le fennec, je le garderais dans ma chambre et prendrais bien soin de lui, Léa était de mon avis, il serait mieux rue Jean-Mermoz qu'enfermé dans un panier, et le panier lui-même enfermé dans une voiture, mais Palmer refusa catégoriquement. Rommel faisait partie intégrante de la famille et, si la famille partait en Belgique, il partirait avec elle.

Léa resurgit en septembre, juste à temps pour la rentrée scolaire, et nous reprîmes nos petites habitudes. Je lui racontai ce que j'avais vu de mai 68 — bien peu de chose en vérité, elle en savait même plus que moi : dans la pension où ils habitaient à Bruxelles, il y avait la télévision — et chez nous, non. Et puis la révolution sans Léa, ça n'avait aucun sens. Je garde un souvenir terne de cette période, malgré les récits colorés de mon frère et de ses amis.

Léa me disait, me répétait combien je lui avais manqué. Depuis son séjour en Belgique, elle ne s'alliait plus jamais avec mon frère pour se moquer de moi. Son regard était bienveillant. Nous nous tenions la main pendant les films — films que nous allions voir dès qu'ils sortaient, la première semaine et si possible le jour même de leur apparition sur les écrans. Nous n'habitions pas le quartier des Champs-Élysées pour rien. Nos jeudis étaient entièrement consacrés aux exclusivités. Pour les classiques et les comédies musicales, nous montions jusqu'à la place de l'Étoile, avenue Mac-Mahon — ça nous paraissait le bout du monde.

Les cinémas étaient immenses, ils n'avaient pas encore été métamorphosés en *complexes*. Des ouvreuses en uniforme, des professionnelles rémunérées au pourboire, merci mesdemoiselles, nous conduisaient jusqu'à nos fauteuils. Elles remplissaient les creux dans les rangées, pour pouvoir, quand les lumières s'éteignaient, diriger à coups de lampe électrique les retardataires vers une place disponible en bordure. Le faisceau s'attardait le long des marches, sur le dossier des strapontins. Il se prenait parfois dans leurs chevilles dont la finesse me faisait rêver. Mes jambes à moi tombaient toutes droites jusqu'aux pieds, comme des poteaux. Léa n'aimait pas que je dise du mal de mes jambes, elles ne sont pas comme des poteaux, corrigeait-elle, elles sont *potelées*.

L'heure de gloire des ouvreuses venait à l'entracte. Elles apparaissaient par les portes du bas, très droites, un panier rectangulaire accroché autour du cou, rempli d'esquimaux et de bonbons qui déclenchaient l'excitation des enfants. Les plus impatients dégringolaient vers elles. Ils formaient une grappe autour de l'uniforme, levant haut le bras, tenant qui quelques pièces, qui un billet, et récitant la commande familiale. Quand ceux-là étaient servis, les ouvreuses passaient dans les allées en remontant la pente. Si un article manquait, elles s'interpellaient d'une travée à l'autre pour se faire dépanner par une collègue. Leurs voix étaient aiguës, un peu nasillardes, et portaient loin. Des voix de Parisiennes, comme leurs chevilles : vaillantes et sculptées.

Quand les ouvreuses se penchaient pour rendre la monnaie, on apercevait leurs seins.

Léa prenait un chocolat vanille, moi un vanille pistache. Il fallait se dépêcher de manger pour ne pas que ça coule. Parfois, un pan entier de la croûte se détachait, on était mal. Les adultes, et les ados surtout, profitaient de la pause pour allumer une cigarette. Certaines salles étaient équipées de cendriers dans les accoudoirs des fauteuils. L'odeur ne nous dérangeait pas, on ne nous avait pas appris qu'elle pouvait déranger, ou simplement qu'on avait le droit de dire qu'elle dérangeait. On supportait, pour avoir l'air plus vieilles.

*

Un soir, John Palmer rapporta de l'American Legion une machine à pop-corn assortie d'un stock impressionnant de grains de maïs conditionnés dans des filets. Ce fut notre toquade de la saison — toutes les deux, assises bien au centre du cinéma, notre manteau calé sous les fesses, grignotant nos pop-corn salés comme de vraies petites Américaines : nous étions les reines du monde.

L'Amérique était notre référence absolue. Nous ne connaissions pas encore le mot « impérialisme », qui viendrait plus tard perturber notre vision idyllique du pays de John Palmer. Même les films, lorsqu'ils étaient tournés là-bas, avaient l'air meilleurs. C'était *Al Capone* contre *Alexandre le Bienheureux*, *Bonnie and Clyde* contre *Les Tontons flingueurs*. Un seul comédien français arrivait à rivaliser avec les stars d'Hollywood, il s'appelait

Louis de Funès et, pour nous, c'était le meilleur acteur du monde.

Tout de même pas le poster dans la chambre, mais presque.

*

Avant l'entracte et ses douceurs étaient projetés les dessins animés, suivis des bandes-annonces et de la réclame. Sous aucun prétexte nous n'aurions manqué cette partie du programme. Nous arrivions toujours très en avance. Comme il n'y avait qu'une seule caisse pour vendre les billets, les queues se déroulaient sur plusieurs centaines de mètres. Quand il pleuvait, les parapluies avançaient à touche-touche. Nous imaginions la scène vue d'un hélicoptère. Il n'y avait que le septième art pour déclencher de telles visions, ce long serpent aux écailles multicolores qui ondulait le long des Champs.

Le Biarritz, rue Quentin-Bauchart, Le Normandie, L'Ambassade, Le Concorde et Le Marignan, près de la vitrine énigmatique de l'Aeroflot... Nous pouvions réciter le nom des cinémas, dans l'ordre, en montant et en descendant. Chaque salle avait sa faune, son ambiance et ses traditions. Parmi les gens qui faisaient la manche devant le Paramount, il y avait cet homme qui avalait des lames de rasoir. Il croquait aussi du verre ou enfournait des cigarettes allumées dans sa bouche.

Nous ne le regardions pas, nous ne lui donnions rien, on le trouvait dégoûtant.

À L'Ermitage ou au Triomphe, je ne sais plus, enfin sur le trottoir nord, le trottoir animé, c'était une fille sans âge qui chantait des chansons de marins. Son répertoire s'accordait à l'ambiance de ces cinémas aux noms de paquebots. Elle nous avait repérées, nous lui mettions toujours quelque chose dans son chapeau, quitte à diminuer la part réservée à l'ouvreuse. Elle se plaçait souvent aussi devant la queue du George V — elle était là le jour où nous avions rencontré Delon.

Parce que, oui, il faut raconter ça aussi, un de nos grands souvenirs d'enfance, qui amusa beaucoup la mère de Léa, et toutes ses clientes : nous avions rencontré Alain Delon dans la queue du George V. Il avait essayé de passer devant nous. Léa ne s'était pas laissé doubler. Elle trouvait qu'il était carrément gonflé, elle le disait haut et fort, et les autres spectateurs riaient de voir cette gamine aux cheveux roux tenir tête à la star. L'affaire s'était résolue à l'amiable : il nous avait proposé de nous inviter, il nous avait même offert des chewing-gums, ou des bonbons, je ne sais plus, enfin quelque chose de sucré qui se mettait dans la bouche. Sur le coup, je l'avais trouvé « vachement sympa » et puis très beau, évidemment, « super beau », mais dans un second temps, j'avais regretté de m'être laissé acheter.

Léa n'était pas du tout de mon avis. Elle prétendait que c'était Alain Delon qui s'était fait gruger dans l'histoire, et pas nous. Ce qui nous avait intriguées surtout, c'est qu'il allait tout seul au cinéma — aller seul au cinéma, pour nous, c'était le comble de la tristesse.

Quelqu'un l'attendait-il dans la salle ? On racontait qu'il était amoureux de Mireille Darc.

Nous les imaginions dans un coin du balcon, sous les lustres de cristal, en train de s'embrasser.

La suite des événements viendrait donner une touche macabre à nos projections : quelques semaines plus tard, son ancien garde du corps, Stephan Markovic, avait été retrouvé mort — non, pas mort, pire que mort : *décomposé* dans une décharge municipale, à deux pas de la résidence de l'acteur. Nous avions acheté *Le Figaro* avec notre argent de poche pour en savoir plus. Une lettre anonyme évoquait ces soirées douteuses où se seraient rencontrés des membres du gouvernement.

Douteuses, ça signifiait quoi exactement ?

On parlait de la femme de Georges Pompidou, le bruit courait qu'elle avait une *liaison* avec Jacques Dutronc. Léa trouvait qu'ils avaient les yeux *un peu pareils*. Nous en avions parlé à table, rue Jean-Mermoz, et mon frère s'était moqué de nous.

Ce mélange entre la vie privée et la vie publique ne nous amusait pas : il nous inquiétait. Ainsi dans le monde des adultes, comme à l'école ou au lycée, personne n'était libre de ses mouvements. Ainsi, il y avait toujours quelqu'un embusqué derrière la porte des toilettes pour vous espionner. C'était quoi cette histoire de parties fines ? De quelle finesse était-il question ? Je pensai aux chevilles des ouvreuses, ces professionnelles rémunérées exclusivement au pourboire. Je n'y comprenais rien, et Léa n'était pas plus avancée que moi. Nous n'osions pas interroger les adultes. Nous écoutions. Nous réunissions des indices, chacune de notre côté. Il suffisait que Clara Mancini évoque avec ses amies une sombre histoire de ballets roses et la machine à interprétation se déchaînait, des petits rats de John Palmer à ceux de l'Opéra qui se protégeaient le bout des pieds avec des escalopes, alors que dans les pissotières publiques des hommes se masturbaient dans des tranches de foie de veau, enfin tout s'embrouillait, il y a des années comme ça avant l'adolescence, des années de grandes turbulences où l'on sait certains mots sans les comprendre vraiment, une seule chose était claire : quand la fille de la directrice nous prenait sur ses genoux, nous étions bien obligées de nous laisser faire.

Les gestes *déplacés*, comme tous ces articles dans la presse, ces images intimes affichées sur les kiosques, nous plongeaient dans un mélange de culpabilité et d'excitation. Nous venions de passer en sixième. L'époque était déjà à la confusion.

*

La fille de la directrice était pionne. Ses études de commerce l'ennuyaient, elle préférait le contact avec la jeunesse. Elle ne resta pas longtemps dans l'établissement. Nous n'avons jamais su s'il s'agissait d'un choix personnel, ou d'une décision de l'administration.

*

Nous aimions bien les femmes. Parmi celles du quartier qui illuminèrent notre enfance, Nicky occupait une place de choix à l'angle du faubourg Saint-Honoré et de l'avenue Matignon. Elle avait des pieds immenses qui traçaient, au fil des jours, d'incroyables dentelles sur les trottoirs des deux rues. Quand elle marchait, elle passait d'une jambe sur l'autre en remontant la hanche opposée, comme on remet en place un manteau trop grand d'un haussement d'épaules.

Nicky n'était pas frileuse. Elle aimait le noir et les colliers de chien. Ce serait la mode, quelques années plus tard au lycée, de nouer autour de son cou un ruban de velours.

Léa avait demandé à sa mère pourquoi Nicky faisait toujours les cent pas, comme ça, dans l'avenue Matignon. Sa mère avait suggéré qu'elle devait avoir des problèmes de circulation. Cette réponse nous avait pleinement satisfaites.

Nicky était la personne la plus gentille que nous connaissions. Elle ne nous avait jamais rien offert, non, ce n'était pas ce genre de gentillesse-là, je te donne des chewing-gums et tu me laisses couper la file, c'était plutôt de l'affection, ou de l'attention, enfin voilà, et ces mots encore aujourd'hui m'émeuvent plus que de raison : nous avions l'impression de *compter pour elle*. Nous aurions aimé avoir une mère qui lui ressemble, à part les pieds peut-être. Une mère pas pressée, pas au téléphone, pas embarrassée de valises et de commandes urgentes pour des clients à qui on ne peut rien refuser. Une mère stable, présente, toujours au même endroit, avec un tout petit sac à main et une voix très grave.

Quand Nicky me prenait dans ses bras, elle me serrait un peu trop fort et me relâchait vite, pour que ça reste un secret entre nous. Je crois qu'elle me préférait. Le soir avant de m'endormir, j'imaginais la vie que nous mènerions avec elle. Nous habiterions toutes les trois dans un appartement avec vue sur le Sacré-Cœur. À Noël, nous irions en vacances au Brésil ou en Terre de Feu. Nous aurions l'argent infini, disait Léa, et c'était reparti pour d'interminables conversations dans le noir jusqu'à ce que la tête de John Palmer surgisse dans la fente lumineuse soudain apparue entre la porte et le mur, nous disant que cette fois-ci, les petits wra'ts, il fallait arrêter le moulin à paroles.

Quand nous dormions chez moi, personne ne s'inquiétait de nos confidences, et c'était ça que Léa appréciait rue Jean-Mermoz : passé le rituel des baisers du soir, on ne s'occupait plus de nous.

*

Un jeudi, Nicky nous entraîna dans la cour d'un immeuble. J'ai quelque chose d'important à vous dire, murmura-t-elle, et ce qu'elle avait à nous dire, c'était qu'elle ne pourrait plus jamais rien nous dire.

Pour des raisons difficiles à expliquer, elle n'avait plus le droit de nous parler.

Je revois Léa, ma petite Léa intrépide, les poings sur les hanches essayant de convaincre Nicky qu'elle ne pouvait pas nous laisser tomber comme ça, que ça ne se faisait pas, surtout sans explications. Nicky avait l'air très embêtée. Elle s'en tira tant bien que mal en prétextant que son mari était jaloux, terriblement jaloux, insista-t-elle, et qu'il lui casserait la gueule s'il la voyait nous adresser la parole. Nous ne voulions pas qu'elle se fasse casser la gueule ?

Non, nous ne voulions pas, mais de quel mari parlait-elle ? Chaque fois que nous avions vu Nicky avec quelqu'un, c'était un homme différent. Ça ne nous étonnait pas, peut-être savions-nous au fond qu'elle était prostituée, même si nous ne connaissions pas très bien le mot. Nous ne connaissions que le mot « pute » qui, lancé tout seul ou accompagné d'un adjectif, comme dans *sale pute*, était l'injure la plus salée du répertoire des garçons — injure qui ne pouvait en aucun cas désigner quelqu'un de l'envergure de Nicky.

J'apprendrais beaucoup plus tard que Clara Mancini, alertée par nos questions au sujet de cette femme qui faisait les cent pas près de la teinturerie, était allée la voir. Elle l'avait menacée de la faire éjecter du quartier si elle continuait à nous parler.

La mère de Léa connaissait l'épouse du commissaire de l'avenue du Général-Eisenhower, cliente régulière de l'atelier, qui se ferait une joie de lui rendre ce petit service.

*

Les enfants ont des peines qu'ils cachent sous la table, par pudeur sans doute, ils préfèrent les enterrer. Leurs chagrins sont tenaces, qui reviennent la nuit. Le jour, on se débrouille. On se ronge les ongles, on court, on rit. Il y eut d'autres rencontres, d'autres amours secrètes. Inconsolables oui, mais curieuses surtout. Au moins nous étions deux, et c'était notre force. Nicky ne voulait plus de nous ? La coiffeuse près de l'arrêt du 80 ferait aussi bien l'affaire.

Évidemment, nous n'en pensions pas un mot.

Nicky était irremplaçable, aucune coiffeuse si jolie fût-elle ne lui arriverait jamais à la cheville, mais il fallait bien reconnaître que la nouvelle avait du chien. Sa bouche me fascinait, elle remontait de chaque côté de façon naturelle, même au repos. C'était son dessin à elle, sa façon d'apprivoiser le monde. Quand elle mettait du rouge à lèvres, l'effet était encore plus saisissant.

Léa disait qu'elle portait des faux cils, moi j'étais persuadée du contraire. Un jour, je lui fis signe pour qu'elle se tourne vers nous, pour la voir de plus près, un peu plus longtemps, pour percer le mystère de ses cils, puis ce fut un rituel entre nous, chaque fois que nous passions devant la vitrine du salon, jusqu'à en oublier la question qui nous partageait — quelle importance, au fond. Naturels ou artificiels, les cils de la coiffeuse protégeaient un regard blessé, et cette tristesse que nous lisions, sans jamais en parler, nous donnait envie de la connaître.

Un samedi, après son travail, Isabelle, puisqu'elle s'appelait Isabelle — mais appelez-moi Zaza, tout le monde m'appelle Zaza — nous invita au café. Nous étions très intimidées. Nous ne savions pas quoi commander. Léa regarda les prix affichés au-dessus du comptoir et choisit la boisson la moins chère, un Viandox, sans savoir à quoi elle s'engageait, et je la suivis, parce que c'était ainsi entre nous, Léa prenait les décisions et moi, trop heureuse d'être déchargée de cette responsabilité, je la suivais. La coiffeuse fronça les sourcils, un Viandox vous êtes sûres les filles, pas un Cacolac ou un diabolo quelque chose, mais nous avons insisté, oui, deux Viandox, nous aimions le Viandox, et quand le Viandox arriva nous l'avalâmes bravement. Léa sentait bien que je lui en voulais un peu et, pour se défendre sans doute, n'arrêtait pas de me donner des coups de pied sous la table. Plus tard, elle soutiendrait que le Viandox, au fond, ce n'était pas si mauvais que ça.

*

Nous n'avions pas de chance avec nos amies du quartier : au retour du week-end de la Toussaint, l'année du premier pas sur la Lune, une autre fille coiffait à la place de Zaza. Nous avions tiré à pile ou face pour savoir qui irait dans le salon demander de ses nouvelles. Côté face : Léa fut désignée. La patronne lui apprit qu'Isabelle avait été mutée. Pourquoi ne nous avait-elle pas prévenues ? Mutée, mutation, ces mots sonnaient comme une punition. Était-ce notre faute ? Clara Mancini était-elle venue, là aussi, faire son petit chantage ?

Nous essayâmes bien d'attirer l'attention de la nouvelle coiffeuse, mais la nouvelle coiffeuse n'avait d'yeux que pour ses rouleaux.

Dommage, elle aussi nous plaisait pas mal.

II

À partir de treize ans, l'histoire ne se raconte plus de la même façon. Du jour au lendemain, d'une heure à l'autre, quelque chose se passe qui n'est ni un accident ni une rencontre.

Quelque chose se casse à l'intérieur de Léa, une digue, un barrage, ça ne s'explique pas : ça envahit.

Il est 4 heures du matin, en hiver, dans l'appartement de l'avenue Franklin-Roosevelt. Je dors profondément quand soudain je sens la main de Léa sur moi. Je lui demande pourquoi elle me réveille, en pleine nuit, sa réponse est confuse, elle dit qu'un bruit s'est installé dans sa tête, un bruit qui n'est pas un bruit et qui ne s'arrête pas, et une phrase qui se répète sans fin, une phrase qui l'obsède : *il n'y a pas de raison, pas de raison...*

Pas de raison que quoi ?

Léa s'est levée, elle tourne en rond dans la chambre en proie à une grande agitation. Elle ne peut pas se rallonger, pas retrouver son calme, jusqu'au moment où elle ouvre la fenêtre. Alors, dans le froid, elle accepte de se recoucher.

On en reparle après, tout de suite après et longtemps après, nous en reparlons. J'ai l'impression au début que Léa me cache une partie de l'histoire, mais au fil des années aucun élément nouveau ne se révélera. Alors ?

Alors rien. Une métamorphose, un bouleversement, sans cause apparente. L'impression de se battre contre une porte qui ne veut pas se refermer. L'impression de croquer dans une énorme meringue. Au cœur, il y a ce petit morceau pas cuit que les enfants connaissent bien, ce petit morceau qui colle aux dents et sans lequel la meringue ne serait qu'une sorte de barbe à papa compressée. Au cœur, ça attache, mais avant d'y parvenir, et c'est là que le rêve se transforme en cauchemar, il faut manger le reste, et plus on croque, plus la meringue grossit — et plus elle grossit, plus il est difficile d'atteindre l'essentiel (le petit morceau pas cuit). Le tout se déroule dans la tête, c'était à cet endroit qu'il y avait eu irruption, je l'ai déjà dit je crois, et pas autre part — pourquoi, me demande Léa, en reviens-tu toujours à ce qui a pu se passer cette nuit-là ? Tu as l'air de penser que je te cache la vérité ?

Que veux-tu qui me soit arrivé que tu n'aies pas vu, toi, allongée à un mètre de moi ?

Silence.

Tu as gagné, je vais tout te raconter. Cette nuit il y avait…

Léa baisse les yeux. Une mèche tourne autour de son doigt.

Il y avait des formes qui flottaient dans la chambre, poursuit-elle, des silhouettes blanchâtres avec des fusils, et des éponges visqueuses aussi qui se pressaient les unes contre les autres en appelant au secours. Des méduses, voilà, près de mon visage et, quand j'essayais de les chasser, leurs chairs n'offraient aucune résistance. C'est pour cette raison que je suis allée ouvrir la fenêtre. Pour libérer les fantômes, et qu'ils ne viennent pas se coller contre ton nez.

Des fantômes, mais les fantômes de qui ?

Léa éclata de rire, elle se moquait de moi. J'insistai. J'étais incroyablement obstinée, je ne me reconnaissais pas. Il s'était peut-être passé quelque chose la veille ? Ou alors (cette question, j'avais attendu longtemps avant de la poser, comme si ça ne me regardait pas), ou alors tu avais bu, avalé, fumé quelque chose ?

Non, pas de cachet pelliculé, pas d'herbe ni de poudre de perlimpinpin.

Léa prenait son air buté. Je n'obtiendrais rien d'elle, que ce qu'elle m'a déjà dit cent fois. Il y avait une meringue, installée dans un coin de son cerveau, pendant treize ans, et soudain elle s'était mise à gonfler, et ça n'avait plus tenu.

Ça ne tenait plus.

Ça s'effritait contre les parois de la boîte crânienne.

Ça ne respectait plus le contrat.

Du blanc à la commissure des lèvres, des grains de sucre sous les paupières.

Sans arrêt, sans répit, la meringue grossissait. Elle grinçait en s'écrasant contre les os.

Comme si tu étais obligée, disait Léa, de réfléchir sur tout, tout le temps.

Il n'y avait pas de dimanche.

Ça s'écrabouillait, ça se rabotait, seul le mystère restait entier.

*

Il faudrait reprendre le récit, tranquillement, sans se laisser submerger par les images. Raconter cette nuit-là en peu de phrases, mais avec des sujets et des verbes qui se tiennent — une chronologie, en somme, à défaut d'une explication.

Le soir, nous nous étions couchées comme d'habitude et, pendant la nuit, un coup de klaxon peut-être, des pas dans l'escalier, Léa se réveille et n'arrive plus à se rendormir. Elle reste figée, immobile, pendant longtemps, avant de se résoudre à tendre le bras.

Le contact de sa main suffit à me tirer du sommeil.

Ça tourne, me dit-elle.

Tu es malade ?

Non…

Tu as envie de vomir ?

Non, tu ne comprends pas. C'est le cerveau qui travaille tout seul, il ne peut plus s'arrêter de gamberger. Comme si un truc avait pété.

Un truc ? Un vaisseau ?

Je pense à la mère de Sandrine Mercier, une fille de la classe, qui a eu une attaque, c'est comme ça qu'on dit, *une attaque*, de qui, de quoi, on ne sait pas. J'allume la lampe de chevet, Léa est assise dans son lit, très droite. Elle ne veut pas que j'aille réveiller son beau-père. Elle n'a mal nulle part, elle est capable de bouger, les bras, les jambes, les doigts, sa parole est fluide, non, il ne s'agit pas d'une attaque, enfin pas d'une attaque de ce type, Léa se sent en parfaite santé, peut-être justement en trop bonne santé. Tout marche trop rapidement, comme un disque qui ne passerait pas à la bonne vitesse. Il y a un bruit derrière ses oreilles, elle dit « un bruit », j'y reviens, mais c'est une image, car elle n'entend rien en vérité — le bruit est *assourdissant.* La balance entre le dehors et le dedans est déréglée, l'oreille interne et l'oreille externe, l'intérieur de l'appartement et le reste du monde, alors tout devient intolérable, en vrac, qu'il y ait des gens qui dorment au chaud et d'autres sur le trottoir, que certains jettent de la nourriture alors que leurs voisins ont faim, toutes ces choses que l'on sait et que l'on supporte, d'habitude, la pauvreté, les inégalités, deviennent insupportables, à cause de cette phrase, cette maudite phrase qui n'arrête pas de tourner : il n'y a pas de raison, pas de raison.

Léa se lève, elle marche vers la fenêtre et va l'ouvrir tout en continuant de parler, et ses mots me font monter les larmes aux yeux. Les deux battants sont largement écartés, puis les persiennes, un air glacé s'engouffre dans la chambre. Je me lève à mon tour, la fenêtre m'attire, je suis prise d'un désir très vif de sauter dans le vide, pour effacer tout ça, échapper à tout ça, et Léa a ce geste inouï de me prendre dans ses bras. Elle se serre contre moi comme on se réfugie sous un arbre pour s'abriter de la pluie. Je suis envahie par un sentiment très doux, car je comprends que c'est elle, soudain, qui a besoin de moi. Absolument besoin de moi, c'est ce qu'elle dit, que nous avons de la chance de nous avoir, que sans moi elle ne sait pas comment elle ferait. Mes doigts s'emmêlent dans ses cheveux. Nous nous recouchons, la fenêtre toujours grande ouverte, mais qui ne me donne plus du tout envie de sauter.

Au matin, quand Palmer vient nous réveiller, il nous retrouve ainsi, collées l'une contre l'autre. Il ne dit rien du fait que nous dormions dans le même lit, mais se met à crier qu'on n'allait pas chauffer tout Paris et que ce ne serait pas lui qui irait chercher Léa au lycée si elle tombait malade, et que si elle croyait que deux gamines de treize ans allaient faire la loi, elle se trompait.

Les bras de John Palmer qui moulinent comme pour chasser le froid. Son exaspération, plus violente que jamais, son accent épais qui recouvre les mots, je ne comprends pas ce qu'il dit, mais sa voix me terrorise. Je ne bouge pas, baisse les yeux, si j'étais un bébé je me mettrais à hurler et il faudrait me battre pour que je me calme, me plonger dans l'eau glacée ou me secouer si fort que ma tête partirait s'écraser contre le mur. La colère de Palmer m'en rappelle d'autres, sans doute, mon père dans la maison, mon père et ses insultes. Le silence de Léa, aussi, est effrayant, qui me renvoie à mon propre silence. Mais ce n'est pas son habitude, à elle, de se taire, pourquoi se laisse-t-elle traiter ainsi de tous les noms ?

John Palmer s'en va en claquant la porte. Nous nous habillons sans rien dire. Léa pleure, je crois que c'est la première fois que je la vois pleurer. Sur le trajet du lycée, dans la rue, dans l'autobus, elle reste près de moi, toujours muette. Malgré l'air vif de février, ses joues sont restées très blanches. Quand nous arrivons, au lieu d'aller en cours, elle me demande si je peux l'accompagner à l'infirmerie.

Elle me regarde d'un air vague. Je la secoue un peu, comme pour la tirer du sommeil, et soudain, en effet, il y a un changement dans l'expression de son visage. D'absent, il devient préoccupé. La vie remonte d'un coup. Elle ne veut plus aller à l'infirmerie, *ce n'est plus la peine*.

Rien n'est plus la peine, et cette phrase vient balayer le manque de raison.

*

Après cette nuit, nous perdons tout, en quelques semaines : notre confiance en nous, notre confiance en notre capacité à agir sur le monde.

L'espoir, nous le perdons.

Nous trouvons nos petits gestes ridicules (aider à traverser la rue, porter un sac, donner de l'argent). Notre humanisme manque d'envergure. Nous avons honte d'y avoir cru, c'est peut-être ça le sentiment le plus douloureux, et le plus difficile à raconter : ce regard sans concession de deux adolescentes sur les enfants que nous étions.

Depuis la fameuse nuit, surtout, ce qui a changé : Léa parle, elle n'arrête pas de parler, parce que soudain tout a de l'importance, il n'y a plus d'échelle, plus besoin de monter et de descendre, le monde est là entassé devant nous, en vrac, alors si tout a de l'importance, conclut Léa, rien n'a d'importance *en particulier* et il faut tout nommer, à égalité, tout mettre en doute, tout démonter.

Nous arrivons à la limite de quelque chose, mais Léa est déjà de l'autre côté, et je reste debout derrière les barbelés. Mon silence impressionne Léa, elle m'en parlera plus tard, il me met audessus de la mêlée, dira-t-elle, dans un royaume à part. Ce qu'elle ne sait pas : mon silence n'est qu'un paravent bien fragile. À l'intérieur (et sans jamais pouvoir le raconter) des images d'une violence incroyable m'assaillent : Léa prend un crochet de boucher et se l'enfonce dans la tête pour que les pensées s'arrêtent (dedans, c'est un carnage) ; l'homme qui fait la manche dans la queue du Mercury se suicide en direct, il ingurgite tout le paquet de lames de rasoir, mais personne ne s'en rend compte. Il se contorsionne de douleur : les passants applaudissent. Plus tard, on en parle à la radio, et c'est du sang qui coule par les trous du haut-parleur.

Un autre cauchemar qui reviendra souvent : Rommel se jette sur John Palmer. Il plante ses crocs dans son mollet. D'un coup de chaise, Palmer l'assomme. Les dents restent accrochées, le petit renard perd connaissance. Il pendouille comme un gros pompon.

*

En apparence je suis calme. J'ai peur que Léa ne se moque de moi si je lui raconte mes rêves, mais non, elle ne se moque pas de moi : elle se méfie. Oui, soudain, elle ne me regarde plus de la même façon. Ça ne dure pas longtemps, quelques secondes, mais ce doute me bouleverse. La faille s'élargit. Nous ne sommes plus sœurs depuis la nuit des treize ans : nous sommes juxtaposées. Les pièces du puzzle ne s'emboîteront plus jamais aussi bien. Ce que je ne sais pas encore : grâce à cet air, entre nous deux, un nouveau feu prendra naissance. Mais pour le moment, tout ce que l'on sent, c'est de l'éloignement. Alors Léa se débat, parce qu'elle ne veut pas me perdre. Il m'arrive souvent d'avoir envie de la serrer dans mes bras — je me retiens, j'ai peur que mes gestes ne soient *déplacés*.

Une chose change aussi, sans que nous en parlions : Malgré l'apparition du mot « société » dans notre vocabulaire, et notre colère contre les inégalités, nous faisons un détour pour ne plus passer devant Richard et ses amis de Saint-Philippe-du-Roule. Nous ne supportons plus les clochards, leurs voix chargées d'alcool nous mettent mal à l'aise. Nous redoutons leurs réflexions sur notre croissance — celle des seins de Léa, en particulier.

*

Le glissement se poursuit. Fin février, on se bat dans les rues de Belfast, le printemps tarde à venir — Léa pour ses quatorze ans reçoit une guitare, et c'est le début d'une éclaircie. Un samedi, nous allons nous promener vers Saint-Michel, près de la librairie où nous avons revendu les deux caisses de livres, et là nous découvrons d'autres jeunes qui jouent de la musique et apprennent à Léa ses trois premiers accords. Nous découvrons une autre faune, tout aussi déglinguée que celle de Saint-Philippe, mais autrement plus proche de nos aspirations. Une tribu colorée qui zone de l'autre côté des ponts, ou même parfois sous les ponts. Léa est fascinée. Les Champs-Élysées l'écœurent, les marchands de voitures, les cinémas saucissonnés, les boutiques de luxe, les filles à plumes, les flics, la publicité, et je suis bien d'accord avec elle : il faut inventer de nouveaux trajets, sortir du quartier, et traverser la Seine pour explorer des territoires inconnus.

*

En déguisant son âge, Léa a réussi à obtenir un petit boulot, ça s'appelle des « enquêtes », un formulaire de trois pages où il est question de yaourts. Il faut cocher des cases selon les réponses. Léa a suivi une formation avec d'autres sondeurs dans le local de l'agence, rue de la Convention. La réunion a duré trois heures — en deux minutes, Léa me fait le topo : les yaourts présentés sont meilleurs que ceux de la génération précédente. Ils sont plus onctueux et le goût des fruits est exceptionnel, parce que les nouveaux fruits sont coupés plus gros que les anciens fruits (en vérité les morceaux sont de la même taille, mais ils ne sont pas cuits de la même façon, donc ils donnent l'*impression* d'être plus gros) : voilà ce que les sondages doivent prouver pour satisfaire le client.

Et le principal, conclut Léa, c'est la satisfaction du client.

Au Quartier latin, notre nouveau fief, les gens que nous interrogeons sont arrangeants. Nous leur inventons des métiers (*situation professionnelle*), car nous avons des quotas à respecter (*diversité socio-*

culturelle). Nous avons des yaourts aux cerises dans notre sac de l'armée américaine, avec des petites cuillères en plastique conditionnées dans des pochettes individuelles. Tout ça est très hygiénique. Nous nous prenons très au sérieux.

*

Sur le sac militaire, les sigles s'accumulent, ainsi que les devises héritées de mai 68. Léa écrit en lettres bien rondes, enchâssées les unes dans les autres comme des enfants dodus sur la plage en été. Avec l'argent des enquêtes, on s'achètera des disques, l'album de Woodstock en priorité, puis celui de Jefferson Airplane. Ceux de Reggiani et de Barbara, nous les avons déjà rue Jean-Mermoz.

Côté cinéma, l'heure est aux économies. Nous y allons toujours autant, mais il n'est plus question de payer ni de faire la queue : on rentre par les sorties. Notre film préféré s'appelle *Mort à Venise*. Nous le voyons trois fois. Nous ne connaissons rien de Thomas Mann ni de Visconti. Nous ne cherchons pas à savoir, nous prenons les choses telles qu'elles viennent à nous, les émotions en bloc, *ici et maintenant* — ces mots aussi, bientôt, en caractères psychédéliques sur le rabat du sac.

Pour le questionnaire à propos des yaourts, Léa s'en sort bien, mais pour l'enquête suivante la tâche est plus ardue. Il s'agit d'un travail sur les produits de beauté, et nous manquons sans doute d'expérience, car l'agence dit à Léa qu'on la rappellera, que pour le moment ils n'ont rien pour elle.

Ça tombe bien, Léa en convient : nous avons besoin de repos.

*

Nous passons de nouveau pas mal de temps à la maison. Des animaux, il ne reste plus que Rommel chez Léa et chez moi, dans un autre registre, les dictionnaires encyclopédiques. Nous choisissons souvent d'aller chez moi. À Saint-Michel, Léa se heurte à de nouvelles interrogations. Des garçons, elle cherche le mode d'emploi. Nous trouvons les mots Fallope (trompes de), sperme, testicules, salpingite, orgasme, fellation et cunnilingus. Au lycée, un gynécologue devrait venir nous parler des différents modes de contraception, mais la rencontre est reportée à plusieurs reprises pour des mobiles flous. Le sida n'existe pas encore, une capote est le féminin d'un capot et protège les poussettes des intempéries. Comment s'arrange-t-on pour ne pas tomber enceinte ? Il y a des moyens, disent d'un air mystérieux celles qui ont couché.

Léa se prend souvent la tête dans les mains. Son cerveau continue à attirer les questions comme du papier tue-mouches. Elles viennent toutes se coller autour. Pour ne plus les entendre bourdonner, Léa augmente le volume de la musique ou plaque pendant des heures les mêmes accords sur sa guitare.

Moi, je ne joue de rien.

*

Un lundi, Léa m'attend devant chez moi comme tous les matins, quand nous ne dormons pas l'une chez l'autre, pour aller au lycée. Nous ne nous sommes pas vues de tout le week-end. Pendant que j'étais en Normandie, Léa a découvert un nouveau territoire. Il s'agit d'un triangle près du métro Pont-Neuf qui porte le nom sublime de Vert-Galant. Là-bas, sur l'île de la Cité, il y a un square peuplé de gens géniaux qui vivent en marge de la *société*.

Là-bas, dit Léa avec les yeux qui brillent, tout le monde est nonchalant.

Je ne sais pas où elle a été chercher ce mot, ni comment soudain la nonchalance est devenue une qualité à ses yeux, elle qui a toujours besoin de bouger. Le samedi suivant, Léa me fait découvrir son paradis. Nous descendons ensemble l'escalier derrière la statue équestre d'Henri IV. On se dirait dans un dessin de Léa, sur la proue d'un bateau où pousseraient des arbres. À droite de l'esquisse, flottant un peu parmi les herbes, est assis un garçon souriant. Il porte une veste en mouton retourné, c'est comme ça qu'on dit, *mouton retourné*, avec les poils à l'intérieur, et des broderies afghanes au niveau des manches. Léa le connaît, elle me le présente. Il insiste pour que je sente ses cheveux, il est très fier de leur odeur, et il a raison : ses cheveux sont sucrés et doux comme du miel. Je m'en veux d'avoir hésité à les toucher de peur d'attraper des poux. La veille, il avait rencontré une femme qui l'avait invité chez elle pour prendre un bain. Sa chambre donnait sur la place Dauphine.

Une bourgeoise, souligne-t-il, et de sa bouche fuse un rire saccadé qui attire l'attention d'un grand type aux pupilles minuscules : qu'est-ce qu'il peut voir à travers ça ? Il lui manque des dents. Nous bavardons, de tout, de rien, de l'après-shampooing, de la place Dauphine et des poulets du quai des Orfèvres. Je crois que j'ai l'air à l'aise, je donne le change, mais voilà : donner le change me coûte beaucoup.

Le grand type parle de cheval et, comme je ne sais pas que le cheval est un autre mot pour désigner l'héroïne, je ne comprends pas ce qu'il raconte. Pour participer à la conversation, tout de même, je lance que, moi aussi, je monte à cheval.

Mouton retourné rigole. Lui, c'est le contraire : le cheval est monté sur lui.

Nous devrions rire, mais non, il y a un petit flottement, on cherche du papier à rouler, personne n'aurait du papier ?

Les regards convergent, deux garçons s'approchent, le premier avec des cheveux coupés façon chapka, les poils de la moustache lui coulant des narines, la barbe remontant très haut : seuls ses yeux sont dégagés, comme s'il portait un loup de peau. Le second vient en sautillant, style minet attardé échappé de la bande du drugstore, raie sur le côté et imperméable. Je me demande ce qu'il fabrique au Vert-Galant, mais lui aussi se révèle très sympa à la longue, et très nonchalant.

Plus loin, les pieds battant le vide au-dessus de l'eau, une fille en jupe indienne est assise, son transistor sur les genoux. Quand elle trouve une chanson qui lui plaît, elle monte le son et bouge la tête en cadence — là, tout de suite, une ballade de Lou Reed que nous adorons. Le minet vient se planter devant moi et se met à chanter *And the colored girls say doo, doo doo, doo doo doo doo doo, doo doo* en claquant des doigts. Finalement, je le trouve mignon — mais les mocassins, c'est rédhibitoire.

Mignon est l'adjectif que nous employons pour désigner les garçons avec qui on aimerait bien sortir.

Les passagers d'un bateau-mouche nous photographient. Mouton retourné tire Léa vers lui et joue aux amoureux de Robert Doisneau. Je n'en reviens pas que mon amie se laisse embrasser, à cause du décor sans doute, un décor de cinéma. Ce n'est pas la première fois que Paris me donne cette impression : nous sommes nées dans un film, tout ça n'est qu'une mise en scène, bientôt on entendra « Coupez ! » et chacun retournera dans sa petite vie moche. En guise de bande originale, une voix amplifiée déroule des commentaires trilingues sur Henri IV, ses maîtresses et sa poule au pot.

Un pétard circule qui détourne mon attention de la Seine et de ses touristes, un pétard mouillé au bout, j'en tire une taffe, puis une autre. Nous avons appris à faire tourner le joint avec *Easy Rider* — à la fin, on le tient avec une pince à cheveux genre mémère, pour ne pas en perdre une miette. On ne se brûle pas les doigts, ce sont les lèvres qui prennent, et le paysage qui gondole. Je n'ai jamais eu le pied marin, toute cette eau autour de nous me donne la nausée, les clapotis et la lumière jaune… Je demande l'heure, personne n'a l'heure. Il faut que je rentre à la maison, alors Mouton retourné m'embrasse sur la bouche comme il l'a fait avec Léa. Nos dents se cognent. Il rit, toujours de la même façon, saccadée, un rire de machine à coudre. Le minet est parti, il a oublié ses lunettes de soleil sur le nez de la fille au transistor, à moins que ce ne soit un échange.

Léa reste avec la bande — sa nouvelle famille. Je repars en métro, le changement est interminable et les rames bondées. Je monte en première classe, comme j'ai pris l'habitude de le faire avec Léa. Nous avons des cartes de scolarité avec de fausses adresses, au cas où nous serions contrôlées. En arrivant rue Jean-Mermoz, je me couche sans manger, prétextant que j'ai mal à la gorge — ce n'est pas vrai, mais j'ai envie qu'un médecin examine ma bouche. Entre le joint mouillé et la langue de Mouton, j'ai peur d'avoir attrapé quelque chose. Je m'observe, rien ne se manifeste qu'un énorme dégoût pour les peaux retournées, l'herbe, et le cheval du Vert-Galant.

*

Je ne veux plus aller sur l'île de la Cité, même pour acheter des sorbets, les meilleurs de Paris, je n'y remettrai plus les pieds. Léa insiste un peu, puis elle laisse tomber. Jour après jour, elle me raconte. Il n'y a pas grand-chose à raconter d'ailleurs, mais bon, elle me raconte tout de même. Le grand type à qui il manquait des dents a disparu, Chapka lui a offert un livre de poèmes de René Char qu'il a trouvé sur les quais. On n'a pas revu le minet, il était venu pour s'approvisionner en shit, d'après la fille au transistor, on avait dû lui refiler des boulettes coupées au henné. Mouton retourné est vraiment marrant de chez marrant, dit Léa, il me fait poiler. Il y a une nouvelle recrue avec des cheveux très longs, encore plus longs que les tiens, elle a douze ans et imite à la perfection le cri des corbeaux.

Mouton retourné m'a donné des acides, je ne sais pas pourquoi, il m'a à la bonne.

Léa me montre deux petits carrés de papier imprégnés d'une tache plus sombre, un truc pour affûter les sensations, dit-elle encore, est-ce que je veux essayer avec elle ?

Elle m'assure qu'il n'y a aucun risque d'accoutumance, qu'il s'agit juste d'une expérience qu'elle aimerait tenter à la campagne, avec moi.

Dans la nature, ce serait bien, non ?

Je ne réponds pas. Léa avance que cet été peut-être, si la proposition d'aller en Normandie est toujours d'actualité…

Je saute sur l'occasion. J'avais si peur que Léa ne veuille plus passer ses vacances avec moi. Que ce genre de séjour lui semble d'un autre âge, un programme pour gamines. Je dis oui à tout, les buvards hallucinogènes, les promenades en forêt, la tête dans les étoiles, du moment que Léa me tient la main, rien de grave ne peut m'arriver.

Parmi les livres achetés à Saint-Michel, celui qui nous servirait le plus, contre toute attente, fut une encyclopédie botanique illustrée intitulée avec modestie *La vie des arbres et des plantes*. Sur les conseils de ma mère, nous l'avions emportée en Normandie dans l'idée, toute maternelle également, de constituer un herbier. Il y avait un verger derrière la maison de location et, encore derrière, une forêt bordée par la voie ferrée. Du triangle des Champs-Élysées à celui du Vert-Galant, nous passions au quadrilatère de La Mésangère (c'était le nom du lieu-dit) incluant la pointe du village, le terrain de foot où Truffaut avait tourné une scène des *Quatre Cents Coups*, la ferme où nous allions chercher le lait et, de l'autre côté des voies, le début des carrières.

Le matin très tôt, nous étions réveillées par le Paris-Rouen.

Nous traînions souvent près du chemin de fer. Léa ne se bouchait pas les oreilles quand arrivait le train. Elle essayait de ne pas s'écarter, testant son courage et le mien par la même occasion, puisqu'il fallait que je reste à côté d'elle sous peine de passer pour une mauviette. Mais mauviette n'était pas le mot, non, car j'avais du courage en vérité, un courage désarmant, et si Léa avait su toute l'énergie que je devais déployer pour ne pas m'éloigner au passage du train, elle m'aurait considérée autrement.

*

Cette partie du bois, l'été, était assez fraîche. L'automne, ce devait être un coin à champignons. Quand il faisait moins chaud, nous marchions jusqu'à la clairière sauvage, comme nous l'appelions, dans l'angle gauche du quadrilatère. Nous aimions son odeur — celle des buissons de mûriers, sans doute, qui poussaient à l'entrée de l'allée principale. Au centre s'ouvrait le cercle enchanté, un terre-plein recouvert d'une mousse très dense. Le soleil nous parvenait par taches mouvantes, comme si quelqu'un d'un coup de loupe avait voulu nous indiquer telle ou telle partie d'un tronc ou d'une branche. Léa dessinait avec des mots un paysage qui, de premier abord, m'était étranger. J'étais fascinée par sa façon de voir, ses observations sur la forme des feuilles ou la couleur du sol, avec elle j'apprenais à regarder.

Là-bas, on se sentait tranquilles.

Quelque chose de l'enfance était revenu dont nous profitions pleinement. Quand il pleuvait, nous allions à la bibliothèque de la ville voisine. Il y avait aussi la piscine, un peu plus loin, mais à la piscine il fallait se déshabiller. Nous préférions éviter : on se trouvait trop grosses.

Léa avait ce talent inouï de dénicher les livres

intéressants. Elle tomba sur un ouvrage qui évoquait le rapport des artistes avec la drogue — l'opium, surtout, mais aussi l'héroïne, le Laudanum, les amphétamines. La plupart des écrivains cités étaient des auteurs que nous avions étudiés à l'école ou au lycée, de Daudet à Gérard de Nerval en passant par Edgar Allan Poe, Zola, Goethe ou Théophile Gautier. Même Willy, le Willy de Colette, répondait présent au grand appel des consommateurs.

En ce qui concernait Verlaine, Rimbaud et Baudelaire, nous étions déjà vaguement informées, mais pour les autres, nous tombions des nues. Les professeurs ne pouvaient ignorer cet état de fait et, par un détour curieux, la découverte du livre (toutes ces choses évidentes qui nous étaient dissimulées) fit remonter à la surface un souvenir que j'avais soigneusement enfoui. J'étais avec ma mère dans le métro, un type avait sorti sa queue. Ma première queue humaine, en somme, je ne me rappelais pas en avoir vu d'autres avant, même si pour une raison mystérieuse je m'étais fait la remarque que ce monsieur ne devait pas être normal, puisqu'il n'avait pas de poils sur son pénis. Ma mère regardait dans une autre direction, je ne lui avais rien dit. Ce jour-là, je pris conscience que les hommes avaient un sexe. Tous ceux que je croisais, qui marchaient, buvaient, discutaient l'air de rien, portaient ce machin accroché entre les jambes — car c'est ainsi que je me le représentais, non seulement poilu, mais suspendu au milieu à la façon d'un battant de cloche.

Quel âge pouvais-je avoir ? Six ans ? Moins ? Je ne crois pas en avoir jamais parlé avec Léa. Si les hommes du passage sous les Champs-Élysées, et en particulier le cordonnier, occupaient une place importante dans nos vies de petites filles, leurs parties génitales restaient toujours dans l'ombre, sous le comptoir, comme sous-entendues. Le masculin était représenté par le timbre de leur voix ou leur façon de s'habiller — le reste, nous ne tenions pas à le voir ni à savoir que ça existait.

Le reste, le battant poilu, cette chose qui rendait les hommes impairs, n'était pas sale, non : il était dangereux.

*

Le fond du potager était envahi par les fleurs de pavot, nous aurions bien aimé apprendre comment se fabriquait l'opium. Le livre sur les paradis artificiels ne quitta pas la bibliothèque, je n'osai pas le faire entrer dans la maison de vacances, comme s'il s'était agi d'un ouvrage aux colorations érotiques (ce qui n'était, je m'en aperçois aujourd'hui, pas totalement faux). Dans une encyclopédie ancienne reléguée au premier étage, Léa découvrit qu'il fallait broyer la plante (mais quelle partie de la plante ?), la baigner dans un alcool (quel alcool ?) puis, après avoir filtré ce liquide, lui administrer un traitement à l'éther, processus délicat qui ne s'appliquait pas, concluait l'auteur de l'article, aux pavots de l'Hexagone, leur taux de morphine étant trop bas.

Nos rêves de produire de l'opium normand s'écroulèrent à la lecture de cette dernière phrase.

Heureusement, dit Léa en refermant l'encyclopédie, il nous reste les buvards.

C'était la première fois qu'elle en parlait depuis notre arrivée à La Mésangère. J'en étais même à me demander si elle ne les avait pas gobés avec quelqu'un d'autre, avant de partir en vacances.

Le soir même, Léa me proposa de fixer la date du grand voyage au surlendemain, en fin d'après-midi. Nous demanderions à ma mère l'autorisation de camper dans la clairière, ainsi nous pourrions atterrir en douceur et reprendre la vie collective sans que personne ne s'aperçoive de rien.

L'idée de passer une nuit sous la tente avec Léa me plaisait plus que tout. Ma mère nous prépara un pique-nique plein de bonnes surprises, dont un paquet de marshmallows que Léa imagina en train de griller au bout d'une pique et, pendant que nous y étions, il faudrait emporter un gril pour faire fondre le gruyère des sandwichs. Ma mère nous mit en garde contre les dangers du feu, nous étions de son avis, il était hors de question de courir le moindre risque, et c'est rassurée qu'elle nous laissa partir sans allumettes, avec notre tente, le panier repas, les deux sacs de couchage et les précieux buvards dans la poche intérieure de mon sac à dos.

*

À quatorze ans, je connaissais les dangers du feu, mais aussi ceux du LSD, dont le plus impressionnant était de rester épinglé en plein vol. Au premier voyage comme au centième, une dose infime pouvait vous faire passer de l'autre côté. On racontait au lycée l'histoire de cet étudiant qui, prenant la fenêtre de sa résidence pour la porte de la cuisine, s'était écrasé dix étages plus bas. Ce que je ne savais pas (encore une question de vocabulaire, comme le cheval et l'héroïne), c'était que le LSD et l'acide désignaient le même produit.

Il y avait beaucoup d'autres choses, encore, que j'ignorais, alors que dans la forêt, nous montions la tente. Le nom de cet oiseau qui chantait si bien, celui de ces fleurs qui poussaient autour des souches, la durée de vie des fourmis, enfin de tout ce qui nous entourait nous ne savions presque rien. Une seule chose était certaine, inébranlable : ma foi en Léa, en notre amitié, qui jamais avant cet instant n'avait été aussi forte, et c'est dans un climat de confiance absolue que, les yeux dans les yeux, nous avions placé le buvard sur la langue de l'autre, comme une répétition du pacte de sang.

Avant même qu'il n'agisse, l'acide faisait son effet. Comme disait Léa, il s'agissait d'établir de nouvelles connexions entre les neurones, et pour cela d'être attentifs, simplement, à ce qui nous entourait. Je regardai les arbres au-dessus de nous d'un œil nouveau, chacun avait sa personnalité, sa fonction, son calendrier — tu vois, disait-elle encore, nous faisons partie de tout ça, des saules et des hêtres, nous ne sommes pas meilleures, et plutôt même un peu moins bonnes puisque nous ne sommes pas capables de transformer le gaz carbonique en oxygène. Tu sais ce que Cézanne donnait comme indication à ses modèles ? Il leur demandait de ressembler à des pommes. Tu crois que pour les saules, on a l'air de pommes ?

Je n'avais pas vraiment d'avis sur la question.

Léa me proposa de nous allonger sur les duvets au centre de la clairière. Elle se mit à fredonner une chanson des Beatles. Nous habitions tous dans un *yellow submarine, yellow submarine, yellow submarine*...

Un train arrivait, Léa se redressa. Tu sens la terre qui tremble ?

Non, je ne sentais rien, ou plutôt si : je me sentais bien. Ce n'était pas une année à moustiques, l'air était doux, je passais des vacances merveilleuses. Je pensai au poney qui broutait dans le pré devant la maison. Il n'était pas commode, et pas très beau non plus avec son museau pelé, mais nous, on l'aimait. On lui apportait des carottes. Nous étions ces gamines-là, de nouveau, membres du Sergent Pepper's Lonely Hearts Club Band, même si nous affirmions que nous préférions les Rolling Stones et Janis Joplin. Une petite rechute, en somme, avant la grande traversée vers l'âge adulte. Je fermai les yeux pour laisser toute la place aux sons de la forêt. La voix de Léa me tira d'un demi-sommeil dans lequel je n'avais pas conscience d'être tombée.

Je crois que ça y est, s'exclama-t-elle en riant, je plane, je plane !

Léa se rapprocha. J'étais normale, comme d'habitude, je suis comme d'habitude, me disais-je, et mon obstination à répéter que j'étais comme d'habitude était la preuve que je n'étais pas comme d'habitude (c'est ce que je pensais, je me trouvais un peu compliquée, et je me disais aussi que, si j'arrivais à formuler une réflexion aussi élaborée, c'est que l'acide n'avait pas encore fait son effet). Léa se leva et, enjambant mon corps, me tendit les mains pour m'aider à me relever. Je regardai ses bras, longs et musclés, d'une belle couleur dorée, comme des baguettes qui sortent du four avec le coude en guise de croûton. Quand je fus debout, les baguettes se refermèrent sur moi. J'aimais bien, et en même temps je n'aimais pas. J'essayai de me dégager. Léa serra plus fort, je m'éloignai violemment, je ne supportais pas d'être contrainte, enfermée, cette clairière était trop petite et nous devions marcher vers la voie ferrée pour entendre, enfin, les couleurs respirer.

Quand je me retournai, Léa était loin derrière moi. Quelque chose avait changé dans ma bouche. Je passai ma langue sur ma gencive supérieure : j'avais perdu mes dents. La sensation était nette, indiscutable. Je revins sur mes pas en scrutant le sol, il fallait que je les retrouve, je ne pouvais pas me montrer à ma mère dans cet état. Je ramassai deux cailloux que je mis dans ma poche, persuadée qu'il s'agissait de mes incisives. Une pensée me submergea, une pensée qui était émotion, il n'y avait plus de différence entre les deux mots — aujourd'hui encore, en écrivant ces lignes, je perçois ce poids dans mon ventre, comme si je vivais à l'intérieur de moi-même, que j'étais mon propre nourrisson qu'il faudrait toute ma vie porter et nourrir. J'habitais à la fois dans ma peau et en dehors de ma peau, les éléments dont j'étais constituée se poursuivant naturellement dans la forêt, Léa avait raison : il n'y avait pas de différence essentielle.

Je marchai jusqu'au chemin de fer. Le ballast brillait d'un éclat inhabituel, il me disait que ce n'était pas grave de perdre ses dents, puisque tout était dents. Pas grave de perdre le sens du temps, puisque tout était temps. Mon cœur ne battait plus dans ma poitrine, mais dans mes pieds. La distance ne voulait plus rien dire, et je me demandai si Léa arriverait un jour jusqu'à moi.

Et puis soudain, elle fut là, avec ses grands bras croustillants.

Elle répétait que j'exagérais de marcher si vite, et elle riait. La nuit ne tombait pas à cause de la lune. Je me mis à courir sur les rails. Il fallait que j'aille faire quelque chose de l'autre côté du pont, je ne sais plus quoi. Je tombai en me prenant les pieds dans une traverse, et c'est un goût de sang qui ramena mes dents.

Léa se pencha sur moi. Elle était normale, elle ne riait plus.

Il ne faut pas rester là, insista-t-elle, c'est dangereux.

Le sang, ce n'était rien, je m'étais juste mordu la langue. La gourde que Léa me tendit était de forme régulière. Sa main aussi, régulière. Tout tanguait autour de moi, mais en m'accrochant à Léa, je réussis à retrouver l'usage de mes jambes. Nous étions sur un yellow submarine, comme autrefois dans les jardins du Vert-Galant, et c'était la terre entière qui se transformait en arche de Noé.

*

Il s'était mis à pleuvoir dans la nuit, je me souviens du bruit de tambour sur la toile. Je ne sais comment nous avions réussi à regagner la tente. Léa me raconterait son trip en deux phrases que j'ai oubliées, rien de très spectaculaire. À sa façon de parler, je devinai qu'elle m'avait menti : pour elle, ce n'était pas le premier acide. Quand elle revenait du Vert-Galant, les pupilles dilatées, elle n'avait pas seulement fumé.

Les jours qui suivirent le camping en forêt, ma mère me trouva un drôle d'air, et il fallut attendre la fête de l'Assomption et ses autos tamponneuses pour que je reprenne tout à fait, à force de secousses, ma place dans mon corps, comme on donne des petits coups du plat de la main sur un verre de farine jusqu'à ce qu'elle épouse la forme de son contenant.

Et tout ça, ce n'était que de la chimie.

Une petite goutte, moins grosse qu'une larme.

*

À la rentrée suivante, nous n'étions plus dans la même classe. Une fille vint s'asseoir près de moi. Elle s'appelait Sylviane Dupont et avait décidé de devenir mon amie. Léa m'attendait à chaque sortie des cours, elle ne supportait pas cette Dupont bien sûr, dont elle arracha quelques poignées de cheveux. Ses résultats scolaires étaient catastrophiques. Léa fut renvoyée une première fois, pour une journée d'abord, puis deux, puis trois. Un matin elle arriva au lycée avec le dos des jambes peints en rose.

Le lendemain, elle m'annonça qu'elle quittait définitivement le lycée.

Je me souviens de mes mots, « tu ne peux pas faire ça, tu ne peux pas faire ça », je regardais par terre, mes jambes ballantes, et la robe en patchwork de Léa. Nous étions assises sur un banc, à la sortie de la patinoire des Champs-Élysées. *Tu ne peux pas faire ça*... et plus je répétais cette phrase, plus Léa souriait de ce même sourire qu'elle avait eu quand elle m'avait dit que mes yeux allaient s'effacer, à force de pleurer.

Oui, c'était bien ce qu'elle allait faire, le lycée ne la supportait plus et elle ne supportait plus le lycée, elle ne voyait pas comment ils pourraient continuer l'un comme l'autre à se fréquenter. Je lui proposai d'aller voir la directrice, de la convaincre de me changer de classe, mais Léa était déjà ailleurs.

Je compris que, si je ne voulais pas la perdre, je devais accepter sa décision.

John Palmer lui-même pensait que c'était la meilleure solution. Léa allait avoir seize ans, elle pourrait travailler jusqu'à la rentrée prochaine, se confronter au monde *réel*, disait-il, lui remettrait les idées en place. Et au mois de septembre suivant, on trouverait une école ou une formation plus adaptée que le lycée.

*

Nous continuions à nous voir, à dormir l'une chez l'autre en fin de semaine, je ne sais plus très bien à quoi nous occupions nos journées libres, quel genre de films nous aimions, de cette période j'ai presque tout oublié. Je ne me souviens que d'une rencontre avec un homme qui allait, comme l'avaient fait les animaux, servir de relais à notre amitié.

Nous sortions de la patinoire, il cherchait l'entrée de la station de métro.

La bouche était sous son nez, c'était moi qui avais sorti cette phrase sans y penser, « la bouche, elle est là, sous votre nez », et Léa avait été prise d'un fou rire. Il nous demanda si nous habitions le quartier, puis se présenta. Son nom nous séduisit sur-le-champ, balayant tous les Chevalier du monde : il s'appelait Ben Amor et, tout de suite après son nom, il déclina sa fonction. Il était comédien, et depuis peu dirigeait le festival de Tabarka, en Tunisie. Il nous tendit à chacune un petit rectangle de carton bleu — si vous avez envie de passer, ajouta-t-il, faites-nous signe, on s'arrangera pour vous trouver un hébergement.

Sur la carte, en gras, s'étalait la devise du festival : Pour ne pas bronzer idiot.

Tabarka devint notre nouvelle marotte.

Qu'est-ce que tu fais cet été ?

Cet été ? Je vais à Tabarka, en Tunisie.

Super !

Ouais, super.

Malheureusement, l'histoire se termina en queue de poisson. Le billet d'avion était hors de prix en cette saison, jamais je ne réussirais à rassembler une telle somme, et Léa, même si elle travaillait, ne voulait pas dépenser tout son argent pour partir en vacances. J'annonçai par écrit la mauvaise nouvelle à Ben Amor — impossible de me souvenir aujourd'hui de son prénom, quelque chose de pas vraiment sexy, comme le Maurice du Chevalier. J'espérais en secret qu'il proposerait une solution, peut-être avait-il accès à des billets moins chers, peut-être même nous offrirait-il le voyage, mais non, il répondit que c'était dommage, que peut-être une autre année nous pourrions venir, qu'il fallait rester en contact, et aussi rester ce que nous étions : de belles jeunes filles à l'esprit honnête et curieux.

Il joignait à son envoi une photo dédicacée que Léa déchira en deux pour que nous en ayons chacune un morceau. Je me retrouvais avec une moitié de Ben Amor, un œil, une narine, et l'*amor* de son nom.

Le premier McDonald's de la capitale venait de s'installer sur les Champs-Élysées — il en existait déjà un à Créteil mais, à Paris, c'était le seul. John Palmer nous avait déjà initiées aux bonheurs de la cuisine américaine, mais avec McDo, c'était encore un nouveau monde qui s'ouvrait à nous. Nous adorions cette façon d'appeler les frites, *french fries*, et de les manger avec du ketchup. Les milk-shakes se buvaient à la paille, comme le lait chocolaté et, même s'ils n'arrivaient pas à la cheville de ceux du beau-père de Léa, ils nous donnaient quand nous marchions dans la rue une dégaine qui nous plaisait.

Au lycée il y eut bientôt celles qui y étaient allées, et les autres — comme il y avait celles qui avaient couché, et les autres.

Léa décida qu'elle voulait travailler là, elle trouvait qu'elle avait le profil et, en effet, elle fut immédiatement embauchée. C'est à cette même période qu'elle me rebaptisa. Je devins sa Bambi, comme ça qu'elle m'appellerait désormais, que je le veuille ou non : Bambi, sa Bambi.

C'est ma Bambi ? répondait-elle au téléphone.

Comment va ma Bambi ?

C'était affectueux, évidemment, mais aussi un peu étrange d'entendre Léa parler de moi à la troisième personne. À part ça, nous nous entendions toujours aussi bien. Quand je passais la voir en sortant du lycée, elle me servait pour un prix dérisoire. Elle rajoutait un hamburger à la commande, pas pour moi (elle savait que je n'aimais pas ça) mais pour que j'aille l'apporter à Steven, un copain qui travaillait de l'autre côté de la galerie des Champs. J'aimais bien lui servir de messagère, même si ses messages étaient faits d'une semelle de viande entourée d'un pain rond. C'était le bon côté de notre amitié. Le mauvais côté se révélerait quelques mois plus tard, quand Léa m'accuserait d'avoir profité de la situation.

Comment pouvait-elle dire une chose pareille ? N'était-ce pas elle qui insistait pour que sa Bambi vienne lui rendre visite après les cours ? Elle qui me faisait la tête si je rentrais chez moi directement ?

Léa devenait bizarre. Elle portait des bottines orthopédiques qu'elle avait achetées aux puces, non par obligation, mais par choix esthétique, et des jeans droits, alors que la mode était encore aux pattes d'éléphant. Elle pouvait expliquer chaque chose, voilà ce que Léa était devenue depuis qu'elle avait quitté le lycée, une fille qui ne se démonte jamais. Une fille imparable. Le jean moulant, ça prenait moins de place dans un sac à dos. Les bottines, c'était pour y glisser les pièces de cinq francs qu'elle détournait au boulot. De bonnes tirelires, en somme, tellement voyantes qu'elles en devenaient invisibles. Elle les secouait au-dessus de son lit quand elle rentrait chez elle. Les pièces creusaient un puits dans la couette. Sur la table, on faisait des piles, puis on roulait. J'étais chargée d'écouler les rouleaux à la banque ou chez les commerçants. Elle me demandait aussi, parfois, d'apporter à telle ou telle adresse de petits paquets qui contenaient de l'herbe. J'étais sa caution angélique, on me faisait confiance — il faudrait établir une liste de toutes ces choses qui vous tombent dessus quand on a les yeux très bleus. J'avais droit aussi à ma part de bénéfice, mais pas sous forme d'argent. Tu aimerais des boucles d'oreilles ? Celles de la bijouterie de la galerie Point Show, sur le présentoir de droite, les anneaux... Ils t'allaient bien les anneaux, non ?

Je ne disais jamais oui, je me contentais de sourire. Bien sûr, ça me faisait plaisir. Tout ce qui venait de Léa me faisait plaisir, alors les anneaux, évidemment, je ne pouvais pas résister. Le lendemain, j'avais mon petit paquet. Je me disais parfois qu'il aurait fallu refuser, mais oui, Léa avait raison : je profitais.

Je profitais des derniers mois avec elle.

Je profitais de son rire contagieux et de sa tendresse.

Je profitais de son expérience. J'apprenais les règles fondamentales du monde du travail — les règles selon Léa, qui ressemblaient bien peu aux règles officielles. Elle n'avait pas été élevée par John Palmer pour rien. Elle avait retenu les leçons pour ne pas se faire couillonner, et les mettait en pratique avec application.

À l'écouter, voler chez McDo était un jeu d'enfant. Il suffisait de ne pas taper la commande.

D'ailleurs, on ne pouvait pas appeler ça du vol, au prix où les filles étaient payées, nous considérions cet argent comme un complément de salaire. Elles étaient trois derrière le comptoir et, à trois, elles faisaient jusqu'à huit cents clients dans la journée. Je ne sais plus si on employait déjà le mot fast-food, enfin tout le monde voulait avoir essayé au moins une fois, quitte à dire que c'était de la merde, et que ça n'allait jamais prendre en France, cette façon de manger vite et debout. On ne parlait pas tant de la qualité des produits que de la façon de les ingérer.

*

Le premier mois, je n'entendis pas Léa se plaindre de son travail, mais les semaines passant, elle en sortait de plus en plus fatiguée. Si c'était toujours moi qui échangeais les pièces contre des billets, elle ne me donnait plus jamais d'herbe à transporter. Elle préférait gérer ça toute seule.

Tu as l'air trop saine, disait-elle, ça leur fout la trouille, aux clients.

J'avais beau marcher pieds nus, fumer des Vogue multicolores, me parfumer au patchouli, porter des robes parme sous des gilets fuchsia et des bracelets autour des chevilles, rien n'y faisait : Léa grandissait plus vite que moi. Je souffrais en secret. Nous allions toujours au cinéma, mais elle s'endormait dès que s'éteignait la lumière de la salle. Pendant l'entracte, elle disparaissait aux toilettes et en revenait différente. Je ne posais pas de questions.

À force de silence, nous nous éloignâmes vraiment. Le lycée était de plus en plus prenant, Léa passait de plus en plus de temps avec Steven, je ne me demandais plus s'ils sortaient ensemble : je le savais. Je rencontrai à mon tour un petit ami dans le train qui allait à Londres.

*

Je partais seule en vacances pour la première fois. Il s'appelait Mike. Le voyage durait toute la nuit, ce qui nous laissa le temps de lier connaissance. Comme Steven, Mike venait de Californie, d'une petite ville au nord de San Francisco.

Au matin, c'était fait.

L'aventure devint une histoire, et l'histoire dura longtemps. Mike vivait à Paris et travaillait dans une agence de voyages près de la Sorbonne, un lieu hors du commun où l'on vendait aussi bien des livres que des billets d'avion. Il aurait pu nous obtenir des prix pour la Tunisie, mais Ben Amor ne me disait plus rien. Sa demi-photo avait rejoint les posters d'animaux dans le bas du placard, où je retrouverais plus tard, au moment de déménager la chambre, une longue lettre de Léa. D'une écriture maladroite, elle m'appelait toujours sa Bambi, sa petite sœur de sang. Suivait un poème où *amitié* rimait avec *pérennité*.

Pourquoi avait-elle choisi ce terme étrange ? Quand je lisais pérennité, je voyais tout de suite le mot père, même s'il fallait changer le sens de l'accent. Étaient-ce les pères qui nous liaient ? Leur absence, et la présence inespérée d'un père de compensation, ce beau-père, comme on dit un pied bot, pas tout à fait de la même taille que l'autre mais, tout de même, un pied ?

*

Le soir avant de s'endormir, Mike me lisait du Kerouac en mettant le ton. Il me parlait des lectures dans les cafés de San Francisco et de la Beat Generation. Ses cheveux formaient une masse bouclée autour de sa tête, comme ceux de Jimi Hendrix, c'est dire qu'il me plaisait — même s'il ne jouait pas de la guitare électrique, *nobody's perfect*, mais de la flûte de Pan. Les Incas n'étaient-ils pas aussi à la mode ? Nous rêvions d'aller au Machu Picchu en fredonnant *El Condor pasa*, et avec Mike tout passait, ses emplois du temps compliqués et ses grandes tristesses, parfois, comme s'il lui manquait quelque chose, les cafés de Haight Ashbury peut-être et leurs délirantes improvisations. Saint-Germain-des-Prés l'avait déçu, il s'attendait à mieux. Le Tabou n'était plus une cave, la jeunesse germanopratine se promenait en sandales de cuir — quand il faisait froid, on mettait des chaussettes. On revoyait pour la troisième fois *Les Enfants du paradis* au théâtre du Ranelagh, et quand le rideau se fermait sur l'écran, on avait sa petite larme. Même le dernier Fellini avait des airs de reprise. Les clowns me faisaient rêver, j'aimais cet univers en voie de disparition et les films américains des années cinquante, mais je compris bien vite que tout ça lui semblait vieillot. Comme pour balayer le passé, Mike venait me chercher à la sortie du lycée dans la jeep de l'agence, un véhicule décoré de façon exubérante dans mon souvenir, sans que je puisse retrouver les motifs qui étaient peints dessus. Il vint aussi chercher Léa, à grands coups de klaxon, avenue Franklin-Roosevelt, pour aller voir *Orange mécanique*. La remontée des Champs, de nuit, en chantant la *Neuvième* de Beethoven, version synthétiseurs, dans la jeep décapotée, avec toutes les lumières de chaque côté et l'Arc de triomphe au bout : c'était le bonheur.

Léa ne partageait pas mon enthousiasme. Elle était bien la seule à résister au charme de Mike. Parmi les copines, il faisait l'unanimité. Je lui en voulus un peu. Son avis était important, et j'aurais bien eu besoin de lui poser quelques questions sur cette chose que je commençais à faire, et qu'elle faisait déjà depuis plusieurs mois. J'avais besoin de ses conseils. Je n'en revenais pas d'avoir tiré le gros lot, qu'un garçon si formidable puisse s'intéresser à une petite fille comme moi, c'était inespéré. Il faut avouer (je n'en avais pas encore pris conscience) que la petite fille avait grandi depuis la seconde et dépassait en taille toutes les élèves de sa classe. Mais, même grande, la petite fille manquait de renseignements sur l'amour et ses applications. On venait de voter la libéralisation de l'avortement, et nous attendions toujours la visite du gynécologue. Il viendrait finalement pendant les 10 % — une des conquêtes de mai 68, dix pour cent du temps global des cours était consacré à des activités multidisciplinaires gérées par la collectivité. Ainsi, trois jours par trimestre, le lycée changeait de visage. On ne se réunissait plus par classes, mais par thèmes. Les professeurs volontaires devenaient des *intervenants*, et les professionnels qui pénétraient dans le lycée des *intervenants extérieurs*. Les réunions préparatoires étaient des moments exaltants. Avec l'organisation des grèves et la rédaction des tracts contre les projets successifs de réformes de l'éducation, c'était sans doute le moment de notre scolarité le plus riche en enseignements.

*

Chaque année, en mai, nous faisions grève, célébrant à notre façon ces événements survenus trop tôt pour que nous puissions y participer, mais dont nous percevions chaque jour les effets bénéfiques. Les garçons de Condorcet venaient nous prêter main-forte pour la confection des banderoles et nous défilions ensemble, sans distinction, même si c'était plutôt des voix masculines, il faut bien l'avouer, que l'on entendait dans les mégaphones. Malgré notre engagement pour la dépénalisation de l'avortement et l'égalité des sexes, je ne me rappelle pas que nous ayons lutté pour l'instauration de la mixité scolaire. Là encore, nous avions le sentiment que les garçons, en dehors des périodes de grève, étaient aussi bien dans une autre cour de récréation que dans la nôtre. Ou au travail, comme Mike et Steven.

Sept kilomètres de cortège, tu te rends compte, répétait Léa, prenant conscience soudain qu'un militant qui se fait tuer par un vigile à l'entrée de Boulogne-Billancourt ne laisse pas tout le monde indifférent. Nous étions allées ensemble à l'enterrement de ce jeune homme. Il s'appelait Pierre Overney. Ensemble, nous avions pleuré de je ne sais quelles larmes entre la place Clichy et le cimetière du Père-Lachaise.

À mesure qu'avançait le cortège, les douleurs remontaient à la surface. Que quelqu'un puisse être abattu en distribuant des tracts intitulés « On assassine à Paris », dix ans après le massacre de Charonne, nous paraissait le symbole même de cette violence qui engendrait la violence, sans que jamais personne n'en sortît gagnant. En rentrant rue Jean-Mermoz, j'avais punaisé le portrait de Pierre Overney pardessus la photo de Maurice Béjart. Léa, qui n'y comprenait rien à mon engouement pour la danse, me félicita de ce qu'elle appelait le « grand tournant ».

Nous nous étions serrées dans les bras l'une de l'autre, longuement, sous l'affiche, en nous promettant de ne jamais oublier Pierre Overney.

J'avais raccompagné Léa jusqu'à la porte de la cuisine. Il y avait des artichauts à dîner, Léa n'aimait pas les artichauts, elle préférait rentrer se coucher.

Et puis plus de nouvelles.

Chez elle, le téléphone sonnait dans le vide.

Je passai chez McDonald's, on me dit qu'elle ne travaillait plus là. On suggéra qu'elle avait peut-être été transférée à Créteil. Une nouvelle équipe de filles régnait sur le comptoir. Elles étaient fraîches et pleines d'entrain. Ça semblait les amuser, tout ça, le ketchup et les maxitrucs, les pailles articulées, les machines à glaçons.

*

Mike me conduisit à Créteil en jeep, nous fîmes sensation. Le fast-food se trouvait près de la préfecture. Derrière le comptoir, nulle trace de mon amie. J'insistai pour offrir à Mike un menu que je payai, pour la première fois, à son tarif habituel. Mike n'arrêtait pas d'énoncer les différences entre les McDo *ici* et les McDo *là-bas*, évidemment c'était toujours mieux *là-bas*, et surtout les portions étaient plus généreuses, les hamburgers plus moelleux, le choix des desserts plus varié, mais, conclut-il, sentant monter mon exaspération, on devrait peut-être rentrer, sinon on va tomber dans les embouteillages.

Je me faisais du souci pour Léa. Mike me déposa rue Jean-Mermoz. Je l'embrassai un peu moins tendrement que d'habitude.

*

Je téléphonai une fois de plus avenue Franklin-Roosevelt, et tombai sur le répondeur. Je laissai un message, puis un second. J'étais décidée de continuer comme ça toute la nuit, s'il le fallait. Quelqu'un viendrait bien décrocher. Au cinquième appel, enfin, John Palmer répondit.

Non, je ne pouvais pas parler à Léa.

Elle ne veut pas me parler ?

Ce n'est pas ça. Elle est partie.

Partie, mais partie où ?

Partie en maison.

En quoi ?

En maison.

(Le son creux de la voix de John Palmer.)

En maison de correction, un truc tenu par les bonnes sœurs à Chevilly-Larue, pas loin de Paris. Après ce qu'elle a fait au Palais... Tu peux lui écrire si tu veux, mais pour le moment, je suis le seul à avoir le droit de lui rendre visite.

Je ne savais pas de quel palais John Palmer voulait parler, je n'osai pas le lui demander, comme si j'avais dû être au courant.

*

Je mettrais longtemps à reconstituer l'histoire, et aujourd'hui encore, alors que la pluie tombe, une pluie glacée de février, il me manque certains éléments pour comprendre comment, en si peu de temps, la vie de Léa avait basculé. Elle était entrée dans un autre monde. Un monde de portes fermées et de permissions accordées pour conduite exemplaire, comme si on l'obligeait à retourner d'un coup en arrière, un monde avec ses contraintes et ses lois imposées par une autorité *supérieure* — en l'occurrence, une mère *supérieure* qui portait les clés du paradis en sautoir, le paradis étant un jardin soigneusement gardé où l'on pouvait, une demi-heure par jour, faire sa provision d'air. Il ne s'agissait pas de courir ni de crier, car dans le trousseau de la supérieure il y avait aussi la clé de l'enfer.

L'enfer était un cachot sans fenêtre où l'on restait peu, mais toujours trop. Cette institution n'était pas une prison, on y rencontrait de bonnes personnes, comme disait John Palmer pour parler des sœurs, c'était la *situation* qui était intolérable, cette impression qu'on nous avait prises au piège, toutes les deux, en nous plaçant de part et d'autre d'un mur couronné de tessons. Je ne pouvais supporter l'idée que Léa soit enfermée, elle m'empêchait de respirer, littéralement, je me réveillais plusieurs fois chaque nuit en ayant la sensation d'étouffer. Léa, le corps de Léa, m'habitait, me tourmentait, souvent je rêvais qu'elle était allongée près de moi, comme cette nuit où les pensées avaient commencé à tourner.

Je me mis à lui écrire chaque jour comme on tient un journal, j'y passai tout mon temps libre, seul Mike avait encore le pouvoir de me sortir de la maison. Quand les lettres ne transitaient pas directement par John Palmer, elles étaient épluchées par la sœur en charge du courrier, sœur Thérèse, que nous appelions entre nous Glaïeul ou Jacinthe, enfin des noms de fleur ou de plante, pour pouvoir l'évoquer en toute tranquillité. Il fallait jouer avec les mots pour échapper à la censure, et nous jouions, retrouvant enfin cette merveilleuse complicité que nous avions perdue ces derniers mois. Ce qu'il y avait à cacher n'était pas entre elle et moi, la vie se chargeait de nous le faire comprendre, mais entre nous et la *société*.

Léa insistait pour que je la tienne au courant de tous les potins de la rue Jean-Mermoz. Comment mon frère était amoureux de Claire Fortier, qui était à la Ligue, alors que lui était Mao, et qu'il avait même vendu *La Cause du peuple* avec Jean-Paul Sartre, comment ma mère avait changé de métier (elle travaillait maintenant à la radio), comment la chienne de la concierge s'était enfuie, oui, Chouquette, celle que tu connais, et comment les poulets l'avaient retrouvée à l'autre bout du parc Monceau. Je lui racontai aussi — c'était le clou de la semaine — que Bref et Passons, à force d'accomplir leur devoir conjugal, avaient fini par avoir des bébés.

Bref et Passons étaient les deux premiers hamsters de notre trilogie. Le troisième, notre préféré, s'appelait Enfin. Par un triste renversement du calendrier, c'est lui qui était mort en premier.

*

Les petits hamsters allaient bien, ils grandissaient, l'un d'eux avait déjà ouvert les yeux. J'avais acheté un manuel sur les quais pour apprendre à identifier leur sexe — trois mâles, semblait-il, et une femelle. J'aurais pu le voler, mais non, ce n'était pas le style de la maison. Question de principes. Voler des bougies, des bijoux, des cartes postales, des vêtements et des pièces de cinq francs, oui, mais des livres, non. Sauf dans les caves, peut-être — mais là, ce n'était pas du vol, c'était de l'adoption.

Dans le courrier suivant, mon histoire de hamsters prenait un tour moins romantique. Le matin même j'avais retrouvé Bref et Passons gentiment endormis dans leur fatras de papier toilette. Où était passée leur progéniture ? J'eus beau vider la cage et nettoyer le nid, les petits avaient disparu.

Le couple les avait mangés, intégralement.

Léa me répondit qu'il fallait que je surveille mon alimentation : trop de verdure nuisait à la santé mentale. Il n'y avait qu'à voir les vaches, l'air con qu'elles prenaient en ruminant. Les petits, de toute évidence, étaient passés entre les barreaux de la cage. Avais-je regardé derrière la huche à pain ? Derrière le frigo ?

Ce que je n'avais pas écrit à Léa, c'est que Bref avait gardé dans ses bajoues quelques morceaux facilement identifiables, dont une petite patte coriace qu'elle mâchouillerait tout au long de la journée sous le regard envieux de son compagnon.

Et puis les vaches, non, j'étais désolée de la contredire une fois de plus, ça n'avait pas l'air con.

Paisible, bienveillant, patient, triste, serein, soucieux. Pas con.

La conversation aurait pu s'arrêter là, mais non. Si les hamsters avaient agi ainsi, écrivait Léa, c'était sans doute parce qu'ils manquaient de place, ou alors de protéines. Il fallait leur donner de l'hémoglobine Deschiens, sirop fortifiant à base de sang de bœuf, et les déménager dans une cage plus vaste. La restriction de l'espace vital pouvait rendre fou, elle était malheureusement bien placée pour le savoir.

*

Je pense en écrivant ces lignes à cet homme, hier, sur le quai du métro Pigalle — ou sans doute est-ce le contraire, j'écris ces lignes parce que j'ai rencontré cet homme, hier, sur le quai d'un métro. Il est avec ses chiens, ses sacs, sa maison. De son nez pendouille quelque chose que je n'arrive pas à identifier. En m'approchant de lui, je comprends qu'il s'agit du cordon d'un tampon périodique enfoncé dans sa narine gauche.

Il n'y a pas de sang.

Il fait la manche ainsi, comme si c'était tout à fait normal de se promener avec un tampon dans le nez. Je lui donne un euro, son plus gros chien me renifle avec application, je me demande ce qu'il sent et qui lui plaît tellement.

La station est tapissée de publicités aux couleurs vives. On vend du camembert à prix cassé et des voyages *all included*. Je pense aux vaches sacrées des rues d'Ahmedabad. En Inde, j'ai découvert ce goût des vaches pour le papier en général, et les affiches de cinéma en particulier. Sans que personne jamais ne vienne les déranger, elles épluchent tranquillement les murs. Lèchent les stars de Bollywood comme elles lécheraient des pierres de sel, avec patience et obstination.

Le jour de la fête du Vent, elles regardent le ciel — elles savent que, le lendemain, il y aura des cerfs-volants à manger. Les familles se rassemblent sur le toit des immeubles, l'espace se remplit de gommettes. Le but est de faire tomber le cerf-volant du voisin en coupant sa ligne — c'est ainsi que l'on nomme la corde qui le retient —, une ligne de coton enduit de colle et de verre pilé.

En vieillissant, les images s'empilent et bourdonnent sans fin. Je pense à *L'Homme qui rit* de Victor Hugo, aux lames de rasoir sur les Champs-Élysées. Je pense à mon père qui avait de drôles de façons de se raser le blanc des poignets. Les jours qui suivent le festival des cerfs-volants, il n'est pas rare de voir pendouiller au coin du museau des vaches une longue ficelle.

Ces cordes sont si tranchantes qu'elles peuvent couper un doigt.

J'ai attrapé un peu, au fil des années, la maladie de Léa. Les souvenirs s'amoncellent, les mots se télescopent. Quand la lumière s'éteint, qu'il est temps de dormir, ils volent encore longtemps, se coupent et se recoupent sans passer à la ligne. Les nuits sont épuisantes et riches de promesses pour les livres à venir, mais Dieu que tout cela est fatigant.

*

Léa resta plus d'un mois en observation, avant de rejoindre les autres filles de la section Clairval. Elle m'écrivait à chaque courrier que mes lettres l'aidaient à tenir, je fis au moins ça pour elle — en y repensant, je le fis surtout pour moi. La vie en liberté me semblait de plus en plus compliquée. Je venais de découvrir que Mike avait une autre petite amie.

Depuis quand ?

Depuis le début.

Ils s'étaient rencontrés à l'agence, juste après le retour de Londres. Mike nous voyait en alternance, ce qui expliquait la complexité de ses emplois du temps.

Où était le problème ? disait-il, je vous aime toutes les deux. En anglais, là aussi, ça sonnait encore mieux.

What's the problem, répétait Mike, et moi je manquais d'arguments. Les lettres de Léa me redonnaient le sourire. Dommage pour les bébés hamsters, écrivait-elle, je leur avais déjà trouvé des noms. Il faut dire qu'ici je n'ai pas grand-chose à faire. On vient me chercher le matin pour passer des tests mais, à part ça, je m'ennuie ferme. Heureusement que tu es là, je vis tellement par les autres, par toi, mon amie. Ce que tu me racontes de Mike ne m'étonne qu'à moitié. Je sais que tu n'aimes pas que je dise du mal des vaches, mais il faut l'admettre : nous sommes des vaches, nous bouffons de l'herbe, nous la trouvons belle et elle nous étouffe de ses couleurs.

*

Dans une autre lettre non censurée, qu'elle me fit parvenir directement par son beau-père, Léa racontait comment elle s'amusait à brouiller les pistes. Ils ont la testite ici, écrivait-elle, et comme j'ai un bon QI, ils veulent absolument que je passe un CAP.

Ces chères petites sœurs adorent les initiales. J'ai le choix entre esthéticienne, sténodactylo et comptable. Leur but est de me mettre sur le droit chemin. Ne t'inquiète pas, je ne suis pas complètement idiote, je collabore. J'ai même accepté de me laver — mais les cheveux, ils n'y toucheront pas. Et pour le CAP, ils peuvent toujours courir, je n'ai pas envie d'être enfermée dans une case. Je préfère remplir des boîtes de bonbons. C'est ce qu'on fait ici, quand on n'étudie pas, ils appellent ça de la manutention. Au moins nous sommes payées, et puis ça me calme. Comme salaire, c'est à revoir (de cinquante à quatre-vingt-dix francs par mois, selon le rendement) mais, comme argent de poche, c'est appréciable.

À propos des noms, donc, ceux pour les hamsters, s'il y a une nouvelle portée (et il y aura une nouvelle portée) :

La femelle, on pourrait l'appeler Rita Hayworth. C'est la sainte patronne des causes désespérées, Rita, la sainte préférée des filles.

Pour les mâles, j'ai pensé à Jacques Prévert et André Breton.

Pour les autres, je ne sais pas encore.

Ainsi la lettre se poursuivait sur plusieurs pages. Léa parlait de ce test au nom impossible à orthographier — tu prends une feuille, tu fais une tache d'encre, tu plies en deux, tu ouvres et tu racontes ce que tu vois.

Si j'avoue que je vois la rue Robert-Estienne avec ses deux écoles, une rue qui n'est pas une rue, mais une impasse, etc., etc., ils ne vont jamais me relâcher, alors je mens. Je remplis mon quota de réponses banales. Hier, ils m'ont obligée à dessiner ma mère, mon père, un arbre, une maison, tout ça en cascade, sans réfléchir. Je ne demande pas quel père il faut dessiner, je dessine. Pour la maison, je n'ai pas oublié la cheminée, la poignée de porte et le chemin devant, je crois me souvenir que c'est bon signe.

J'adore dessiner, je ferais ça toute la journée si j'avais assez de papier.

Les sœurs ont beaucoup d'imagination pour classer leurs brebis égarées en troupeaux homogènes. Chaque test est un nouveau problème à résoudre, un piège à éviter. S'ils me font passer l'épreuve du marteau, je saurai quoi répondre. Rouge, forcément rouge. Et dire que je n'aimais pas le type des primeurs ! C'est peut-être grâce à lui que je vais réussir enfin à prouver que je suis normale.

Je n'ai qu'un seul but : qu'on me relâche le plus vite possible, et pour ça il faut que je ressemble à tout le monde. Pas évident. Même à toi, ils te trouveraient quelque chose. Ils diraient que tu as des problèmes de communication, parce que tu ne parles pas beaucoup, ou parce que tu rougis. Ils diraient que tu as des problèmes moteurs, parce que tu ne sais pas faire la roue. Des problèmes de dépendance, parce que tu es trop, mais alors beaucoup trop sentimentale.

Mais moi, ils ne m'auront pas. Je suis irréprochable.

Quand je sortirai d'ici, on ira au cinéma voir *Les Valseuses*, si le film est encore à l'affiche. On m'a dit que c'était interdit aux moins de 18, ils ne savent plus quoi inventer, mais tu verras, je suis devenue très forte pour falsifier les cartes d'étudiants. Avec l'argent que j'aurai gagné ici, j'achèterai le panier entier de glaces et on les distribuera gratuitement à tous ceux qui ont une sale gueule, juste pour emmerder les autres. Le côté Robin des Bois qui vole les riches pour donner aux pauvres, j'en suis revenue. Moi, je vole aux riches pour les faire chier ! Non, je rigole. Pour une fois que ma lettre ne passera pas entre les mains du Glaïeul, j'en profite. Quoi encore ?

Ah oui : ils me croient trop bête pour lire à l'envers, mais je commence à me débrouiller. Tu sais ce que j'ai vu dans mon dossier ? Ils ont écrit : « morphologie dominée par la prévalence des éléments sensoriels ». Il paraît que les ourlets de mes oreilles sont particulièrement développés. Tu les trouves comment, mes ourlets d'oreilles ? Il n'y a pas de miroir dans la chambre, ils ont peur qu'on se coupe les veines.

Quand je les touche, ils me semblent un peu gros en effet, c'est incroyable comme on peut vivre si longtemps dans son corps sans remarquer ce genre de choses.

J'aimerais bien que tu m'envoies une photo. Il y a tellement de bazar dans ma tête que parfois, quand je pense à toi, c'est moi que je vois. Et puis d'autres fois, j'essaie de m'imaginer, et c'est ton visage qui apparaît. Est-ce que tu t'es vraiment coupé les cheveux ? Je n'arrive pas à le croire.

Merci pour ta lettre extramarrante, je rigolais toute seule en la lisant. Tu as raison d'aimer Led Zeppelin. N'oublie pas de m'envoyer des timbres, ma Bambi chérie, pour que je puisse continuer à t'écrire.

Je dus attendre plus de quatre mois avant d'obtenir l'autorisation de rendre visite à Léa. Quand je la vis apparaître dans sa blouse grise boutonnée jusqu'en haut, j'eus du mal à la reconnaître. Elle avait beaucoup grossi. Elle m'assura qu'ici ce n'était pas si dur, et que les sœurs, finalement, pour peu qu'on sache les prendre...

Léa ne finissait pas ses phrases. Elle semblait un peu ralentie.

Ça te va bien, les cheveux courts, si j'avais des ciseaux je...

J'ai fait quatre-vingt-dix francs, ce mois-ci, les bonbons, je ne peux plus les voir en peinture. Et toi, au lycée, est-ce que tu...

Regarde ce que j'ai reçu pour mon anniversaire ! Les *Illuminations*. J'essaie d'apprendre un poème par semaine, pour ne pas devenir complètement...

Léa se mit à tousser, la surveillante passait derrière nous. Elle marchait à pas fermes, très droite, comme si elle portait un ballot de linge sur la tête.

Le problème, dit-elle à voix basse, ce sont les autres filles.

Elle me désigna du menton celle qui faisait régner la terreur, une poupée solide d'un mètre quarante-cinq qui avait un gang du côté de Barbès. Et un flingue sous son oreiller.

Son oreiller, ici ?

(Plus bas.)

La seule façon de s'imposer, c'est de se battre. Il fallait que je casse la gueule à une fille pour qu'on me respecte. C'est pour ça qu'on m'a privée si longtemps de visites. L'important, c'est de laisser une marque sur le visage. J'ai choisi le réfectoire, pour que tout le monde puisse nous voir. C'est ma voisine qui a morflé, elle faisait crisser son couteau dans l'assiette. Paf, un bon coup de poing sur le côté.

Léa avait retrouvé sa verve habituelle. La sœur nous lança un regard sévère. J'avais l'impression d'être dans un film dont j'aurais raté le premier quart d'heure.

*

Ce qui s'était passé au début, je l'apprendrais plus tard. Un mercredi de juin, l'appartement de l'avenue Franklin-Roosevelt et son tuyau en plastique déversant directement les eaux usées dans la gouttière avaient reçu la visite d'une assistante sociale affable et pointue. Léa avait été *signalée*. Rommel avait accueilli l'assistante de ses aboiements furieux. On la fit passer dans l'espèce de salon. En poussant le linge, la table était à peu près dégagée. Après les formalités d'usage, on attaqua les questions de fond.

Ainsi, Léa ne va plus au lycée. Elle travaille comme serveuse chez…

Chef de caisse, corrigea Léa.

Si tu veux bien, je parle d'abord avec ton…

(Aboiements de Rommel.)

Vous avez dit à mon collègue que votre… (coup d'œil sur son dossier) que Léa ne dormait pas tous les soirs ici.

(Grognements.)

J'ai un ami, confirma Léa, nous travaillons dans la même galerie.

Une galerie ?

(Aboiements.)

Steven, il s'appelle Steven.

Et il travaille en ce moment ?

Depuis quelques jours, il est en congé. Il est…

Il est où ?

Il est chez sa mère.

Regard étonné de John Palmer. Chez sa mère, en Californie ? Mais hier soir…

Je suis au courant, l'interrompit l'assistante, ne vous fatiguez pas. Et elle nota quelque chose en tout petit dans le dossier.

À l'issue de cette visite fort cordiale, la *société* décida de prendre Léa sous son aile. Sans doute y avait-il d'autres raisons pour cela que la colère du fennec et les nuits chez Steven (si Steven avait un chez-lui).

Oui, Steven. Il s'agissait bien de Steven.

En congé, on pouvait dire ça comme ça. En congé, mais pas chez sa mère, avait expliqué l'assistante sociale à John Palmer.

Steven avait été arrêté pour détention de cannabis — détention, c'était le terme en vigueur, comme si la punition était inscrite dans la faute. Mais s'agissait-il d'une faute ? Il suffisait de lever le nez pour voir de jolies plantes aux feuilles dentelées pousser dans les jardinières des immeubles bourgeois. L'époque était à la fumette. Quelques jours plus tard, une semaine peut-être, Léa avait été convoquée chez le juge des enfants.

Ça tombait bien, le Palais de justice se trouvait à quelques pas de la place Saint-Michel.

Il faisait beau, Léa avait emporté sa guitare. L'assistante l'avait rassurée quant à l'issue de cet entretien. Le juge lui proposerait de prendre des cours par correspondance afin de réintégrer le système scolaire et, finalement, cette idée plaisait à Léa. Elle en avait assez de cette odeur de frites qui la suivait comme un petit chien. L'indépendance était une belle idée qui pouvait attendre un peu. Elle avait repéré une école de dessin près de l'Odéon. Si elle se débrouillait bien, elle pourrait convaincre le juge de l'aider à s'y inscrire. Pour une fois que la *société* lui ferait un cadeau, elle n'allait pas s'en priver, ça valait la peine d'être patiente.

Et elle qui n'aimait pas attendre, elle attendit.

Une heure, deux heures, trois heures dans le couloir, devant la porte du juge. Elle le vit quitter son bureau, elle le vit passer devant elle, entrer et ressortir, elle le vit seul, accompagné, avec des flics ou sans flics, des hommes en robe, des jeunes menottés, des moins jeunes à moustaches, mais avec toujours des affaires urgentes à régler.

Trois heures comme ça, alors que le soleil brillait dehors.

*

Le juge des enfants ne la tutoyait pas, il parlait d'une voix douce et avait l'air sincèrement désolé de la recevoir si tard. Léa regretta de s'être crêpé les cheveux avant de venir, ce n'était pas le genre de la maison. Lui : très classique, comme on dit d'un film que c'est un classique — une œuvre de qualité. Finalement, il n'était pas si pressé que ça, il semblait même avoir tout son temps et ne montra aucun signe d'impatience quand Léa raconta par le menu son expérience dans le monde du travail. Le juge l'interrogea ensuite sur sa relation avec Steven, et Léa lui déclara son envie, plus que son envie, envie n'était pas le mot, son projet, sa...

Sa décision de le quitter.

Une décision qui avait mûri le temps d'une phrase, en direct, mais qui ne manquait pas pour autant de sincérité, et c'était un soulagement pour Léa de ne plus avoir à traîner derrière elle l'idée qu'elle était attachée à ce Steven qui l'avait peut-être dénoncée.

Voilà, elle ne sortait plus avec lui, il suffisait de prononcer ces mots magiques, dans un palais, devant un juge, et elle se sentait délivrée du lien qui les unissait. Aurait-elle chuchoté les mêmes paroles à l'oreille d'un vieux chien qu'elles auraient eu la même valeur — c'est dans ce lieu, me raconterait Léa plus tard, dans cet endroit où tant d'hommes et de femmes avaient été condamnés à de lourdes peines de prison, qu'elle avait pensé pour la première fois de sa vie qu'elle était libre de ses actes et de ses sentiments.

Libre d'aimer, et de ne plus aimer.

Ces paroles m'avaient inquiétée. Pourquoi me disait-elle ça en me regardant droit dans les yeux ? Avait-elle pensé ne serait-ce qu'une seule fois dans son existence qu'elle était obligée d'être mon amie ? Et si tel était le cas, d'où venait cette obligation, de quelle autorité ? Étions-nous sous l'emprise d'un charme, comme dans les contes de fées ?

La lumière tournait dans le bureau du juge. Un tableau trônait sur la droite, près de la fenêtre. Un tableau fait avec des feuilles mortes soigneusement collées de manière concentrique. Léa repensa à l'herbier des vacances normandes, et à cet élan de tendresse pour les arbres qui l'avait envahie la première fois que nous avions pris de l'acide ensemble. Une onde de douceur flottait dans la pièce. Il n'était pas complètement mauvais, l'homme qui accrochait quelque chose de si poétique sur les murs du Palais de justice. Cet homme qui était là pour elle, pour l'aider. Cet homme qui savait qu'un tas de feuilles mortes pouvait se transformer en œuvre d'art.

Quand elle eut fini de parler de Steven, le juge lui demanda les raisons de son départ du lycée. Voilà qui l'inquiétait, qu'une fille si intelligente n'entreprenne pas une formation spécialisée. Pas forcément le bac, disait-il, mais quelque chose qui lui donnerait des outils pour s'engager plus sereinement dans la vie professionnelle.

Léa était tout à fait de son avis, et c'était aussi l'opinion de ses parents.

Le problème, poursuivit le juge, était le *milieu* dans lequel Léa évoluait ces derniers mois. Il y avait Steven, mais aussi et surtout les amis de Steven. Il fallait absolument qu'on l'aide à repartir d'un bon pied. Et qui dit départ, dit…

Qui dit départ dit quoi ? Léa ne voyait pas où il voulait en venir.

Qui dit départ, dit rupture.

Là encore, Léa était d'accord. Steven l'avait beaucoup déçue, elle le lui avait déjà expliqué, non ?

Ce qu'il lui proposait, c'était de séjourner pour un temps dans un centre d'observation, en dehors de Paris. Quelques mois, peut-être jusqu'à la rentrée scolaire suivante.

Léa répondit tranquillement qu'elle préférait s'inscrire tout de suite dans une école de dessin, que ce serait sans doute mieux pour elle et pour le développement de sa personnalité. Le juge répondit, toujours d'une voix très douce, que le centre d'observation était un passage nécessaire, pour ne pas dire obligé, et que, si école de dessin il y avait, ce serait en septembre ou octobre, après cette période de transition.

Monsieur Palmer avait été averti, il lui apporterait des affaires.

Quand elle comprit qu'elle ne rentrerait pas chez elle, Léa se redressa d'un coup. Tout alla très vite dans sa tête. La fenêtre, regarder s'il y a un camion qui passe, sauter.

Ensuite il faudrait courir, façon *La Mort aux*

trousses. Et Léa courait au moins aussi vite que Cary Grant, là n'était pas le problème.

Le problème, c'était qu'aux fenêtres, il y avait des barreaux.

Vous ne serez pas loin de Paris, ajouta le juge en signant un papier comme un médecin signe une ordonnance, avec l'assurance des gens qui savent ce qui est bon pour vous.

Puis il répéta : votre beau-père viendra vous apporter le nécessaire. Vous le verrez dès demain.

Le nécessaire, quel nécessaire ? Léa se mit à crier qu'elle n'allait pas se laisser enfermer, qu'ils n'avaient rien à lui reprocher et, comme le juge la regardait toujours d'un air calme, très calme, elle se jeta sur le tableau et se mit à arracher les feuilles. Voilà ce qu'elle en faisait, de son œuvre d'art : de la poussière, de la charpie, de la nourriture pour balayette. Il pouvait remplir tous les formulaires du monde, elle n'irait pas au centre d'observation.

Non, elle ne serait pas raisonnable (le mot que le juge répétait), pourquoi aurait-elle été raisonnable ? S'il voulait l'arrêter, qu'il appelle les flics, et qu'ils ne s'attendent pas qu'elle les suive de son plein gré.

C'est vrai qu'elle n'aurait pas dû le mordre quand il l'avait saisie par les épaules. En évoquant ce souvenir, Léa affichait un sourire radieux, comme si c'était là une des grandes victoires de son adolescence : avoir laissé la marque de ses dents sur la main d'un juge.

Léa sortie de Chevilly-Larue, l'assistante sociale, la même, affable et pointue, était revenue avenue Franklin-Roosevelt pour voir, disait-elle, *où nous en étions*. Cette fois, on avait enfermé Rommel. Je crois même que John Palmer lui avait donné un calmant dans une boulette de viande, pour ne pas qu'il recommence son cirque. Léa m'avait invitée à passer *par hasard*, afin de montrer qu'elle avait de bonnes fréquentations et m'avait présentée à l'assistante comme une actrice prometteuse, déjà bien connue en Amérique, j'avais même joué sur Broadway (ce qui n'était pas tout à fait faux, j'avais effectivement chanté sur Broadway, mais dans la rue, pas dans un théâtre). L'assistante avait haussé les sourcils. Je portais des chaussures fermées, pas des sabots, et mon jean le plus classique. Clara Mancini était là aussi — je n'ai jamais su si son retour d'Abidjan avait été motivé par le séjour de sa fille à Chevilly-Larue, ce que je retiendrais seulement, c'est qu'elle avait rapporté des cadeaux pour tout le monde — et même pour moi, une boîte sculptée où je range toujours mes stylos.

Clara Mancini était lumineuse, les cheveux

merveilleusement bouclés, je regardais ses ongles et ses ongles aussi étaient lisses et bien coupés. John Palmer avait mis son petit pull rouge en nylon, il en était toqué de ces petits pulls unisexes en solde, il en avait toute une étagère. Sur le buffet brûlait une bougie parfumée. C'était un moment heureux. Léa souriait comme je ne l'avais plus vue sourire depuis longtemps. Elle raconta à l'assistante qu'elle avait commencé son école de dessin. Elle montra ses mains, les traces de peinture, en les agitant dans l'air comme dans cette comptine où les marionnettes font trois petits tours, et puis s'en vont. Ses professeurs l'appréciaient, certains étaient eux-mêmes des artistes, elle se sentait de plain-pied avec eux. À part un petit joint de temps à autre, elle ne prenait plus rien. Si elle continuait sur sa lancée, la directrice de l'école lui avait promis de la faire passer directement en deuxième année avant la fin du trimestre. Elle avait cependant des lacunes à combler, en particulier autour de la notion de perspective qui lui était, comment dire, étrangère. Pour elle, le monde se lisait par accumulation, et non par étalement dans l'espace. Elle en avait parlé à l'un de ses professeurs qui, depuis, l'encourageait à dessiner cette vision-là du monde : sa perspective à elle, qui ne ressemblait à aucune autre.

Léa raconta tout ça à l'assistante sociale, petit joint inclus, non par perversité, mais pour prouver qu'elle n'avait rien à lui cacher. Il ne fallait pas lui brosser un tableau trop idyllique de la situation, sa confiance, pensait Léa, était à ce prix.

L'assistante semblait convaincue que Léa était sur le bon chemin, ce qui l'embêtait juste, elle le dit très franchement aussi, c'était le petit joint de temps à autre. Elle lui proposa de prendre rendez-vous pour elle dans un centre parisien de prévention et de désintoxication. Elle pourrait parler à un médecin qui l'aiderait à *faire le point.*

À la façon dont l'assistante prononça ces mots, Léa comprit qu'il n'était pas dans son intérêt de refuser.

*

Rendez-vous à la case « drogué ». Si vous passez par la case Chance, tirez une carte, puis retournez à la case Départ.

Léa passa par la case Chance, tira une carte, rencontra l'homme de sa vie, et retourna à la case Départ.

Elle reprit tout de zéro. Le shit, les acides, la mescaline, la cocaïne et l'héroïne, sniffée d'abord, puis en injection pour un effet plus rapide, ce flash qui ressemble à un orgasme, une belle trajectoire bien nette en forme de spirale. Le Centre de prévention couvrait tous les aspects de la toxicologie. On y trouvait tout aussi, il suffisait de rester assez longtemps dans la salle d'attente.

On y trouvait tout, disait Léa en imitant la voix d'Arletty, même l'amour, et ça c'était du bonus.

*

J'accompagnai plusieurs fois Léa au Centre, une sorte d'hôpital sans l'odeur caractéristique des hôpitaux, avec au rez-de-chaussée une salle d'accueil où l'on pouvait découvrir, sur des affiches aux murs, les diverses maladies auxquelles s'exposaient les usagers de drogues. À force de les lire, finalement, on s'habituait. J'étais avec Léa le jour où le docteur Serval lui avait parlé. Il lui avait dit une chose incroyable et totalement inattendue dans la bouche d'un médecin, une chose que nous garderions pour nous tant elle nous semblait explosive.

Il avait prononcé ces mots avec assurance, après avoir écouté Léa très attentivement. Il lui avait dit que la drogue lui avait sauvé la vie.

Cette phrase m'avait bouleversée. Si Léa ne s'était pas droguée, d'après lui, elle se serait suicidée.

Ces paroles étaient lumineuses. Se droguer pour survivre, voilà qui ouvrait des portes.

Maintenant, puisqu'elle était vivante, et bien vivante, il fallait qu'elle accepte d'entreprendre un travail sur elle-même. Il lui proposait de rencontrer l'un des psychologues du Centre, à raison de deux séances par semaine pour commencer. Elle pouvait aussi le voir quand elle le désirerait, il lui suffirait de prendre rendez-vous à l'accueil. Il était persuadé qu'elle tirerait grand profit de ses entretiens avec le psychologue, et Léa hochait la tête, attendant que le médecin lui annonce quelque mauvaise nouvelle, le prix à payer, en somme, pour qu'on lui parle si gentiment, comme le juge l'avait fait quelques mois plus tôt. Mais non, aucune mauvaise nouvelle ne viendrait ternir la rencontre et Léa se retrouva dans la rue avec l'impression qu'un poids énorme s'était envolé de ses épaules.

*

Marc travaillait à la réception du Centre. Quand Léa croisa son regard, le premier jour, il ne se passa rien de très voyant. Elle demanda au psychologue qui était ce jeune homme, en bas, derrière le comptoir, et s'il en avait encore pour longtemps à vivre. Marc ressemblait au chien maigre des fables de La Fontaine. Une grande carcasse douloureuse, des lèvres minces, très pâles, des cils immenses, un visage en creux encadré par une barbe et des cheveux longs, il y a un mot pour ça, dirait Léa, émacié, un visage émacié aux traits si doux pourtant, et on se demandait comment il arrivait à dégager, au premier abord, une telle douceur avec si peu de chair.

Tout le corps de Marc tenait par les yeux, par l'énergie qu'il prenait en regardant, comme s'il aspirait le monde et en tirait la force de vivre. Cette façon d'absorber les choses ne les tuait pas, bien au contraire : elle leur donnait soudain de l'importance, de la densité, une raison d'exister. Il s'arrêtait sur chaque objet, très calmement, et voyait de la même façon les corps et les plantes, la lumière et les meubles, les formes, les couleurs. Il s'arrêta plus longuement encore sur le visage de Léa — et c'est elle qui, très vite, baissa les paupières. Léa avait l'habitude d'être regardée, dans la rue, dans le métro, ses cheveux attiraient l'attention, mais là, ce n'était pas pareil. Ce garçon de l'accueil ne voyait pas sa chevelure, il voyait une masse de feu et, en dessous, de l'humanité.

Le mardi suivant, Léa arriva un peu en avance au Centre. Marc était là, assis de la même façon, à la même place, comme s'il n'avait pas bougé depuis le dernier rendez-vous. Léa avait une boîte qu'elle n'arrivait pas à ouvrir, une petite boîte qui contenait du hasch. Elle lui avait demandé s'il pouvait l'aider. Ses doigts noueux s'étaient refermés de chaque côté du couvercle. Il avait tourné, tiré, soulevé, rien n'y faisait : le couvercle était comme soudé à la base. Après le rendez-vous avec le psychologue, il lui avait proposé de passer chez lui, il n'habitait pas très loin, il avait des outils.

Il s'appelait Marc, et Léa est allée chez Marc.

Elle y est allée, elle n'en est pas repartie.

*

Marc revenait de Katmandou, sa chambre était tapissée de livres de philo et de tissus indiens. Il vivait avec Samantha, un copain qui parlait beaucoup. Un travelo, disait Léa, même si elle n'aimait pas utiliser ce mot qui la renvoyait plus aux cabarets de Pigalle qu'à la silhouette fine et discrète de sa nouvelle amie. Samantha, c'était Samantha, et puis voilà.

Grâce à elle, Léa avait compris pourquoi Nicky, la Nicky de notre enfance, celle de l'avenue Matignon, avait de si grands pieds — elle la revoyait faisant les cent pas avec son sac jamais très gros et son bon sourire.

Marc était très cool, le mot cool, prenant le relais de la nonchalance du Vert-Galant. Très cool comme Samantha, ils tiraient tranquillement sur leur shilom tous les deux, et bientôt tous les trois — jamais Léa ne s'était sentie aussi bien qu'avec ces deux-là, dans la chambre perchée de la rue Fontaine, la petite chambre sous les toits.

Samantha était une artiste, elle s'était spécialisée dans la confection des faux passeports. Léa l'aidait à les découdre pour remplacer les pages des visas indésirables, elle décollait soigneusement les photos, prenait les empreintes des timbres en relief avec de la pâte pour dentistes. Elle fut moins assidue au cours de dessin. Il était difficile de tout mener de front, les rendez-vous au Centre, la vie chez Marc, les études et les faux papiers. Un jour, le professeur qui enseignait la perspective eut le malheur de faire un reproche à Léa.

Ne voyait-elle pas que l'arbre était au premier plan, et la colline au fond, derrière ?

Non, elle ne voyait pas. Ça ne voulait rien dire pour elle, devant, derrière, dessous, dessus, ce n'était que des apparences.

Est-ce qu'une pensée se trouve sous la table, ou sur la table ? L'œil qui perçoit l'arbre sur le côté de sa rétine ne voit-il pas en même temps la colline ? Et si c'est la colline qui l'intéresse, ne voit-il pas seulement la colline, et plus du tout l'arbre qui est au premier plan ?

Léa ne cherchait pas à aplatir l'espace, comme le professeur le prétendait, au contraire, elle essayait de le révéler par d'autres moyens que de poussiéreuses conventions. Les lignes de fuite, elle connaissait, très bien même, trop bien, ce n'était pas par ignorance qu'elle avait représenté l'arbre adossé à la colline, mais parce que c'était comme ça qu'elle percevait le paysage. Elle n'avait rien inventé. Les philosophes grecs eux-mêmes pensaient que la lumière sortait par les yeux pour aller jusqu'aux objets, comme des petites mains invisibles. Ne dit-on pas toucher des yeux ? Voilà ce qu'il lui semblait important de faire, quand on se destinait à un métier artistique. Toucher, et être touchée.

Léa était très en forme, et assez fière de sa démonstration. Elle avait évoqué le sujet avec Marc, la veille, et gardait en réserve quelques cartes qu'elle était prête à abattre si le professeur insistait.

Mais le professeur n'insista pas.

Pendant qu'elle parlait, il s'était tourné ostensiblement vers une autre élève. Il n'écoutait plus.

Léa déchira son dessin, enroula son écharpe violette autour de son cou et s'en alla en claquant la porte. Elle ne remettrait plus jamais les pieds à l'école.

*

Marc adorait les livres et Léa admirait Marc. Il lui fit découvrir *Le Mont Analogue* de René Daumal, les œuvres de Michaux et le texte d'Antonin Artaud sur Van Gogh. Existait-il une différence entre l'art et la vie ? Marc écrivait aussi. Il offrit à Léa un carnet qu'il avait rapporté de Pondichéry pour qu'à son tour elle puisse prendre des notes, ou dessiner, enfin témoigner de ce monde qui n'était pas fait pour eux. Elle recopia sur la page de garde une phrase d'Artaud où il comparait le corps, sous la peau, à une usine surchauffée. Cette image représentait Marc mieux qu'une photo aurait pu le faire, ou une peinture religieuse

— car bien sûr, tout le monde tombait dans le panneau à cause de ses tuniques blanches, de sa maigreur, de sa barbe et de ses cheveux longs partagés en deux, John Palmer inclus, tout le monde pensait à Jésus en voyant Marc pour la première fois, mais la comparaison ne tenait pas la route. Pas le moindre sentiment de résignation dans son regard, juste une immense attention aux gens et aux choses qui l'entouraient. La colère de Marc, son intelligence étaient immédiatement perceptibles, l'une se nourrissant de l'autre à feu continu, un petit feu très vif sous le marbre poli.

Marc pouvait se sentir en affinité avec une gomme ou un siège en plastique. Il s'en amusait lui-même, et se moquait des babas qui se prenaient pour Dieu dès qu'ils fumaient un pétard. Marc ne croyait pas à cette fantaisie qui courait autour d'eux, cette puissance divine qui serait en chacun de nous et se révélerait pour peu qu'on la sollicite. À l'intérieur de l'homme, écrivait Marc, il y avait de la merde et des glaires, des humeurs et du sang. À l'intérieur c'était sale et trop occupé à faire marcher la machine pour tenir chapelle.

Léa était la première à déclencher en lui une émotion si forte et si constante. Toujours, il voudrait être à ses côtés. Toujours, la regarder, faire l'amour avec elle, l'accompagner. Elle réveillait un sentiment dont il n'était pas très fier, mais qui le remplissait de joie : Léa était à lui. Quand il n'arrivait pas à dormir, il lui suffisait de se coller contre elle pour retrouver l'apaisement. Léa était douce et chaude, il avait écrit ça aussi dans ses carnets, la douceur de la peau de Léa et la chaleur de son ventre. Si le sommeil résistait, il glissait une jambe entre ses cuisses. Elle se retournait et, sans quitter ses rêves, dans la plus parfaite innocence de ce qu'elle faisait, ses lèvres cherchaient les siennes comme un bébé, les yeux fermés, cherche le sein de sa mère. Léa ne refusait jamais de faire l'amour et, même si parfois elle semblait un peu absente, il ne fallait pas s'en étonner, c'était sa façon à elle de prendre part au voyage.

Marc fut le premier à lui parler de sa beauté — enfin les autres, ils avaient prononcé le mot peut-être, Steven, les amis de Steven, mais c'était un truc pour pouvoir coucher, un mot de passe en somme, rien qui porte à conséquence.

*

Tu sais ce que m'a dit Marc hier ? Il m'a dit que j'avais une ligne de nez majestueuse. Des oreilles ourlées, oui, j'étais au courant, mais la ligne de nez, ça vient de sortir. Comment tu le trouves, toi, mon nez ?

Je trouvais qu'il avait grandi très vite, le mien n'était qu'une petite chose encore timide, en comparaison.

Mais le mien, insistait Léa, tu le vois comment ?

Long. S'il fallait un adjectif, ce serait le plus juste. Le nez de mon amie était long.

J'avais du mal à entendre les confidences de Léa. Mike était reparti en Californie, il me manquait.

*

Je me demande si Léa a gardé le carnet de Pondy. Elle y notait ses rêves au réveil, pour les livrer au psychologue, car le psychologue en était friand. Il lui fallait sa dose, chaque mardi et chaque vendredi, c'était finalement le prix à payer pour qu'on laisse Léa tranquille. Par bonheur, ses parents et son juge s'étaient mis d'accord sur ce point : elle avait le droit de vivre chez Marc, rue Fontaine, tant qu'elle allait au Centre de façon régulière.

Sa *liberté* était à cette *condition*.

Léa me parlait toujours de son psy en termes cavaliers, mais pour rien au monde elle n'aurait manqué une séance. À cet endroit aussi, elle semblait bien accrochée, et je dois avouer que je l'enviais un peu. Il ne lui faisait jamais la morale. Il l'écoutait. Elle évoquait avec tendresse la vie avenue Franklin-Roosevelt, et pourtant elle revenait toujours sur cette idée qu'elle ne *pouvait* plus y habiter. Rien de spécial ne s'était passé, non, mais il y avait quelque chose de dangereux pour elle, là-bas. Elle ne savait pas de quoi il s'agissait. Le psychologue non plus ne savait pas. Il s'en doutait peut-être, mais il ne le disait pas. C'était à Léa de faire son chemin.

Il fallait d'abord, et ce n'était pas facile, débrouiller cette histoire de patronymes. Dans la famille de Léa, personne ne portait le même nom. Palmer, Mancini, Lorenzi, il y avait de quoi se perdre, disait Léa. Tout ça l'énervait un peu. Pourquoi le psychologue insistait-il tellement pour savoir le nom de jeune fille de sa mère (Mancini étant le nom, me semble-t-il, de son premier mari, et Lorenzi, donc, le nom du père de Léa) ?

Comparés à l'imbroglio des noms, les rêves que Léa notait sur son carnet lui semblaient d'une grande banalité. Elle aurait pu en inventer de plus compliqués, avec des hommes à deux têtes et des coups de théâtre, mais non, elle n'était pas dans cet esprit-là. Elle aimait bien ce petit travail de reconstitution attentive, ça la tenait en alerte. Si sa main tremblait trop en écrivant ou si elle se réveillait en sueur, elle savait qu'il fallait changer de produit, ou réduire sa consommation. Marc avait quelques années de plus qu'elle, six ans peut-être, ou sept. Question posologie, il en connaissait un rayon. Pour l'instant, il s'opposait à ce qu'elle touche à l'héroïne. Ce n'était pas une substance anodine. Il fallait être préparé.

*

Samantha intriguait Léa. Il était difficile de lui donner un âge. Elle venait d'un petit bourg près de Montauban et déguisait son accent, comme elle masquait sa peau sous une couche épaisse de fond de teint pour cacher ces poils qui n'en finissaient pas de renaître. Ses aspirations étaient plus pragmatiques que celles de Léa ou de Marc : Samantha rêvait d'épilation définitive, d'implants mammaires ou d'opération. Depuis cinq ans, elle n'avait pas donné signe de vie à ses parents. Il y avait sa photo dans les gares et dans les mairies, déguisée en garçon.

Ça me rendait un peu triste quand Léa me parlait de Samantha. J'avais de la peine pour ses parents. J'étais persuadée qu'ils pourraient l'accepter, telle qu'elle était, avec son double nom et sa double apparence. Je ne me rendais pas compte. Pour moi, tout semblait possible pour peu qu'on en discute. Léa était obligée de me contredire : Samantha ne voulait plus qu'on l'appelle par son autre prénom et, même si elle avait un pénis, Samantha était une fille.

Et alors, ne suffisait-il pas de le dire à ses parents ? Ils n'auraient qu'à l'appeler Sam, par exemple, Sam, c'était mignon, non ?

Léa haussait les épaules. Décidément, je n'y comprenais rien. Je m'en allais, vexée, en prétextant que je devais aller réviser mon bac français. J'avais ajouté à la liste deux romans de Boris Vian, auteur qui comptait plus encore pour moi depuis que Léa avait découvert qu'il était mort dans ce cinéma devant lequel nous passions pour aller à la petite école, au 34 de la rue Marbeuf.

*

L'oral de français tomba un lundi. L'examinateur avait l'air fatigué. Il m'interrogea sur *L'Écume des jours* — les rires légers de Chloé, et ce nénuphar qui poussait dans ses poumons. Léa m'avait confié la veille une citation d'Artaud que j'avais réussi à glisser dans mon exposé. L'homme moderne ne pouvait vivre, écrivait-il, qu'en *possédé*.

Chloé était possédée par un nénuphar, développai-je, comme Van Gogh par la peinture, ou Artaud par...

Je ne savais pas très bien par quoi Artaud était possédé, possédé tout court me paraissait suffisant, mais le professeur attendait la chute, possédé par qui ? possédé par quoi ?

Je prononçai le mot « théâtre », puis le mot « colère », et enfin le mot « folie », mais plus bas, avec le sentiment de trahir la pensée de Léa. Le professeur m'avait alors demandé pour quelle raison j'associais Vian et Artaud, cet amalgame l'agaçait.

Il ne faut pas tout mélanger, répétait-il, pas tout mélanger.

Je m'accrochai à ma thèse, car j'étais ça aussi, à cet instant précis, le produit d'une amitié singulière — d'une drôle d'association. Je passais mon bac français pour moi, mais aussi pour Léa, et ce n'était pas maintenant que j'allais la laisser tomber, même s'il fallait faire le grand écart entre Vian et Artaud, les saisir par le col et les rapprocher de toutes mes forces pour qu'ils ne forment plus qu'un seul être, un seul corps compressé dans ce grain de beauté que le professeur avait sur la joue, un grain de forme régulière — le professeur qui justement passait sa main sur son visage comme s'il avait senti que quelque chose d'étrange se jouait entre les petits poils de son signe particulier.

Je déchiffrai l'heure sur sa montre. Il m'avait gardée plus de trente minutes, à ce rythme-là il n'était pas couché.

En sortant de la salle de classe où se déroulait l'épreuve, je vis le regard inquiet des autres élèves qui attendaient dans le couloir, leur liste de textes sur les genoux. Je n'avais rien à leur dire. Je me sentais loin de ces filles-là. J'aurais aimé que Léa m'attende à la porte. À elle, j'avais envie de raconter tout, de décrire le grain de beauté du professeur — j'avais eu bien le temps de l'observer pendant que je cherchais mes mots — et d'imiter sa grimace après avoir posé une question, un léger froncement de la lèvre supérieure, quelque chose de très subtil qui ramenait les narines sur le côté, je n'étais pas sûre de bien l'imiter, toujours est-il que Léa me manquait. Depuis qu'elle avait rencontré Marc, j'avais peur qu'elle ne se désintéresse de moi, qu'elle ne m'écrive plus les jours de détresse, ne m'appelle plus jamais sa Bambi. Je me répétais ces phrases jusqu'à m'en faire pleurer, comme un enfant qui met le thermomètre sous l'eau chaude ou se pince jusqu'au sang pour qu'on s'occupe de lui. Je ne sais pas d'où me venait, soudain, ce besoin d'attiser la tristesse. C'était nouveau pour moi. À quoi cela pouvait-il servir, puisqu'il n'y avait personne autour pour me consoler ?

*

Pour être tout à fait honnête, il y avait déjà quelques mois que Léa ne m'appelait plus Bambi. L'abandon n'avait rien à voir avec Marc. À quel moment Bambi s'était-elle effacée, et pourquoi ? Je ne trouve dans ma mémoire aucune réponse satisfaisante.

À propos de noms et de surnoms, encore : j'ai lu une nouvelle étrange dans le journal. Un couple de retraités du Lot a découvert le mois dernier un *petit rat* (sic) dans une boîte de haricots verts achetée dans un hypermarché près de Saint-Céré.

D'après le service consommateur de la marque *Repère* (re-sic), le risque de trouver des petits rats dans les boîtes de légumes était identifié, mais rarissime.

John Palmer nous avait-il désignées comme ses petits wra'ts devant l'assistante sociale ? Je ne me souviens pas de l'avoir entendu une seule fois prononcer le prénom de Léa. Plus tard, il nous appellerait ses poulettes, toujours avec cet accent qui me plaisait tant. Nous passions du rat à la poule, des rongeurs aux gallinacés. Mais Bambi, d'où venait Bambi, et pourquoi était-elle repartie ?

*

L'intérêt de falsifier les cartes, outre la possibilité de changer son identité, son âge et son sexe, de les revendre ou de les échanger, était de pouvoir utiliser des chéquiers volés. Le chéquier volé, à l'époque, c'était une mine d'or. Il n'y avait pas comme aujourd'hui de vérification systématique, et il était facile de se procurer gratuitement tout ce qu'on voulait, du moment que l'achat ne dépassait pas la borne des mille francs. Ainsi j'héritai d'un métier à tisser vertical de la marque Tissanova qui me permit de confectionner de longues écharpes poilues. La laine aussi, nous l'achetions gratuitement, et le coton, et les teintures naturelles. Et le matériel de pyrogravure. Et le fil thermique à couper du polystyrène. Et les perles de bois. Évidemment, il fallait chaque fois inventer une histoire pour les achats importants. Léa se faisait en général passer pour ma grande sœur. Elle prétendait que notre mère était à l'hôpital, que c'était mon anniversaire. Parfois il lui semblait plus simple de voler à la tire que d'utiliser des faux chèques, surtout pour les petites courses. Alors je n'accompagnais pas Léa, je l'attendais au coin de la rue. Elle ne m'invita jamais dans la chambre de la rue Fontaine, elle prétextait que ce n'était pas pour moi. Elle me dirait plus tard qu'elle voulait me protéger. Elle me sentait si vulnérable à cette époque, prête à tout pour la suivre, être près d'elle, être aimée. L'été arriva et, une fois de plus, je perdis trace de Léa.

*

Quand elle refit surface, ce fut pour m'annoncer une nouvelle essentielle, ou plutôt deux grandes nouvelles qui se tenaient par la main. La première, la plus importante, celle qui la propulsait dans un autre monde : Léa attendait un enfant. Elle sortait du laboratoire d'analyses médicales, elle venait d'avoir les résultats de la prise de sang. La seconde nouvelle me soulagea d'un grand poids : elle avait complètement arrêté la came, toutes les cames. Pour fêter ça, elle voulait m'inviter au cinéma, puis nous dînerions ensemble. Ça me disait d'aller voir *Le Fantôme de la liberté* ?

Moi qui ne suis sûre de rien quand il s'agit de classer mes souvenirs dans le temps, je sais que le jour où Léa me téléphona pour m'annoncer qu'elle était enceinte était un 11 septembre. Cette date qui deviendrait historique, que l'on pourrait écrire en lettres capitales, cette date, je me la rappelle, parce qu'elle commémorait déjà un triste événement : un an plus tôt, ma mère était entrée dans ma chambre sans frapper pour m'annoncer la prise du pouvoir au Chili par la junte militaire du général Pinochet. Le palais présidentiel avait été bombardé. Salvador Allende était mort, suicidé.

*

Le Fantôme de la liberté passait au Caméo, boulevard des Italiens, et à L'Ermitage ; par nostalgie nous choisîmes la seconde salle, qui se trouvait sur l'avenue des Champs-Élysées. De nouveaux magasins s'étaient imposés côté soleil, des fringues surtout, du prêt-à-porter. Léa était d'excellente humeur. Rien ne semblait l'inquiéter, ni l'accouchement ni l'annonce de sa grossesse à ses parents. Le passage sous l'avenue était encore ouvert. Léa voulait descendre, voir si le Talon-Minute était toujours là, mais la séance allait commencer et il n'était pas question de rater les bandes-annonces.

J'aimais le cinéma de Buñuel, cette façon de dire une histoire sans la raconter, et de partir à l'aventure sous le regard placide des animaux. Léa était de mon avis. Tout lui plaisait, ce couple qui regardait des cartes postales représentant des monuments de Paris comme s'il s'agissait de photos obscènes, les chaises du dîner bourgeois remplacées par des sièges de toilette, l'autruche traversant la chambre à coucher, et même la scène de la fusillade au trentième étage de la toute jeune tour Montparnasse la faisait marrer.

Un homme tirait au hasard dans la foule.

Drôle de coïncidence, pour un film sorti un 11 septembre.

Nous avions lu les critiques affichées dans le hall. « Du terrorisme considéré comme un acte surréaliste », écrivait un journaliste. Léa avait noté la phrase dans son carnet, sans savoir à quoi elle faisait référence.

Pendant le dîner, je lui demandai des nouvelles du fennec. Je m'attendais à apprendre sa mort, mais non, Rommel allait bien, il habitait avec John Palmer, et perdait tranquillement ses dents.

Il faudrait rester encore un peu dans le bonheur de ces retrouvailles, le bonheur de Léa et le mien lorsqu'elle était arrivée au cinéma ce jour-là, son tout petit ventre de deux mois entouré d'une ceinture rouge piquetée de miroirs indiens, comme pour attirer l'attention, et dire : « Regardez, c'est là que ça se passe ! »

Il faudrait décrire nos mains qui ne se quittent plus, mais où puiser la force de raconter la suite comme si de rien n'était ?

Il y a des mots qui pèsent et imposent leurs lois, des mots inadmissibles qui échappent à toute chronologie — ou, comme dans les tableaux de Léa, à toute perspective.

Marc mourut un 23 janvier. Léa était enceinte de six mois.

Je raconte, et je sais. Je sais ce que deviendra Léa après la mort de Marc. Je sais ce que deviendra Tom, le fils de Marc et de Léa. Je sais que la vie a continué et je pense à lui en écrivant. J'ai envie de lui dire qu'avec Marc, Léa était tranquille. Les questions dans sa tête s'étaient arrêtées de tourner. Elles se posaient dans les livres, se rangeaient dans les carnets, dans les cahiers de Marc, enfin elles trouvaient une place, et un début de réponse.

*

Au mois de juillet précédent, Léa et Marc étaient partis quelques semaines en Hollande, laissant Samantha dans la petite chambre de la rue Fontaine. Cet été-là, oui, après le bac français et l'achat du métier à tisser, le dernier été, leur voyage de noces, en somme. Léa n'était pas encore enceinte, ou alors c'était le tout début de sa grossesse, il faudrait calculer.

Arrivés à Amsterdam, ils avaient dépensé en une semaine tout l'argent liquide qu'ils avaient apporté. Ils étaient amoureux, ils avaient envie de ne rien se refuser. Ils allèrent même voir une prostituée dans le quartier rouge, sans la toucher, m'assura Léa, ils voulaient juste passer derrière la vitrine, et discuter. La fille était originale, une vraie blonde avec des seins qui rebiquaient. Elle avait demandé à Marc s'il ne désirait pas une petite gâterie, tout de même, ce n'était pas son genre d'encaisser pour rien, mais Léa avait ri et Marc était devenu écarlate. Il lui avait laissé un bon pourboire en guise de compensation, comme si le fait de ne pas avoir consommé était une sorte de perversion qu'il fallait rétribuer à sa juste valeur.

Quand ils n'eurent plus un florin pour payer leur chambre, l'hôtel refusant les chèques étrangers, Léa vola un portefeuille, mais à l'intérieur du portefeuille il n'y avait que des pièces, alors elle le reposa délicatement à sa place, dans le sac de cette femme qui buvait sa bière à la terrasse d'un café.

*

Au lieu de s'enfuir, Marc était resté avec Léa quand les flics l'avaient interpellée. Le serveur l'avait vue remettre le portefeuille. Pas le voler, non, le remettre, pour que la cliente retrouve ses papiers. À vous passer l'envie d'être honnête. Marc avait prétendu, dans un anglais bancal, que Léa était innocente. C'était lui, et non elle, qui l'avait volé, ce maudit portefeuille, et on ne pouvait pas reprocher à son amie de l'avoir rendu à sa propriétaire.

Léa avait renchéri, ils n'étaient pas des délinquants, sinon pourquoi aurait-elle pris ce risque ? Marc avait fait ça pour rire, ils avaient parié, comment dit-on en anglais, parier, *bet*, oui, *they did a bet, a stupid fucking bet*, pas chiche, je te paie une glace si, etc., etc. Léa ne terminait pas ses phrases, elle submergeait les policiers de mots, adoptant la célèbre technique du poisson noyé, ou de la seiche crachant de l'encre pour brouiller les pistes, elle était assez sûre de son coup, avec les Français ça marchait toujours, mais comme les flics hochaient la tête en répétant *zeer goed, zeer goed*, Léa commença à s'impatienter.

Zeer goed, zeer goed, s'ils étaient tellement *zeer goed*, qu'attendaient-ils pour les libérer ?

*

Après un second interrogatoire, ils furent transférés dans une espèce de prison en dehors de la ville. Le passeport de Léa était à un autre nom que le sien — encore un autre nom —, ses parents ne seraient pas au courant de son arrestation, et c'était bien la seule chose qui la retenait de révéler sa véritable identité. John Palmer, d'un coup de fil, aurait pu les faire libérer, ou Clara Mancini avec ses relations textiles, mais que dirait le juge des enfants, et où la placerait-on s'il apprenait qu'elle voyageait avec un faux passeport ?

Léa fut enfermée dans une cellule aveugle. Marc était à l'autre bout d'un bâtiment parallèle, mais elle l'ignorait et c'était surtout ça qui rendait la vie impossible — ne pas savoir où était son ami. Au fond de la cellule, un filet d'eau coulait dans une fontaine en pierre. Des repas étranges arrivaient deux fois par jour, une espèce de sandwich au pain noir avec de la mayonnaise et des bonbons chimiques, de ceux utilisés pour décorer les glaces. Du couloir lui parvenaient des voix, ça parlait dans toutes les langues, et quand le volume montait un peu trop, quand ça criait comme Léa crierait pour qu'on la sorte de là, deux gardiens se pointaient avec une lance à incendie et vous aspergeaient d'eau froide.

Au bout d'une semaine, son sac à dos apparut dans la cellule — Léa comprit qu'elle allait sortir. Quelques minutes plus tard, Marc était avec elle dans une cour pavée. Une voiture les attendait pour les conduire à la frontière. On les laissa là, le soir tombant, sans autre forme de procès, avec un troisième Français originaire de Marseille. Ils ne savaient pas où ils étaient, de quelle frontière il s'agissait, on leur avait dit qu'ils n'étaient plus en Hollande, c'est tout. Ils avaient dormi blottis les uns contre les autres dans un abribus, puis étaient rentrés en stop, et ils avaient tellement ri, mais tellement ri avec le Marseillais qu'ils avaient décidé de rester ensemble. On allait se serrer dans la petite chambre et on mangerait un cassoulet géant pour fêter leur retour. Contre toute attente, Marc adorait le cassoulet. Léa aurait préféré du saumon, mais le Marseillais fit la moue. Lui, c'était d'un couscous royal qu'il rêvait. En attendant, ils s'achetèrent un paquet de gâteaux qu'ils mangèrent en marchant.

Arrivés rue Fontaine, ils ne réussirent pas à ouvrir la porte. Les serrures avaient été changées. Samantha n'habitait plus là, on l'avait expulsée pendant leur séjour à Amsterdam. Marc ne sembla pas surpris. Depuis le temps que le syndic menaçait de le faire, ça devait arriver. Le loyer n'avait pas été payé depuis des mois. Marc ne s'inquiétait pas pour Samantha, elle devait être chez Lizzi — chez Lizzi il n'y avait personne, et personne non plus chez une autre copine qui habitait en haut du boulevard des Batignolles — Léa commençait à avoir mal aux pieds.

Le Marseillais connaissait un squat près de la rue de l'Ouest, métro Gaîté, direct de la place de Clichy. Ils pourraient se reposer un peu, avant de partir à la recherche d'un appartement à occuper tous les trois, et même tous les quatre si Samantha n'était pas trop fâchée.

*

Tout le quartier, de la rue de l'Ouest à la tour Montparnasse, était en chantier. Beaucoup d'immeubles avaient été vidés de leurs habitants dans la perspective d'une rénovation massive. En matière de squat, il y avait l'embarras du choix. Les garçons laissèrent Léa diriger les opérations, elle avait l'impression de jouer au Monopoly, comme après la seconde visite de l'assistante sociale, tu peux ouvrir celui-là, disait-elle au Marseillais qui avait récupéré un pied-de-biche rue Raymond-Losserand, et celui-ci, en face de la pharmacie, qu'est-ce que vous en pensez de celui-ci ? Bien situé, non ?

Elle sélectionna finalement un trois-pièces plein sud pour profiter du soleil, et les deux garçons se rangèrent à son avis.

Le Marseillais était bricoleur, il entreprit de tirer une ligne de l'immeuble voisin pour rétablir l'électricité. Le lendemain, Marc voulut récupérer ses livres, mais lorsqu'il retourna rue Fontaine, il apprit par les voisins que la chambre avait été intégralement vidée, et son contenu descendu sur le trottoir. C'est en entendant cette nouvelle qu'il eut l'intuition de sa mort. On retrouverait un jour son corps dans la rue, comme on avait trouvé sa bibliothèque.

Cette image le poursuivit toute la nuit. Il en parla à Léa au réveil, pendant que le Marseillais prenait sa douche. Lorsqu'il sortit de la salle de bains, Léa et Marc lui annoncèrent qu'ils avaient décidé de quitter Paris. Ils ne pouvaient pas vivre dans cette ville qui mettait les gens modestes à la porte, et des bibliothèques à la poubelle.

Le Marseillais faisait la gueule. Pour essayer de détendre l'atmosphère, Léa raconta le sauvetage des cartons de livres, et la décision héroïque de

John Palmer de les transporter sur sa Triumph Bonneville jusqu'à Saint-Michel, mais Marc pour la première fois depuis qu'ils se connaissaient se mit en colère, c'est-à-dire qu'il baissa la voix, à la limite de l'audible, et serra les poings.

Une rage sourde, le contraire des emportements de John Palmer.

Ces caisses appartenaient à quelqu'un, dit-il entre les dents, il aurait fallu les laisser dans la cave.

Les certitudes de Léa vacillèrent. Qui avait raison, Marc ou John Palmer ? Le Marseillais se garda bien de prendre parti. Une seule question l'intéressait : pourquoi l'avaient-ils entraîné dans cette histoire de squat, s'ils ne comptaient pas rester à Paris ? Le pied-de-biche, le ménage, l'électricité, il s'en serait bien passé. Léa était de son avis. Très doucement, elle vint s'asseoir sur les genoux de Marc pour essayer de le convaincre. Quitter Paris, oui, mais pour aller où ? Ne pouvaient-ils pas profiter encore quelques semaines, au moins, de leur bel appartement orienté plein sud ? La cheminée, le parquet, les vitrages colorés, le carrelage dans la cuisine, en damier…

Marc la regarda sans rien dire. Des larmes brillaient dans ses yeux.

L'écriture a cet avantage de faire flotter le plus lourd des souvenirs. Cet avantage, et cet inconvénient. On nage, on plonge, on avance. Dos crawlé ou brasse papillon, on a du mal à quitter l'élément liquide, une phrase vous entraînant vers une autre phrase, un sujet vers un verbe, un point vers une majuscule. Avec toujours tapie derrière, venant de la rue Robert-Estienne, cette idée que les mots sont trompeurs, obsolètes ou insuffisants. Alors, on se raccroche aux images. À cet enfant, par exemple, la vision de cet enfant, ce matin même rue Saint-Maur, qui marche entre ses deux parents. Ma gorge se serre, et j'ai beau me dire qu'il a de la chance, que son bonheur à lui ne m'enlèvera rien, je me sens affaiblie par ses rires joyeux.

Je pense à Léa, et à ses deux pères — son père italien, qu'elle n'avait vu qu'une seule fois, et John Palmer. Si le premier était absent, elle pouvait compter sur le second, et elle avait totalement confiance, enfin elle aurait, nous aurions totalement confiance en John Palmer jusqu'au jour où, nous devions avoir onze ou douze ans, je découvris en écoutant le Jeu des mille francs que Rommel n'était pas l'explorateur intrépide que nous avions imaginé, une espèce de docteur Schweitzer du Sahara, mais l'un des plus proches généraux du Führer. Léa n'en revenait pas. Notre foi en John Palmer s'affaissa d'un coup. Comment avait-il pu nous obliger à appeler notre animal préféré du nom d'un général de l'armée nazie ? Et pourquoi pas Hitler, ou Mussolini pendant qu'on y était ?

Et comment il s'appelle ce joli petit renard ?

Hitler, madame, il s'appelle Adolf Hitler.

Nous rougissions rétrospectivement. Ce qui me semble le plus curieux, en y repensant, c'est que personne, dans la rue comme au square, n'avait jamais fait de réflexion à ce sujet, et pourtant, souvent, on nous posait la question. Et comment s'appelle-t-il ?

Pour nous, Rommel était un nom plein de tendresse, un nom qui nous faisait penser à Romy Schneider, la petite fiancée de l'Europe, impertinente et vive malgré ses robes tellement encombrantes.

Si j'évoque ici le fennec, c'est sans doute à cause de cette information que j'ai entendue hier à la radio : un artiste anglais avait mangé du chien pour protester contre la mise à mort cruelle d'un renard. Le chien était un corgi, race favorite de la reine Élisabeth. Parmi les chasseurs se trouvait le prince Philippe, époux de la souveraine.

L'artiste, par ailleurs végétarien, avait déclaré à la presse que l'animal était mort de sa belle mort dans un élevage avant qu'il ne le cuisine avec des oignons et des épices. Malgré tout, l'émincé de corgi avait, précisait-il, « un goût vraiment, vraiment, écœurant ».

Le même artiste s'était cloué le pied sur le mur d'une galerie quelques années auparavant pour protester contre la chute des feuilles.

Le juge avait-il restauré le tableau, près de la fenêtre de son bureau du Palais de justice, ou l'avait-il remplacé par autre chose ? Léa était retournée là-bas, mais ne m'en avait jamais reparlé.

Marc avait réussi à convaincre Léa de quitter Paris, et son grand appartement avec vue sur la zone. Ils habitaient désormais à Grenoble, non loin de chez ses parents. Léa préparait son nid. Elle me donnait souvent des nouvelles. Il faisait beau, il pleuvait, elle avait grossi de six kilos, elle était allée marcher au bord de l'Isère, le petit avait bougé, puis un jour, en lettres rouges, sur une feuille rose : Marc avait enfin trouvé du boulot. Il vendait des journaux dans un kiosque, juste à côté de la gare. Il se sentait bien dans sa boîte, entouré de pages imprimées. Léa venait le voir à l'heure du déjeuner. Ils s'entendaient toujours aussi bien. Dix fois ils s'étaient mariés sans publier les bans, juste entre eux, pour le plaisir de la chose. Léa s'habillait en blanc, Marc lui passait la bague et ils s'embrassaient comme jamais ils n'auraient osé s'embrasser devant monsieur le maire.

La mère de Marc était orthophoniste, elle parlait en articulant et la première fois Léa crut qu'elle la prenait pour une Italienne, à cause de son nom de famille, mais pas du tout, c'était par déformation professionnelle, et très vite on s'habituait à ses phrases bien construites truffées de signes de ponctuation. Elle disait les virgules comme elle disait les mots, et même les tirets, elle les utilisait à l'oral — c'est un cas, commentait le père de Marc, je vous le concède. Mais qu'est-ce que vous voulez faire ? Depuis trente-cinq ans, je suis fou amoureux de cette femme.

Léa les appréciait tous les deux, même si l'amour inconditionnel du père l'effrayait un peu.

Les jours s'écoulaient de façon paisible. Pour améliorer l'ordinaire, Léa continuait à faire ses courses gratuitement, de préférence loin du centre-ville. Elle était très douée. Elle recommença à dessiner, des paysages surtout, qu'elle essayait de vendre. Patrice fut son premier client. C'était un des nouveaux amis de Marc, il habitait près de la gare et le fournissait en shit de qualité. Quand il se mit à parler d'héroïne, Léa tiqua, mais elle ne dit rien, elle ne voulait pas passer pour une emmerdeuse. Elle savait pourtant que Marc avait toujours du mal à résister. Elle-même n'avait touché à rien depuis qu'elle était enceinte.

Pour éloigner Marc de cette faune qui commençait à tourner un peu trop autour du kiosque à journaux, elle prétexta qu'elle tenait à accoucher à Paris, près de ses parents. Sa mère lui trouverait une place à l'hôpital. Et puis à Paris, en ce qui concernait l'utilisation des faux chèques, on se faisait moins repérer. Elle pourrait acheter ce qu'il fallait pour le bébé : le berceau, la table à langer, la poussette, toutes ces choses encombrantes qu'il était difficile d'emporter sans payer.

Marc n'avait pas très envie de s'en aller, il aimait bien son travail, mais il se rangea à l'avis de Léa.

En guise de cadeau de départ, Patrice lui donna un gramme de morphine — peut-être plus, certainement plus. Avant même de quitter Grenoble, Marc était de nouveau accroché.

Léa téléphona au Centre dès leur arrivée à Paris pour réserver une place au second étage, en désintoxication, et c'est au Centre que Marc retrouva cette fille qu'il avait rencontrée en Turquie, une des premières avec qui il s'était défoncé. Elle avait caché de la poudre, ou s'en était fait apporter, personne ne sut jamais les dessous de l'histoire, toujours est-il qu'ils furent tous les deux renvoyés de l'étage. Léa était furieuse. La fille, il n'était pas question qu'elle vienne avec eux, pas question non plus de retourner rue de l'Ouest ou rue Raymond-Losserand, un repaire de dealers, Léa l'avait tout de suite compris. Alors, Marc parla de cette cousine qui habitait près de la gare du Nord.

*

Dans l'appartement de la cousine, ils étaient nombreux. Marc commençait à être en manque. Il sortit un paquet de billets de sa poche, sa dernière paie du kiosque. Quelqu'un téléphona. Quelqu'un apporta de la came. Ils se firent tous un shoot, à la santé de Marc. Tous, sauf Léa. Ils étaient allongés, immobiles, qui sur le lit, qui sur le tapis. Certains avaient encore la seringue plantée dans la veine. La cousine avait tenu un peu plus longtemps que les autres éveillée, mais finalement elle aussi avait succombé.

Alors tout se déroule comme dans un rêve. Léa a l'impression d'être dans un dessin animé, après le passage du marchand de sable et ce n'est pas désagréable au fond, cette tranquillité autour de soi après les fatigues du voyage. Marc dort, paisible, la tête posée sur ses genoux. Elle sent le bébé qui bouge, elle aimerait réveiller son ami, qu'il mette sa grande main sur son ventre comme il le fait d'habitude, mais il a l'air si bien, elle ne veut pas le déranger.

Les autres, assez vite, sortent de leur léthargie — Marc dort toujours. Non seulement il dort, mais il ronfle, et sa cousine se moque de lui. Léa a pris sa décision. Elle lui dira quand il se réveillera qu'il ne faut plus toucher à la came au moins jusqu'à la naissance du bébé, et il n'y touchera plus. C'est bien ce qui se passera, plus jamais il n'y touchera. Elle a confiance en lui. Elle ne sait pas encore qu'on peut être dans le coma, et ronfler. Elle le repousse un peu, parce qu'il est lourd et qu'elle a mal au dos à force de rester dans la même position. Les autres viennent l'aider à le déplacer. Il se laisse porter sans broncher.

En le déposant sur le lit, Léa comprend que quelque chose ne va pas. Marc reste posé là, parmi les coussins, dans une position impossible. Il n'a même pas le réflexe de dégager son bras. Sa tête est basculée en arrière, sa bouche s'entrouvre, il ne ronfle plus.

*

L'ambulance arrive enfin, mais l'infirmier est seul. Il faut descendre les quatre étages. Marc n'a jamais pesé si lourd. Sa cousine trébuche, elle se tord la cheville dans l'escalier, ce n'est vraiment pas le moment, dit Léa et la cousine se met à chialer. Un de ses copains arrive, il n'est pas d'une grande utilité. Léa la secoue, il faut se dépêcher, remonter chercher de l'argent, car l'infirmier a demandé si elle avait de l'argent pour payer l'ambulance, prendre les papiers de Marc dans son sac, car il faut aussi les papiers, s'ils ne sont pas dans son sac, ils doivent être dans son autre jean…

En arrivant aux urgences, Marc a l'air d'aller mieux. Il dort toujours, mais son visage a repris des couleurs. On l'emmène sur un chariot dans une petite pièce, derrière. Léa ne veut pas lâcher sa main. Elle parle et lui parle encore, il doit se réveiller, dire son nom, elle est là, ne le quittera pas, mais elle est obligée de le quitter tout de même, on lui ordonne de le quitter, il faut laisser les médecins travailler. On la prend par les épaules pour l'accompagner près des sièges bleus, dans le couloir. Quelqu'un arrive, un autre médecin, le premier fait un geste désabusé, comme pour dire « encore un drogué ». Léa sent la colère monter en elle, jamais plus elle ne veut se retrouver avec Marc dans ce genre de situation. Quand il sera en état de l'entendre, elle ne lui dira pas qu'il faut arrêter : elle lui dira que, s'il touche encore une fois à cette merde, elle ne dormira plus jamais avec lui. Et encore une fois, c'est ce qui va se passer. Il ne touchera plus jamais à cette merde. Elle ne dormira plus jamais avec lui.

*

Léa attend dans le couloir. Beaucoup plus tard, vingt minutes environ, un médecin lui annonce qu'ils n'ont rien pu y faire. Léa ne comprend pas. Y faire quoi ? Y faire contre quoi ?

Elle a du mal à se lever. Elle veut entrer dans la pièce, le premier médecin essaie de l'en empêcher et encore ce même geste de l'autre, ce geste qui signifie « à quoi bon ? ».

Laissez-la rentrer, dit-il froidement, ça lui servira de leçon.

*

Elle est restée un peu, immobile, avant de soulever le drap, mais sous le drap, c'est un soulagement : il n'y a plus personne. Il n'y a plus qu'un mort.

Elle est là, debout, avec son gros ventre. Ce n'est pas Marc, se répète-t-elle, juste un corps vide. Elle prend sa main, elle pourrait s'y accrocher quand le médecin s'avance, mais non, elle ne s'accroche pas. Cette main-là ne contient rien.

*

Dans l'entrée des urgences de l'hôpital, il y a une cabine. Léa marche très lentement, comme une petite vieille. Elle pense à tous ces gens qui, de ce même téléphone, ont dû annoncer de mauvaises nouvelles. C'est le mot décès qui lui vient à l'esprit. Elle aimerait pleurer, ce serait plus facile, mais les larmes s'obstinent à rester dedans. La mère de Marc décroche. Aucun son ne sort de la bouche de Léa. Elle ne peut pas.

*

De l'air froid sur ses joues, à la sortie de l'hôpital... Léa se souvient d'avoir réussi à mettre ses mains dans les poches du blouson de John Palmer, même si c'était un peu loin à cause de son ventre. Elle se souvient d'avoir pensé qu'il était gonflé d'être venu en moto, dans l'état où elle était, il aurait pu prendre un taxi. Ce genre de chose, John Palmer n'y pense pas. Il ne sait pas dire non plus les mots qui apaisent, mais avant de remettre son casque, il a serré sa fille dans ses bras. Et maintenant, ils roulent. Ils s'arrêtent aux feux rouges, et les feux rouges durent plus longtemps que d'habitude. Pourtant, autour, tout continue. Des gens mangent dans des restaurants. Des gens regardent la télévision, prennent le métro, des gens embrassent des gens.

Au crématorium, ce sera pareil, des gens.

Léa attend dehors, il y a de la fumée. Elle se répète qu'elle ne va pas s'évanouir et elle ne s'évanouit pas. Elle n'a pas le choix. Elle doit continuer. La nuit suivante, le ciel est dégagé. Elle choisit une étoile et commence à lui parler. Tous les soirs, elle lui parle de son fils, Dieu sait pourquoi, elle est sûre qu'il s'agit d'un garçon. Il aura les yeux bleus.

Les yeux de Marc étaient verts, d'un vert intense, des yeux qui manquent.

Tom est né un jeudi, c'était un beau bébé très brun avec de grands yeux bleus — ça peut toujours changer, me dit Léa au téléphone, mais ça m'étonnerait. Elle avait une petite voix. Elle ne se voyait pas retournant vivre dans l'appartement de Grenoble. Elle dessinerait, elle vendrait des tableaux, elle fabriquerait des vêtements, n'importe quoi pourvu que Tom ne manque de rien. Mais pour l'instant, elle aurait bien aimé rester un peu chez moi, si ma mère était d'accord.

Ma mère était très attachée à Léa, sa seconde fille comme elle l'appelait, l'accueillir avec son bébé lui parut évident. J'installai un coin pour Tom dans le salon, mais finalement nous dormirions tous les trois dans ma chambre.

Malgré le chagrin qui nous habitait, nous arrivions à sourire, et même à rire ensemble quand Tom faisait ses petites grimaces. C'était un bébé calme, en très bonne santé. Les parents de Marc avaient beau insister, Léa ne voulait pas aller chez eux, et elle ne voulait pas non plus s'installer avenue Franklin-Roosevelt. C'était la seule chose qu'elle savait. Sinon, elle était un peu lointaine.

Chaque matin, nous allions décrocher les langes de l'étendoir à poulies. Il n'y avait pas encore de couches-culottes, ou alors elles étaient très chères, toujours est-il qu'il fallut apprendre à plier les carrés de coton, à les laver, et à bien tirer sur les angles avant de les étendre pour qu'ils retrouvent la forme indispensable à une bonne tenue des couches.

Quand Tom pleurait, je le prenais dans mes bras et je faisais le tour de l'appartement. Il s'arrêtait au bout de deux ou trois tours. C'était mon boulot à moi, puisque je ne pouvais pas l'allaiter, ma spécialité : calmer Tom quand il pleurait.

Je me souviens de la convocation de la surveillante générale du lycée, elle était toujours habillée en prune, et des mots que j'avais employés pour justifier mes absences répétées. J'avais le bébé de mon amie à la maison. Un bébé dont je devais m'occuper. Elle avait hoché la tête de façon très compréhensive, me rappelant tout de même que les épreuves du bac commençaient bientôt.

Je nous revois aussi, poussant le landau de Tom dans les allées du jardin des Champs-Élysées, fières de dire que c'était notre fils, et non pas notre petit frère comme tout le monde semblait le penser — et continuait à le penser malgré nos déclarations. Nous passions devant le manège et les balançoires. Nous longions le bac à sable où Léa avait sorti le serpent en plastique. Nous achetions des rouleaux de réglisse ou des boules de coco dans les kiosques à bonbons en face des palais — Grand Palais, Petit Palais, palais de la Découverte. Même si les accessoires de notre enfance étaient à la même place, tout avait changé depuis la construction du parking. Sous nos pieds, ce n'était plus la même sensation. Comment était-ce avant les travaux ? Je ne sais plus. Quelque chose comme : pas aussi dur, pas aussi blanc. Pas aussi poussiéreux.

*

Léa accepta de retourner à Grenoble pour passer les vacances. John Palmer la conduisit en voiture avec toutes les affaires du bébé, le berceau, le matelas à langer, la poussette. Le salon de la rue Jean-Mermoz parut très vide soudain. Je me sentais perdue sans mon petit Tom. J'avais eu mon bac, l'été s'ouvrait à moi dans sa molle vacuité. Je décidai d'aller rejoindre Mike en Californie, pour un temps indéterminé. Nous n'avions jamais perdu contact, il me téléphonait souvent et m'invitait chaque fois.

Mike habitait une maison confortable avec un réfrigérateur rempli de bières. Il s'était coupé les cheveux, travaillait dans un restaurant mexicain et n'écrivait plus de poèmes. Nous pensions nous retrouver : nous nous éloignâmes vraiment. Dix jours après mon arrivée, je repris mon sac à dos et partis en stop vers le nord par la route Numéro Un. J'aurais bien aimé aller à Saint Louis, Missouri, juste pour le plaisir d'envoyer une carte postale à John Palmer, mais Mike me l'avait déconseillé en cette saison. Et puis c'était très loin. Je n'avais presque pas d'argent, et peu de possibilités d'en gagner sans permis de travail. Le stop, en suivant la côte, semblait la meilleure solution pour tuer agréablement le temps.

Quand je revins de voyage, début septembre, Tom vivait toujours chez ses grands-parents paternels, mais Léa était de nouveau dans une institution, près de Grenoble. Rien à voir avec Chevilly-Larue. Là-bas, les murs ne se terminaient pas en tessons, ce n'étaient pas des murs, d'ailleurs, c'étaient des haies où venaient nicher les oiseaux.

Des haies qui protégeaient, et Léa avait besoin d'être protégée.

J'ai gardé les lettres de cette époque, elles sont là, dans le tiroir de mon bureau, juste à côté de moi. Des lettres parfois si tendres, comme on n'en reçoit pas beaucoup dans son existence.

Des lettres comme celle-ci.

Nous sommes amies, écrivait Léa, unies par la complicité des éclairs. Nous sommes liées et pourtant si différentes l'une de l'autre, mais ce que nous avons compris, c'est que chacune aide l'autre à vivre (moi je ne t'aide pas beaucoup en ce moment, mais j'espère que tu sens l'amour que j'ai pour toi et je souhaite pouvoir un jour te combler si tu es dans le besoin ou même si tu n'es pas dans le besoin). Ensemble, nous arriverons à toucher la lune, toi les pieds sur terre et moi la tête à l'envers, mais qu'est-ce que ça change, le sens ou la façon, tant qu'on touche la lune...

Tu sais, je suis consciente de notre chance et j'aimerais pouvoir t'envoyer des phrases si pleines d'amitié que les larmes te viendraient aux yeux.

Quand je t'écris, j'ai l'impression que tu sens mieux que moi ce qu'est ma vie. Je lutte contre la tristesse qui peu à peu gagne mon cœur. Je prends mon stylo pour me rapprocher de toi.

J'ai peur du vide, de l'inconnu, ma tête tourbillonne entre l'amour et la haine et cette envie de mort qui m'est interdite par le sourire même de mon enfant.

Je ressens chaque chose de façon tellement violente. Quand je vais dans la rue, par exemple, je reçois toutes les souffrances des autres à l'intérieur. Je n'arrive pas très bien à l'expliquer, mais je sais que tu comprends. Comme si ma peau était perméable. Et cette souffrance que j'ai, cette souffrance que la mort de Marc n'a fait que redoubler, il faut que j'arrive à l'apprivoiser.

Ici, c'est le bon endroit pour entreprendre ce genre de travail. D'abord, j'ai le droit d'entrer et de sortir comme je veux, et ça, pour moi, c'est l'essentiel. Et puis, j'aime bien le lieu en lui-même, alors je ne sors pas beaucoup finalement, sauf pour m'occuper de Tom pendant les week-ends.

Tu me demandes comment c'est, je vais t'envoyer des photos, mais en attendant, imagine une grande maison de famille dans un parc, avec des pensionnaires un peu spéciaux — les familles, c'est toujours un peu spécial, non ? Il y en a un qui s'entoure de papier toilette. Une autre se planque dans le jardin, même quand il pleut. Les médecins les laissent faire. Encore une autre : elle se regarde dans un miroir de poche, elle fume, elle reste là toute la journée, à fumer et à se regarder fumer.

Moi, je suis installée dans une des mansardes où habitaient les jardiniers autrefois. J'ai la paix, je me repose. Je vais voir ma psy. Je lis, un peu. J'essaie d'écrire et de dessiner.

Ma mère m'envoie régulièrement des tissus, je fabrique des coussins sur lesquels je brode des phrases, tout le personnel m'en commande. Le modèle qui marche le mieux : celui avec *Je t'aime.*

Mon préféré, que j'ai gardé sur mon lit : *Les crocodiles grandissent toute leur vie.*

*

Léa faisait des progrès, enfin c'est ainsi qu'elle parlait d'elle-même, reprenant les mots du médecin qui la suivait. Tout le monde l'aimait, tout le monde essayait de l'aider, jusqu'à ce jour où il y avait eu un incendie dans l'une des chambres du pavillon du fond. Rien de grave, personne n'avait été brûlé, mais quelques semaines plus tard, un inspecteur du ministère de la Santé avait mené l'enquête, et passé la demeure au peigne fin. Léa fut interrogée. L'inspecteur lui déclara qu'elle n'avait pas à être là, dans cette chambre hors norme, sans détecteur de fumée, ni garde-fou à la fenêtre, ni sonnette pour appeler en cas de besoin. Ça faisait beaucoup de *ni* à la fois, même si la raison principale ne se posait pas en termes de sécurité personnelle, Léa l'apprendrait plus tard, mais de sécurité sociale. Une sécurité qu'elle n'avait pas.

Elle avait plié bagage sans broncher. Était retournée chez ses beaux-parents à Grenoble, mais chez ses beaux-parents la vie redevint vite insupportable. Marc était trop présent. Un matin, sans prévenir, elle prit le train pour Paris, en emmenant son fils avec elle.

Les pères, parler des pères, c'est ce qu'il faudrait faire maintenant, même si ça vient comme un cheveu sur la soupe. On sait bien que ce n'est jamais le moment, qu'on préférerait avancer plutôt que de revenir en arrière.

Parler des pères, c'est ce qu'avait fait Léa pendant son séjour dans l'institution qui ressemblait à une maison de famille. Entre deux coussins brodés, elle raconta à sa psychologue ce que je savais déjà, et qui était rangé dans une case particulière. Son vrai père, si on peut appeler ça un père, enfin celui qui l'avait conçue (si on peut appeler ça concevoir), son vrai père donc, avec tous les guillemets possibles, Léa ne l'avait rencontré qu'une seule fois, sur l'initiative de l'assistante sociale, après Chevilly-Larue — tout ça est assez flou dans mon esprit. Ce dont je me souviens, et qui m'avait frappée à l'époque, c'est qu'il habitait la Butte-aux-Cailles. Ainsi, il avait vécu tout ce temps-là à Paris, tout ce temps de l'enfance, des Champs-Élysées et de notre passion pour les animaux.

Tout ce temps-là, dans la même ville que Léa, sans jamais donner signe de vie. Ça me semblait incroyable. Vivre dans la même ville que sa fille, et ne pas chercher à la rencontrer.

Léa avait insisté pour que je vienne avec elle, mais John Palmer lui avait expliqué qu'il était préférable qu'ils se voient tous les deux. Elle s'était pliée à son avis. Le rendez-vous avait eu lieu dans le jardin des Champs-Élysées, derrière le marché aux timbres, près du guignol. Il était en avance. Elle l'avait reconnu de loin.

Comment m'as-tu reconnu ?

Parce que tu étais tout seul.

Il avait regardé autour de lui. Il était en effet le seul homme seul, les autres étaient avec des femmes ou des enfants. Pour rien au monde Léa n'aurait avoué qu'elle lui trouvait un air de famille.

De tête, me dirait-elle plus tard, oui, c'est vrai qu'il y a quelque chose, de tête seulement. Un visage ovale, comme le mien.

Que la ressemblance puisse s'exprimer dans l'autre sens (Léa ressemblant à son père, plutôt que son père lui ressemblant), je crois qu'elle était incapable de le formuler à l'époque. Que dire de plus ? C'était un homme d'une quarantaine d'années, même pas roux. Ils étaient allés manger des crêpes à la Maison de la Bretagne, rue du Colisée. Elle n'avait rien à lui dire. Il semblait s'ennuyer.

Je suis en train de vivre un moment important, se répétait Léa, un des moments les plus importants de ma vie, en espérant que cette pensée lui donnerait le courage de relancer la conversation. Je rencontre mon père pour la première fois, se disait-elle encore, et elle posait bravement une question. Il répondait. Rien ne se passait.

Elle pensa qu'il était déçu.

En rentrant chez elle après la Maison de la Bretagne, Léa avait dit à John Palmer que son père, c'était lui, pas l'autre. Elle voulait qu'il l'adopte, officiellement. Et John Palmer avait répondu que les chiens aussi faisaient des enfants, qu'on ne pouvait pas leur enlever ça, qu'il fallait bien leur laisser quelque chose.

Il avait préparé un bon dîner.

Léa n'avait pas faim, à cause des crêpes, mais elle s'était forcée à manger avec Palmer, sur la table, pour une fois, tous les deux ensemble, avec des couverts, des serviettes en tissu, une assiette pour le pain et tout ce qu'il y a dans une vraie famille.

Le lendemain, Léa m'avait parlé de son père naturel comme on parle d'une affaire classée.

*

Je n'ai jamais très bien compris d'où venait le père de Léa, de Hongrie peut-être, ou de Bulgarie — un autre jour, il était né à Sofia, ou même à Istanbul. C'était le fils aîné d'une famille aisée. Il y avait une histoire de domaine qu'ils avaient été obligés de quitter, ils s'étaient enfuis, en laissant tout derrière eux. Il avait suivi des études en Turquie et parlait huit langues.

C'était important pour Léa, ces huit langues parlées, peut-être la seule chose de la sphère paternelle qu'elle évoquait avec fierté. Et la richesse aussi, ces terres perdues, abandonnées. Le reste, elle ne l'apprit que beaucoup plus tard de la bouche de sa mère : comment il était arrivé en Italie clandestinement, pendant la guerre. Comment il avait traversé la frontière, de nuit, à pied.

Comment un soldat italien lui avait sauvé la vie.

Un soldat mort dont il avait pris la plaque et l'uniforme.

Et cette chose extraordinaire aussi que Léa m'avait racontée, comme pour noyer l'information précédente : le jour où il avait changé son nom contre le nom du soldat mort, son père s'était arrêté de parler, pour ne pas que son accent le trahisse. On racontait au village où il s'était établi qu'il avait subi un choc psychologique (*scossa psicologica*) qui l'avait rendu muet, qu'il était inoffensif (*inoffensivo*) et même très serviable. Il répétait ces phrases dans sa tête en attendant la paix, la reconstruction, le grand amour : quand il recommencerait à parler, ce serait dans un italien sans faille, pour séduire Clara Mancini. Jamais il n'avait réussi dans une autre langue à prononcer des mots aussi doux. Sa vie ressemblait à un conte de fées. Ils s'adoraient. Il lui faisait des cadeaux, il s'occupait bien d'elle. Il avait facilement trouvé un emploi dans un restaurant. Clara Mancini travaillait chez un tailleur pour dames. Un jour, il lui avait offert un vison. Il n'avait réglé que la première échéance, deux mois plus tard, le vison était reparti avec les huissiers.

Ils en avaient ri, surtout elle, pour ne pas qu'il se sente coupable.

Les années passant, Clara Mancini l'aima un peu moins. Le problème, c'est qu'il s'était mis à jouer depuis qu'il travaillait au Grand Hôtel. Boire aussi, il avait appris, mais Clara Mancini n'était pas du genre à débiner, et les détails de leur séparation, elle ne les avait jamais racontés à sa fille. Et Léa n'avait jamais osé lui poser de questions.

Le Triangle d'or est le surnom donné à la partie la plus luxueuse du huitième arrondissement de Paris, partie comprise entre les Champs-Élysées, l'avenue George-V et l'avenue Montaigne. En géographie, il désigne également une région de l'Asie du Sud-Est connue pour sa production d'opium.

Lorsqu'elle rentra à Paris avec son fils, Léa habita rue Saint-Sauveur chez Jean-Michel, un ami de Clermont-Ferrand. Elle était bien avec lui, et avec ses copains. Ils ne couchaient pas ensemble, non, ils dormaient collés, comme des petits animaux qui cherchent à se réchauffer. Ils étaient toute une bande de fils de famille à poursuivre leurs études dans la capitale. Avec eux, Léa apprit les règles élémentaires du voyage en Thaïlande. La condition première était de ne pas consommer sur place, il ne fallait donc jamais partir avant d'avoir décroché. Léa en profitait pour faire une cure, ce n'était pas plus mal, même si, chaque fois, c'était un déchirement de se séparer de la chère substance. Il fallait dépasser la douleur et voir le bon côté des choses : si elle était capable de s'arrêter quand elle voulait, c'est qu'elle n'était pas vraiment toxico (et si elle n'était pas vraiment toxico, pourquoi ne pas recommencer ?). Le problème étant qu'à chaque fois qu'on reprenait, on s'accrochait tout de suite et qu'on tombait un peu plus profond.

Quand ils rentraient de leurs expéditions, Jean-Michel avait tous les contacts pour écouler ce qu'ils rapportaient — cent trente-cinq grammes chacun, dans le rectum.

Léa s'occupait de préparer les doses, un gramme, un demi-gramme, un quart de gramme déposés avec soin sur des petits rectangles de papier alu. Elle aimait bien ce travail de précision, ça lui rappelait Samantha et la falsification des passeports. Vendre de riche à riche, il n'y avait pas plus facile, disait-elle. Personne ne discute les prix, on nous parle normalement, comme si nous étions du même monde.

Quand elle racontait aux clients qu'elle avait passé son enfance dans le quartier, ils la regardaient pourtant avec étonnement. Les plus fortunés vivaient avenue Montaigne et, s'ils connaissaient la loi de 48 concernant la régulation des loyers, c'était côté propriétaires, avec la ferme intention de se débarrasser au plus vite de ces locataires encombrants.

La plupart des acheteurs du Triangle d'or portaient des noms connus, les noms de leurs pères qui fabriquaient des armes ou construisaient des maisons. Ils se shootaient allègrement sous les stucs, parfois ils étaient en manque, alors ils passaient un coup de fil codé rue Saint-Sauveur, et

Léa venait avec Jean-Michel les dépanner. Ils étaient accueillis en héros.

Saint-Sauveur j'écoute ? Oui, très bien, nous prenons votre demande en considération.

Léa assurait la permanence téléphonique, elle aimait trafiquer sa voix, comme quand nous jouions à madame la marchande dans la cour de récréation. Le seul problème avec ce genre de clientèle, c'est qu'il fallait être à sa botte, disponible vingt-quatre heures sur vingt-quatre, sinon on se faisait rafler le marché. Avec un petit garçon à la maison, ce n'était pas toujours facile — Léa fut obligée de convenir qu'à Grenoble, Tom serait mieux.

*

Jean-Michel avait l'air d'un aristocrate, toujours très bien habillé, l'invitant chaque soir dans les meilleurs restaurants. Léa avait un peu de mal à le suivre sur le plan vestimentaire. Pour sortir, elle se déguisait, maxis en satin, chemises Cacharel, mais dès qu'elle rentrait rue Saint-Sauveur, elle retrouvait ses pantalons taille basse en vinyle argent et ses semelles compensées. Alors, Jean-Michel l'envoyait s'occuper des artistes. Elle découvrit le Centre américain, boulevard Raspail. Après l'American Legion, ce fut un choc. Il y avait là-bas, comme autrefois sur la pointe du Vert-Galant, une foule colorée qui non seulement était super cool, mais aussi super créative. Des musiciens, des comédiens, des danseurs. Ça discutait dans tous les coins au son du djembé, et le jardin était un lieu idéal pour le deal. Elle rencontra également à cette époque plusieurs membres éminents du Grand Magic Circus — je trouvais qu'elle avait de la chance. Parfois, on la laissait assister à des répétitions et, si les drogues en général continuaient à m'effrayer, le monde qui s'ouvrait grâce à elles exerçait sur moi une fascination telle qu'il m'arrivait de regretter ma frilosité.

Pour compenser, je demandais à Léa de tout me raconter, comment ils travaillaient, qui choisissait les comédiennes et s'ils couchaient tous ensemble, comme on le prétendait. Elle me confia par le menu les techniques employées pour rapporter l'héroïne de Thaïlande — je l'écoutais, même si ça m'intéressait moins que les histoires de théâtre.

Elle me disait aussi qu'ils manquaient de passeurs, pensait-elle me convaincre de les accompagner ? Je ne crois pas, non, mais alors pourquoi me donner tous ces détails ? Ils mettaient la dope dans des préservatifs, les entouraient de ruban adhésif, puis se les fourraient à l'intérieur. Ils avaient un ami médecin à Clermont qui leur avait tout expliqué, je ne me souviens plus des mesures, mais il y avait quelque chose comme douze centimètres entre le rectum et le début de l'intestin, et là s'ouvrait une poche naturelle, un cloaque providentiel, bref les cent trente-cinq grammes tenaient dans cette cavité.

La veille de leur départ de Thaïlande, un laxatif leur permettait de se vider complètement. Ensuite, en faisant le poirier, on introduisait la capote garnie, m'expliquait toujours Léa, et je me disais que je ne savais pas faire le poirier, ce qui écartait de moi toute tentation de partir avec eux.

Les contraintes ne s'arrêtaient pas là. En vol, il ne fallait ni manger ni boire — en faisant mine de manger et de boire, pour ne pas attirer l'attention du personnel de bord. Le plus dur était d'aller aux toilettes et de se retenir.

Le danger, outre le risque d'être découvert, était que le paquet de poudre éclate. Il n'y avait alors aucune chance de survie.

Le numéro de Léa et de Jean-Michel était bien rodé, ils jouaient au couple parfait de retour d'un périple culturel. Ils rapportaient des souvenirs pour que les douaniers ne se doutent de rien s'ils fouillaient les valises — c'est ainsi que j'héritai d'une statue de Bouddha en laiton vieilli et d'une pochette doublée de soie.

*

Après son troisième voyage en Thaïlande, Léa ne me fit pas signe. Son silence m'inquiéta. S'il s'était passé quelque chose de grave, je l'aurais su par Clara Mancini, comment expliquer alors cette disparition ? Je me souviens de cette question, et tout se brouille ensuite. Je mélange les années, je ne sais plus où est Tom, je suis perdue.

Dans le courrier, je retrouve une lettre qui semble avoir été envoyée à cette période, mais certaines informations viennent contredire mes suppositions. Il faudrait établir une liste des événements, dresser une chronologie : je repousse toujours le moment de le faire. J'ai l'impression que ce classement rigide ne dirait rien du chemin, rien de la peine. Léa commençait ainsi sa lettre, postée de Mantes-la-Jolie (date illisible) :

Depuis que je suis ici, je me demande si notre amitié est une vraie amitié ou si elle est devenue un passe-temps et un point d'attache à notre enfance. Néanmoins, chaque fois que je me sens triste, un peu seule, un peu rejetée, je pense à toi et je t'écris.

Après la rupture avec Jean-Michel, mon séjour à Paris a été difficile. Il m'a laissé de l'argent, grand prince comme toujours, alors j'ai pu m'occuper de Tom. Ensuite, j'ai cherché une nourrice pour travailler, ce n'était pas évident. J'en ai trouvé une finalement qui élevait des lapins rue Charlot, près du Marché des Enfants Rouges, mais c'était quand même sept cents francs par mois, et j'avais de nouveau les assistantes sociales sur le dos. Alors, Tom est retourné chez ses grands-parents, et moi je suis dans un hôpital psychiatrique pour soigner ce qu'ils appellent une « dépression » et me désintoxiquer — je recommençais à me shooter un peu trop après la rue Saint-Sauveur, j'étais chargée à bloc. Je me piquais pour échapper à la douleur du manque. Je me piquais pour ne plus penser.

J'aurais préféré aller au Centre que tu connais, mais ils ne m'ont pas acceptée à cause de la *dépression*. J'ai eu beau leur dire que c'était un peu normal de pleurer quand on a perdu le père de son enfant, même si les larmes avaient mis plusieurs années pour monter jusqu'à mes yeux.

Ce qui n'était pas normal, c'était de ne pas pleurer, non ?

Il fallait juste me laisser le temps, et m'aider à me sevrer, comme on sèvre un bébé, en douceur, progressivement. Mais au Centre, ils ne pouvaient pas prendre cette responsabilité, ils n'étaient pas équipés pour ça.

Pas équipés, répétaient-ils, pour soigner une *dépression.*

Alors, ils m'ont internée. C'est ce que je suis, je n'arrive pas à le croire, *internée.* Tu n'as pas de chance d'être tombée sur une amie comme moi, c'est peut-être pour cette raison que je me pose des questions à propos de nous, parce que je n'ai pas envie de t'envoyer toutes ces mauvaises vibrations.

Ici, on traite les gens par la force, qu'on leur mette des camisoles ou qu'on les bourre de médicaments. Avec moi, les infirmiers sont plus sympas parce que je suis jeune et pas vraiment dangereuse ou gaga comme les vieillards de tous les âges qui m'entourent. J'espère bientôt sortir et là on se verra.

Je me sens bien quand je pense à Tom, nous deux à parcourir le monde, nous deux à avoir notre plus proche parent dans l'au-delà, deux à nous savoir seuls, et à rêver encore en regardant le ciel. Je lui donnerai tout mon amour et jamais cet enfant ne me décevra car je sais d'où il vient.

Tom est né sous une bonne étoile. Nous allons faire notre temps. J'apprendrai à vivre la tête haute malgré la tristesse, les désillusions, et ces larmes qui se sont décidées à couler. Je changerai les murs en sable, l'envie de mort en envie tout court. Je lutterai contre l'injustice et le malheur qui touchent ceux qui, comme moi, ont la peau trouée.

Ce que je t'écris doit te sembler bien noir. Toi qui as la force de vivre dehors, la force de faire ce qui t'intéresse, créer, jouer, voyager, je ne sais plus si tu me comprends. Marc disait qu'il était un junkie, et junkie vient de *junk*, ordure. Un tas d'ordures à désintégrer avant réintégration dans la masse.

J'aimerais que tu me parles de ta vie, je sais que ce n'est pas facile pour toi non plus malgré cette lumière qui brille dans tes yeux. Est-ce que tu chantes toujours dans le même groupe ?

J'ai un arbre ocre et or dans la tête et, si jamais je le réalise, il sera pour toi, car il ne me servira plus à rien lorsqu'il sera terminé. Embrasse ta mère et ton frère, même si, en grandissant, j'ai l'impression de m'éloigner de leur ambiance.

Après son séjour à l'hôpital psychiatrique, Léa avait partagé sa vie entre Grenoble et Paris. J'habitais alors un studio près de la rue Paul-Bert, cité Prost — cité qui n'existe plus aujourd'hui, tout a été démoli, et remplacé par un jardin qui porte un joli nom.

Je me souviens d'un jour où nous devions aller voir un film ensemble, je l'avais attendue pour rien. Une autre fois encore, je l'avais invitée à déjeuner chez moi, même chose. Je lui avais envoyé un petit mot à Grenoble pour lui dire qu'elle aurait pu au moins prévenir. Était-ce si difficile de donner un coup de fil ?

Léa l'avait mal pris. Elle m'avait posé un lapin ? Oui, sans doute, mais c'était un détail comparé à tout ce qui nous unissait. Nous n'avions pas la même perception du temps, je le savais, non ? En bref : s'il y avait quelqu'un à condamner dans l'histoire, c'était bien moi et mon appréciation trop rigoureuse du calendrier. Je devais moins m'en faire en général, et moins m'en faire en particulier à son propos.

Je voulais des explications ? Si elle n'était pas

venue à notre dernier rendez-vous, c'est qu'elle s'était endormie sur un banc et ne s'était réveillée qu'à la nuit tombée. Voilà, c'est tout ! Sinon, elle espérait que j'étais en pleine forme, et que nous allions bientôt réussir à nous croiser.

Nous croiser, réussir à nous croiser... Ces mots m'avaient fait mal. Ce que Léa avait mis dans son corps pour s'endormir ainsi, en plein jour, dans la rue, elle ne le disait pas. Si j'avais pu penser autrefois que la drogue lui avait sauvé la vie, j'avais depuis changé d'opinion.

*

La lettre suivante venait de Fleury-Mérogis (il y a juste ça, en haut de la feuille : Mardi, Fleury-Mérogis).

Tu dois te demander pourquoi je suis ici, écrivait Léa, je ne t'ai pas beaucoup parlé ces derniers temps, je ne voulais pas t'encombrer avec mes problèmes. Si tu as envie de m'écrire, malgré tout, n'oublie pas de mettre mon numéro d'écrou et de cellule sur l'enveloppe.

Suivait son adresse postale : Maison d'arrêt de femmes, 1415 D4R-4, 7 avenue des Peupliers, Fleury-Mérogis, 91705 Sainte-Geneviève-des-Bois.

*

Léa était en préventive, *préventive* étant d'après ce que j'avais compris le mot qui venait après *dépression* et *désintoxication*, et avant *incarcération.*

Ce qui l'avait conduite en prison, je ne le saurais jamais vraiment, ou je l'ai oublié, entre les faux chèques, les faux papiers et les trafics d'héroïne : j'avais l'embarras du choix. La seule chose qui comptait pour elle se disait au présent. Lever 7 heures, déjeuner au pain sec, puis radio, puis petit ménage, la promenade à 8 h 30, et ça recommence : les émissions du matin, les lettres, les livres de la bibliothèque qu'elle n'arrive pas à lire. S'allonger, se lever, attendre la bouffe dégueulasse, les calmants, se rallonger, décider de ne pas prendre les calmants, puis les avaler d'un coup pour trouver la paix.

Elle a tout, elle peut même voir le ciel, mais rien n'est à elle, à part quelques vêtements. Une chambre propre sans barreaux, une vitre qui s'entrebâille pour donner un peu d'air. Deux draps, une couverture, la radio avec une seule station, même pas France Inter, une armoire, un lavabo, bidet, w.-c., serviette, gant de toilette, chaise, table. Très vivable au fond, soulignait-elle, si on accepte d'être un numéro. Entendre les clés s'approcher de la cellule dans l'espoir que la porte s'ouvre, pour recevoir un ordre sans cœur, ou pour la promenade, ou pour les bouquins, ou la cantine, n'importe quoi pourvu qu'il y ait quelqu'un qui parle.

Un mot important encore, *provisoire*, dans l'expression *liberté provisoire*. Se tenir à carreau pour qu'on la lui accorde au plus vite. Dire bonjour au maton. Se ranger dans les couloirs. Regarder par terre. Ne pas mettre les mains dans ses poches et, cette fois, ne pas essayer de se faire respecter par les autres filles.

Les jours de colère — accepter les cachets. Au besoin, prétendre qu'on n'arrive pas à dormir pour qu'ils augmentent la dose.

*

Est-ce que tu crois que je suis folle, écrivait encore Léa de Fleury-Mérogis, est-ce que tu penses que je me sortirai de cette galère, ou que je suis foutue ?

Il y en a ici qui s'enfoncent en se débattant comme si c'était un torrent, alors que nous sommes simplement dans une rivière plate et sans rocher, et qu'il suffit de faire la planche. S'il n'y avait pas tous ces mots dans ma tête, toutes ces questions qui se répètent...

Flotter, se laisser porter, voilà, je me dis cent fois la même chose et je n'y parviens pas. Je regarde de trop près, je regarde de trop loin, je regarde à l'intérieur et j'ai l'impression que tout est déjà vieux, usé, mais malgré ça je resterai jusqu'au bout pour Tom et pour toi aussi. Continue à venir me voir, même s'il y a cette vitre entre nous, je sens la chaleur de ton amour, et elle m'aide à tenir.

Hier on a été gâtées : on a eu du quatre-quarts, des bonbons, du Pschitt orange (pour toi, cher ange, comme dit la pub) et on a vu à la télé un reportage sur la mort de Mao. Ça passe le temps.

Je viens d'apprendre que j'ai droit encore à des vêtements. Est-ce que tu pourrais m'apporter la robe violette de ma mère et un jean, celui qui est déchiré ? Et aussi de la laine, la Douceur de chez Prisunic, elle n'est pas chère, et des aiguilles n° 5 s'ils les laissent passer. Et des chaussettes chaudes, s'il te plaît, je n'ai que des collants. Ne t'inquiète pas pour moi, la taule, on s'en sort.

Pour les livres et les photos du petit, reprends-les en venant. Ils m'ont été refusés.

III

Je croisai Léa devant le cinéma Victoria, près de la place du Châtelet, le jour de mon anniversaire. Je rentrais une fois de plus des États-Unis, j'avais joué à New York dans un groupe de théâtre de rue, je devais avoir, ce jour-là, vingt ou vingt et un ans.

Léa était pressée, ne pouvait pas me parler, ne trouva pas extraordinaire que nous nous rencontrions par hasard, le jour de mon anniversaire, enfin ne fit aucun commentaire à ce sujet, comme si c'était prévu, évident, la moindre des choses. J'insistai pour savoir où je pourrais la joindre. Elle n'avait pas de numéro de téléphone attitré, mais me donna rendez-vous pour dîner rue Saint-Denis dans un café qui, dit-elle, faisait de très bonnes soupes à l'oignon.

Ou peut-être n'étaient-elles pas très bonnes, au fond, mais simplement très bon marché.

Léa semblait en forme, plus mince que lorsque nous nous étions quittées, un an plus tôt, à sa sortie de Fleury-Mérogis, légèrement maquillée, les cheveux tressés.

Tom allait bien. Il était toujours à Grenoble

avec ses grands-parents, mais elle lui rendait visite plusieurs fois par mois. Elle me montra une photo de lui. C'était un petit garçon aux yeux bleus, avec les cheveux un peu longs comme tous les petits garçons de sa génération. Il regardait l'objectif en face d'un air malicieux. Un petit garçon normal, disait Léa avec un sourire attendri, passionné par sa collection de voitures. Plus tard, il voulait être garagiste. Ou agent de police.

Les pompiers, il aimait aussi, à cause du camion, mais il avait peur du feu.

Le soir, au café, Léa connaissait tout le monde. Nous nous étions assises un peu à l'écart pour pouvoir parler tranquillement. Au lieu de nous raconter ce qui s'était passé depuis la dernière fois, nous nous étions lancées dans une conversation étrange sur le rouge de mon foulard, la couleur rouge en général, le rouge des drapeaux, le rouge du sang et ce rouge-là en particulier, on y revient, celui de ton foulard, tu vas rire, il me fait penser à Jésus. Mais si, quand tu rentres dans une église, s'il y a une lumière rouge, c'est pour dire que Jésus est là.

Bien brillante, la lumière, mais petite, petite…

Depuis quand Léa entrait-elle dans les églises ?

Ça signifie, poursuivit-elle entre deux cuillerées de soupe, que le curé n'est pas loin. Si tu as justement envie d'aller voir ce qu'il y a dans le tronc, c'est un peu gênant. La petite lumière rouge allumée près de l'autel, ça active le surmoi.

Regard en biais, cuillerée de soupe, fil du gruyère, rires, silence. Et encore Léa : J'ai une copine qui revend des chaises de Saint-Merri, l'église vers la rue des Lombards. Comme elle a eu la polio, elle boite. Et comme elle boite, personne ne lui demande pourquoi elle sort de l'église avec des chaises. Ils sont cons les gens… Pour toi elle ferait un prix, ce serait bien dans le style de chez ta mère, si un jour tu as envie de lui offrir un cadeau.

Des chaises en bois foncé, avec de la paille tu vois, on dirait des peintures de chaises tellement elles sont mignonnes.

Soupe, fils de gruyère, sourires.

Elles ont l'air minuscules comme ça, mais non, quand tu t'assieds dessus, elles sont exactement à la bonne taille.

Ta mère habite toujours rue Jean-Mermoz ? Quelle question, bien sûr qu'elle est toujours là-bas. C'est comme ma mère, vissée à son appartement. Au prix du loyer, elle aurait tort de se priver.

Palmer ? Non, lui, il a déménagé. Il est de plus en plus sauvage, on ne s'est pas beaucoup vus ces derniers mois. Il parle de rentrer dans le Missouri mais, à mon avis, il n'arrivera même pas jusqu'à l'aéroport. Il est maintenant à plein temps à la campagne, dans le Vexin.

Là où il y avait le *waterbed* ?

Oui, là où il y avait le *waterbed*, tu t'en souviens ? Il a fini par crever, pas mon père, le lit, une vraie piscine dans la chambre. Il m'en a voulu…

Je me suis endormie avec une cigarette allumée, c'est pas malin, mais c'est comme ça. Le petit bout rouge qui scintille…

Il ne reste plus de croûtons. Tu veux que je recommande des croûtons ? Je peux leur demander, ils ont l'habitude avec moi. Non, tu es sûre ? Je vais quand même en demander. C'est beau, le rouge, mais ça me fout un peu la trouille. Je ne sais pas pourquoi on parle d'église...

Moi non plus, je ne savais pas et ça m'était bien égal. J'étais tellement heureuse de retrouver Léa qu'elle aurait pu passer en revue toutes les couleurs de l'arc-en-ciel sans que je me lasse d'entendre sa voix un peu cassée et le rythme si particulier de ses phrases.

*

Pour moi, la petite lumière rouge, c'était le signe des maisons de passe, dans les films ou dans les romans. Peut-être Léa me parlait-elle de ça, au fond, il suffisait de traduire. Avec elle, depuis cette nuit où les pensées avaient commencé à tourner, rien n'était vraiment tout droit. Comme je lui demandais de quoi elle vivait, elle me dit qu'elle travaillait pour deux filles qui faisaient le tapin. Elle prononça le mot très vite, *tapin*, je n'étais pas bien sûre d'avoir compris. Elle leur donnait des coups de main, elle était leur garde du corps, en somme, et je pensai au cadavre décomposé de Stephan Markovic. Je chassai cette image de mon esprit, Léa se tourna vers le comptoir.

Tu vois l'autre fille là-bas ? C'est Blondie, je bosse aussi pour elle. J'ai commencé en lui revendant des fringues, elle me montrait ce qu'elle voulait dans les vitrines et moi, eh bien... je me débrouillais. Elle m'appelle l'intello, parce que, au début, je venais toujours rue Saint-Denis avec mon cartable. D'abord, elle m'a laissé un coin de son studio pour que je mette mes livres. Quand il n'y a rien à faire, je bouquine. Je note des idées. Elle dit que je suis *spéciale*. Si j'étais là toute la journée en train de monter et de démonter un pistolet, elle me trouverait normale, mais les bouquins…

Blondie portait des cuissardes et un blouson ouvert sur une poitrine volumineuse. Elle était plus âgée que nous, très séduisante avec ses cheveux platine, presque rasés. Léa suivit mon regard. Comme si je lui avais demandé des explications, alors que je n'avais pas ouvert la bouche, elle me raconta en quoi consistait son métier. Il suffisait d'accompagner les filles et de les attendre dans le couloir. De leur apporter un thé, des cigarettes. Et de débouler dans la chambre s'il y avait un souci avec un client.

Léa sortit discrètement de sa poche un couteau à huîtres.

La meilleure défense, c'est l'attaque. Le moindre problème, je suis là ! Et avec un couteau à huîtres, tu ne risques pas de tuer ton agresseur, la lame est trop courte.

Léa pensait-elle vraiment ce qu'elle disait ? Ses rêves avaient changé, ils étaient prévoyants. Je nous revoyais, petites filles, dans le passage sous les Champs-Élysées. On aimait se faire peur, et se construire contre la peur. Un certain goût pour la tragédie, une certaine nécessité de s'armer contre les douleurs invisibles de l'enfance. Quand nous faisions des vœux en regardant passer les étoiles filantes, nous étions dans le même état. On y croyait. On avait tellement, l'une comme l'autre, besoin d'y croire. C'était peut-être ça, au fond, qui nous liait. Cet appétit de créer un monde auquel on pourrait croire. Un monde qui ne serait pas hanté par le nom des morts.

Léa fit disparaître son couteau à huîtres.

Au début, j'avais un cutter, reprit-elle à mi-voix, mais les filles n'aimaient pas. Ça leur rappelait de mauvais souvenirs. Enfin voilà, garde du corps, ça me plaît bien. Ce n'est pas une question de taille ni de force, c'est une question de confiance, j'ai appris ça à Chevilly-Larue, chez les bonnes sœurs. Et les filles ont confiance en moi. Tu n'aurais pas confiance en moi, toi ?

Si, j'aurais confiance. On pouvait compter sur Léa, même si elle mentait parfois un peu.

Les filles, répéta-t-elle, elles ont confiance en moi — et cette idée qu'elle avait trouvé un monde où elle était aimée, appréciée, me soulagea d'un grand poids.

*

Avec les travaux dans les Halles, les prostituées du quartier ne savaient plus où elles en étaient. Léa les aidait, comme une assistante sociale qui ne serait pas là pour les réconcilier avec la société, mais avec l'espace. Une assistante géographique, en somme. Certaines étaient tellement habituées à leur coin qu'elles paniquaient à la simple idée de travailler de l'autre côté du boulevard de Sébastopol.

Il faut dire que cette espèce de trou, avec les rues très noires tout autour…

Quand tu fais ce métier, tu es collée au mur, disait Léa et, devant toi, il y a un autre mur. C'est ça, le paysage pour les filles. Le sol. Les chaussures. Les clients, au plus haut l'enseigne des boutiques, mais au-delà, non, tu ne lèves pas les yeux. Et toi, c'était comment les États-Unis ?

Les États-Unis ? J'habitais à Brooklyn, nous faisions la manche, ou alors nous avions des contrats. Ça marchait bien, trop bien même, je n'avais pas tenu le coup. J'aurais pu raconter encore, la station Bergen Street à 4 heures du matin et les concerts du dimanche sur les planches de Brighton Beach. Je chantais des chansons réalistes en m'accompagnant à l'accordéon diatonique, habillée en licorne, ou plutôt déshabillée en licorne, avec en guise de partenaire une libellule contorsionniste qui jouait de la flûte traversière. Nous présentions notre spectacle, enfin notre machin, dans les musées, les zoos, les galeries d'art contemporain — partout où il y avait du monde, sauf dans les théâtres. L'époque était à ça, à l'improvisé, au happening, au refus du texte et des rideaux rouges. Il fallait bouger, vivre au jour le jour, bouleverser par surprise, changer le monde en lui injectant de l'impromptu.

Je voulus raconter à Léa ce qui m'avait ramenée à Paris, et pourquoi j'avais envie d'arrêter le théâtre et de commencer à écrire, mais quelque chose en elle l'empêchait de m'écouter. Il fallait qu'elle se raconte. Qu'elle me fasse bien comprendre qu'elle ne *couchait* pas, elle *aidait* seulement les filles. Ça lui plaisait de travailler dans le quartier, à cause du Centre Georges-Pompidou qui venait d'ouvrir. Est-ce que je connaissais la bibliothèque ? Elle y passait beaucoup de temps, elle choisissait une lettre de l'alphabet et hop ! sur le chariot, en vrac, des châteaux cathares au *Livre des morts tibétain*, en passant par les surréalistes : elle prenait tout ce qui lui tombait sous la main.

*

Léa parlait vite, tant de choses à se raconter. Elle me posait une question de temps à autre, comme on plonge une lame dans un gâteau pour voir s'il est cuit, et si je l'écoutais, et puis elle repartait sur le passé, Les Champs-Élysées de Joe Dassin, les grandes parties de cache-cache et de cerceaux, la lèvre arrachée, Rommel et Romy, cette impression tenace d'avoir été flouée, de l'impasse à la rue, en passant par John Palmer quand il lui avait raconté qu'il laissait traîner exprès un peu d'argent dans ses poches pour la tester.

Tu savais ça, je te l'avais dit déjà ?

Oui, elle me l'avait déjà dit, mais j'aimais l'entendre parler de son beau-père. Avec le temps, il était devenu une de ces figures mythiques de l'enfance dont on veut encore et encore écouter les exploits.

Volontairement, dans ses poches, il laissait traîner des pièces. Tu te rends compte… Comme quand j'avais volé du saumon pour Noël et que je m'étais fait choper. Il m'avait passé un de ces savons… Mais il ne m'avait pas engueulée parce que j'avais volé du saumon, non, il m'avait engueulée parce que je m'étais fait prendre ! Tu imagines, si je disais ça à mon fils ?

La fille du comptoir, Blondie, s'approcha de nous. Elle regarda Léa d'un air intrigué.

Tu as un fils, toi ?

Léa ne répondit pas. Blondie comprit le message et retourna au comptoir en tirant sur sa cigarette. Léa me fit un clin d'œil. Nous restâmes quelques minutes en silence, puis je vis son visage s'éclairer.

Il avait l'air bon, ce sandwich...

Quel sandwich ?

Le sandwich de Richard, à Saint-Philippe-du-Roule, il avait l'air bon. On aurait dû le manger, tiens, au lieu de le donner aux pigeons.

Léa sourit, et le sourire de Léa avait ce pouvoir singulier de me replonger aussitôt dans l'enfance. Nous reparlâmes de Sophie, la Sophie du lycée, pas celle de l'école communale. La Sophie du lycée (son nom de famille nous échappait) était la première de la classe à avoir couché. Ce qui nous avait étonnées, c'est que rien n'avait changé en apparence, ni sa voix, ni sa façon de s'habiller, ni son attitude en classe, rien.

Elle était la même, et pas la même, avec son poncho et son bonnet de laine — car, contre toute attente, la laine était toujours là, mais nous l'acceptions mieux. Ce n'était plus une question de principe, c'était une affaire de mode : les pulls shetland, les écharpes à franges en mohair, les sacs crochetés, les vestes tissées main en laine filée maison, et John Palmer avait beau nous dire que nous ne vivions pas en Sibérie, pour rien au monde nous n'aurions changé d'attirail.

Léa riait en évoquant notre dégaine. L'époque était à la monomanie hétéroclite. Tout mélangé, couleurs, styles, longueurs, mais tout ensemble. Large et empilé.

Je demandai à Léa comment elle me voyait quand nous étions ensemble au lycée.

Ce qui frappait tout de suite, répondit-elle, c'était tes yeux, comme des fenêtres. Et ton sourire aussi…

Et à travers les fenêtres, insistai-je, qu'est-ce que tu voyais ?

Léa réfléchit. Ce n'était pas une question facile. Le silence s'éternisait. Elle se frotta le nez, comme si ça pouvait faire remonter les souvenirs.

Tu étais comme un casse-tête, avec toutes les pièces à l'intérieur, dit-elle enfin, mais pas à leur place. Ce n'était pas grave, je te prenais comme tu étais, je t'aimais comme ça.

Léa changea de sujet. Il y avait une question qu'elle voulait me poser depuis longtemps. Pourquoi est-ce que je buvais son lait chocolaté, si après j'avais mal au ventre ?

Quel rapport avec le casse-tête ? Si j'avais mal au ventre, je croisais mes bras dessus, et puis voilà, on n'allait pas en faire une histoire.

C'est pour ça que tu avais toujours les bras croisés ? Parce que tu avais mal au ventre ? Et moi qui essayais de copier sur toi… Tu étais mon modèle, j'aurais tellement aimé pouvoir m'arrêter de bouger, ça me fascinait ton calme, cette faculté que tu avais de rester en silence, parfaitement immobile.

Moi, le modèle de cette fille aux cheveux flamboyants avec son fennec sur l'épaule ? Voilà qui me redonna des couleurs. Toute silencieuse que j'étais, on pouvait avoir envie de me ressembler, et si Léa m'avait adoptée, ce n'était pas simplement parce que j'étais facile à manipuler.

Parce qu'il y avait ça aussi, avec le temps : cette conscience de m'être placée sous la protection de Léa, pour dire les choses gentiment, de l'avoir suivie, me pliant à ses désirs, sans jamais imposer les miens. J'étais une amie docile et respectueuse, et si je n'avais pas été aussi docile, et aussi respectueuse, m'aurait-elle aimée à ce point ?

Léa regarda sa montre, elle devait y aller. J'insistai pour payer, mais elle ne voulut rien savoir. J'étais sur son territoire. Quand elle viendrait dans mon quartier, ce serait à moi de l'inviter. Léa tira ses manches avant de mettre son manteau. Je faillis lui demander si elle avait recommencé à se piquer. Depuis le début du repas, je pensais à ça. Est-ce que Léa était retombée ? Était-ce pour cela que ses pupilles étaient si petites ? Qu'elle ne pouvait pas m'écouter ? Retombée, c'était idiot, il ne s'agissait ni de tomber ni de s'envoler…

À défaut de trouver les mots, je n'avais pas osé lui poser la question.

Quelques mois plus tard, Léa y répondrait d'elle-même en débarquant sans prévenir dans mon petit studio de la cité Prost. Elle n'avait plus le teint aussi clair que lorsque nous nous étions retrouvées rue Saint-Denis, et ce n'était pas parce qu'elle se piquait que ses mains tremblaient : c'était parce qu'elle ne se piquait plus.

*

La visite de Léa tombait bien, j'étais à la maison et je n'avais rien de spécial à faire. Elle prétendit qu'elle passait là par hasard — je compris assez vite qu'elle n'avait pas d'autre endroit où aller.

Elle avait essayé de retrouver Jean-Michel et la bande de Clermont-Ferrand, mais ils n'habitaient plus rue Saint-Sauveur — l'amitié, chez les toxicos, ça ne durait jamais longtemps. Je lui préparai un café qu'elle ne but pas. C'était à son tour d'avoir mal au ventre. Un peu, d'abord, puis très mal au ventre, des crampes qui la faisaient se plier en deux comme pour étouffer la douleur. Je lui proposai d'appeler un médecin, je pouvais le payer si elle n'avait pas d'argent. Elle ne voulait pas en entendre parler, prétendant qu'elle avait juste une gastro — à l'époque on appelait ça une grippe intestinale. Elle avait du mal à respirer, ne supportait pas la lumière. Il fallut que je tire les rideaux car tout était trop violent pour elle, même les couleurs vives semblaient l'agresser. J'insistai pour demander au moins son avis à une amie qui finissait ses études de médecine. Elle n'habitait pas loin, elle pourrait passer.

Si tu fais ça, dit Léa, je me casse, et tu ne me reverras plus.

Je ne suis pas malade, j'ai juste besoin de me poser, tu comprends, me *reposer*. Je suis vannée.

Tu ne peux pas comprendre.

Tu comprends ?

Léa s'allongea sur mon lit. Elle s'endormit presque aussitôt, sans doute avait-elle pris des comprimés puissants pour échapper à la douleur. Pendant qu'elle dormait, je regardai dans son sac, et n'y trouvai ni seringue ni petite cuillère — juste un citron.

Toute la nuit, je veillai mon amie. J'étais hantée par l'image de Marc, je me souvenais de ce qu'avait dit Léa : on pouvait être dans le coma, et ronfler. J'essayai de lire un peu, sans réussir à me concentrer. Léa avait trop chaud maintenant, elle transpirait, se tournait et se retournait, s'assit d'un bond, repoussa les couvertures et se mit torse nu, tout ça dans un état second. Je tirai un peu les rideaux et entrouvris la fenêtre. Elle se rallongea, membres ouverts, et se rendormit plus calmement. Je regardai ses bras. Et dans les bras de Léa, il y avait des trous, sur le trajet des veines, comme un plan de métro, avec les piqûres en guise de stations.

Stations plus ou moins grosses. Plus ou moins infectées.

À la saignée du bras, la peau comme du carton.

Sur les jambes, le début des jambes, une autre ligne qui commençait, entourée de plaques rouges — Léa s'était grattée jusqu'au sang.

Le lendemain matin, Léa allait un peu mieux. Si elle avait déjà commencé à décrocher, je pouvais peut-être l'aider. Les trous allaient se refermer, les traces disparaître, et sur ses veines bientôt ne resteraient que des cicatrices faciles à maquiller. Je proposai à Léa de désinfecter ses plaies. Je ne fis aucun commentaire. Elle se laissa docilement tamponner les bras, les jambes, puis souleva ses cheveux et me présenta son cou. Là aussi, un départ de ligne. Je me concentrai pour ne pas trembler. Léa parlait par ellipses. Elle venait de traverser une période très difficile. Ça ne pouvait plus continuer comme ça.

Comme ça, quoi ? Comme ça l'héro ?

Pas de réponse. Léa me regarde droit dans les yeux, je remarque ses pupilles dilatées, mais ses paupières sont lourdes et son regard s'échappe. Elle a du mal à articuler. Tout ce qu'elle peut m'assurer, c'est qu'il faut qu'on l'arrête, au sens propre comme au sens figuré.

Au moins en prison, elle serait tranquille.

Léa commence à poser une question, mais sa voix se perd, elle va dormir, elle dort, c'est affreux cette vie qui se retire soudain, qui se dérobe au milieu d'une phrase, mais non, la voilà qui revient à elle, n'importe quoi, dit-elle, tu m'obliges à dire n'importe quoi, évidemment je ne veux pas retourner en prison. Je suis bien ici, avec toi, je peux rester ici ? S'ils me retrouvent, je suis cuite. Tu n'aurais pas un pull à me prêter ?

Le chauffage électrique est réglé à sa puissance maximale, Léa claque des dents. Je lui prépare une bouillotte, je lui sers du thé, elle renverse son bol dans le lit et se brûle. La douleur ne semble pas l'atteindre, ou plutôt si, elle sent la brûlure, mais ça lui fait plutôt du bien, comme un circuit de dérivation à des souffrances plus profondes. Elle m'oblige à jurer de jamais toucher à la came, elle m'engueule presque, et puis le cycle reprend. Les frissons, le nez qui coule, les crampes dans les jambes. Me demande si j'ai des somnifères ou du sirop contre la toux, et me supplie d'essayer d'obtenir de mon pharmacien tel ou tel médicament, et puis non, finalement, comme je me prépare à sortir, elle préfère que je reste à ses côtés. Elle a peur de faire des conneries.

Des conneries ? Je repense à Corinne, une autre amie du lycée, qui laissait traîner ses seringues sur son bureau, au milieu de ses livres de classe. Ses parents ont toujours cru qu'elle s'en servait pour remplir les cartouches de son stylo à encre. Ils ont été les derniers au courant.

Léa se redresse, elle veut me faire sourire en prenant l'accent de John Palmer. Elle m'appelle Bambi, comme avant. Elle m'appelle son petit wra'ts, et sa voix se casse. Des larmes coulent sur mes joues, j'essaie de les cacher mais Léa n'est pas dupe. Elle ne supporte pas que sa Bambi s'inquiète, ça ne l'émeut pas : ça l'énerve. Elle plonge dans son sac, en tire d'un air victorieux deux gélules et me les propose. Finalement, c'est elle qui les avale. Elle me dit que ça devrait aller mieux assez vite et, en effet, ça va mieux, ses traits se détendent : Léa s'endort.

*

Je profite du sommeil de Léa pour aller à la pharmacie de la rue Faidherbe. Quand je demande les médicaments dont j'ai noté les noms, le pharmacien, qui me connaît bien pourtant, me répond qu'il ne fait pas les drogués. C'est comme ça qu'il dit : *je ne fais pas les drogués*. J'en reste bouche bée. Je lui explique que ce n'est pas pour moi, mais pour une amie de Grenoble, comme si ça pouvait changer quelque chose. Il a un sourire pincé. Tourne les talons.

Dans les officines du faubourg Saint-Antoine, on se contente de regretter de ne pouvoir délivrer ces produits sans prescription médicale. On me fait grâce des commentaires. Idem avenue Ledru-Rollin. Idem rue de Charonne. Je reviens cité

Prost avec de l'aspirine et deux bouteilles de sirop contre la toux. J'ai acheté aussi des pastilles à la codéine, au cas où. Je ne suis pas très calée en la matière, mais j'ai déjà vu ça dans un film, la bouche noire à force d'en sucer, je suppose que si ça calme la toux, ça calmera aussi un peu le reste. J'ai juste envie d'aider. D'effacer la souffrance. Je ne supporte pas. C'est moi que je veux soulager. C'est moi qui vais avaler les bouteilles de sirop dans l'espoir de trouver l'apaisement. J'aurais dû appeler un docteur. Je vais appeler un docteur. Lui seul saura quelle attitude il faut adopter. Je ne suis pas compétente. Cette pensée me délivre d'une partie de l'angoisse. Je reprends mon souffle avant d'insérer la clé dans la serrure. Ne plus pleurer. Garder son sang-froid. Être efficace avant tout.

Je pousse doucement la porte pour ne pas réveiller Léa. Mes précautions sont inutiles.

Le lit est vide.

Un petit mot m'attend : Merci de m'avoir laissé ton lit. Je ne peux pas supporter que tu dormes mal à cause de moi. Je t'ai emprunté de l'argent, et aussi le pull bleu, parce que j'avais froid. *Sorry angel, I'm so sorry*. Ta Léa.

Le tiroir de la table de nuit est resté ouvert, c'est là que je range mon argent liquide, dans la pochette made in Thaïlande des voyages avec Jean-Michel. Je n'avais pas grand-chose, pas de quoi acheter une dose, pas de quoi prendre une chambre d'hôtel. Léa ne doit pas être loin. Je décide d'aller la chercher et recommence le tour du quartier, je vais jusqu'à demander dans les pharmacies, même celle où ils ne font pas les drogués, s'ils n'ont pas vu une fille rousse avec un pull bleu, mais non : Léa reste introuvable.

Et restera, pendant plusieurs années, introuvable.

Après le départ de Léa, je suis moi-même, pendant plusieurs années, introuvable.

Parfois, je pense à mon pull et je lui en veux de l'avoir emporté. Je me trouve très mesquine. Je suis en mauvais état, et chaque fois que le téléphone sonne, j'ai peur qu'une voix ne m'annonce la mort de Léa.

La cité Prost va être démolie, on commence à expulser ses habitants. Je déménage dans un appartement moderne de la rue du Repos, au dixième étage. Ma chambre donne sur le cimetière du Père-Lachaise, non loin de la tombe de Jim Morrison.

En écrivant ces mots, me revient à l'esprit que Léa m'avait soutenu, vers treize ou quatorze ans, qu'elle avait assisté par hasard à l'enterrement du chanteur des Doors — elle m'en donnait pour preuve qu'elle avait échangé quelques mots avec une cinéaste que nous ne connaissions pas à l'époque, un nom avec plein de *a*. Elle voulait lui faire tourner des bouts d'essais pour son prochain film. De cette histoire, je n'avais plus jamais entendu parler. Ce n'était pas la première fois que je surprenais Léa en flagrant délit de mensonge, même s'il ne s'agissait pas vraiment d'un mensonge, en y repensant, mais plutôt d'une invention, une sorte de glissement.

Qu'est-ce qui me prouve, au fond, qu'elle n'était pas au Père-Lachaise ce jour-là, au lieu de traîner au Quartier latin ? Peut-être Léa disait-elle la vérité. Peut-être la réalisatrice s'appelait-elle Agnès Varda. Peut-être était-ce juste moi qui perdais confiance en Léa, et cette idée m'apparaît aujourd'hui comme la plus triste de cette curieuse période.

*

Quand j'habitais rue du Repos, je voyais ces gens qui se laissaient enfermer la nuit dans le Père-Lachaise. Protégés par les murs du cimetière, ils ne faisaient pas de bruit, juste de la lumière, comme des lucioles. J'avais installé un fauteuil confortable devant la fenêtre. Je me sentais en harmonie avec le paysage. En bas de l'immeuble, il y avait une marbrerie. Un peu plus loin, un marchand de couronnes. Je pensais souvent au père de cette copine qui s'était tiré une balle, comme nous disions alors, *il s'est tiré une balle*, et nous baissions les paupières d'un air entendu. Je me répétais chaque jour qu'il faudrait aller déposer un signe sur la tombe de Pierre Overney, un mot, une fleur, et je n'y allais pas. Il y avait beaucoup de choses comme celle-là que je n'arrivais pas à faire. La mort me prenait trop de temps.

Je voyais deux fois par semaine quelqu'un qui m'écoutait, et ne me disait presque rien. Je lui parlais beaucoup de Léa, des bras de Léa, des trous comme des stations, cette image me hantait.

Au bout de deux ou trois mois, il me demanda si je ne voulais pas parler un peu de moi plutôt que de mon amie (il trouva d'autres mots pour dire cela, beaucoup moins précis, plus allusifs). Je lui répondis que je parlais de moi quand je parlais de Léa. Sa tête s'inclina légèrement. Il décroisa les mains. Notre parcours s'arrêta là.

*

Quand je traversais les Halles, que l'on ne devait plus appeler « trou », mais « forum », et que pourtant tout le monde continuait à appeler *trou*, je regardais toujours si je ne voyais pas Léa. Et je rencontrai, un jour, non pas Léa, mais celle pour qui elle travaillait, Blondie, la fille aux cheveux platine. Je sentis que je la dérangeais, elle n'avait pas envie de me parler, dans la rue, à la sauvette, et comme je lui demandais des nouvelles de Léa, elle fit un geste qui signifiait « de l'air, de l'air » avant de me tourner le dos, puis, prise d'un regret, revint vers moi.

Qu'est-ce que tu lui veux, à Léa ?

Rien, je ne lui veux rien. C'est mon amie.

Ton amie ?

(Petit rire, et là, elle s'en va vraiment.)

*

J'ai vingt-cinq ans, encore une fois je peux dater précisément cette rencontre avec Blondie car quelques jours plus tard (Blondie lui avait-elle raconté notre rencontre ?) j'allais recevoir un signe de Léa, adressé rue Jean-Mermoz, et réexpédié par ma mère vers la rue du Repos. Je reconnus tout de suite son écriture sur l'enveloppe. Elle m'envoyait une coupure de presse à propos de l'enterrement de Romy Schneider au cimetière de Boissy-sans-Avoir.

« Boissy-sans-Avoir, au cœur de la plaine de Montfort-l'Amaury, est traversé par la route départementale 42 », ainsi commençait l'article.

Boissy-sans-Avoir, le nom me bouleversa. Sans avoir, sans fortune, sans crédit, sans rien. Un peu plus bas, le journaliste parlait d'Alain Delon, notre Alain Delon, qui avait glissé parmi les fleurs un bout de papier sur lequel il aurait écrit : « Tu n'as jamais été aussi belle, tu vois, j'ai appris quelques mots d'allemand pour toi : *Ich liebe dich meine Liebe.* »

Fallait-il avoir quitté la vie pour susciter de tels élans ? À vingt-cinq ans, je me sentais très seule. Je n'étais pas seule, comme Léa, elle non plus n'était pas seule, je l'apprendrais plus tard, nous étions même assez entourées en apparence, très entourées et aussi perdues l'une que l'autre, orphelines de cette amitié qui avait du mal à grandir. Il y avait une adresse au dos de l'enveloppe. J'écrivis à Léa, comme si elle pouvait m'aider. Je lui dis que c'était étrange qu'elle m'ait envoyé cet article sur la disparition de Romy Schneider, car je pensais beaucoup à la mort en ce moment, ou plutôt au suicide, ce qui n'était pas tout à fait la même chose.

Elle me répondit, sur une carte postale représentant la tour Montparnasse, qu'il fallait que j'arrête mes *conneries*. Et me donna un numéro où la joindre. Avant que je réussisse à décrocher mon téléphone, de l'eau aurait coulé sous les ponts.

C'est difficile en ce moment, je pleure tout le temps en écrivant. Il faudrait prendre la distance nécessaire au récit. Ne pas être le bras de Léa dans lequel l'aiguille s'enfonce, ne pas avoir la gorge qui se serre chaque fois que je croise une femme qui fait la manche dans la rue.

Raconter tout ça avec des mots calmes.

Je nous revois toutes les deux sur les Champs-Élysées, commentant les affiches des cabarets, les strings à paillettes, les girls torse nu, je nous revois dormant la fenêtre ouverte par solidarité, et manger avec les doigts, parce que les fourchettes, ça faisait bourgeois. Je nous revois, vestes kaki et jeans à franges, manifestant contre la guerre du Vietnam — ne pas le dire à John Palmer, surtout, ne pas lui raconter comment les CRS fonçaient dans la foule, à deux sur une moto, celui de derrière avec une matraque dans chaque main pour accélérer le processus de dispersion.

Que nous est-il arrivé ? Où sont passées les deux amies perchées sur le tabouret du photomaton ? Les petites filles amoureuses, les adolescentes en colère ? Où est passée cette Amérique qui nous faisait tant rêver ? Il faudrait retourner dans la cabine et glisser une pièce dans la fente pour obtenir la preuve de cette force qui nous habitait. Au lieu de ça, un rideau se lève, et c'est Léa qui apparaît. Léa et son nouveau métier, rue Saint-Denis. On n'a pas envie d'écrire ça, la valse des clients, les petites particularités de chacun. On veut encore et encore parler de Marc ou de Tom, encore et encore savourer l'accent de John Palmer, ses drôles de théories et ses opinions sur la propreté. Je n'ai pas dit, je crois, qu'il avait inventé, enfin qu'il travaillait à la conception d'une machine pour voler. Ses éléments étaient rangés dans la penderie de la chambre, en bas, à côté de l'aspirateur. Il n'y avait pas d'ailes en apparence, non, juste un système compliqué d'aimants et de roulements à billes que l'on devait s'accrocher autour du buste avant de s'élancer à la conquête du vide.

Dans la même penderie, sur l'étagère d'en haut, il y avait un bocal rempli d'amphétamines rapportées de la guerre de Corée. Heureusement, nous ne l'apprendrions que beaucoup plus tard. Seules drogues en rayon à cette époque, drogues que nous inhalions allègrement sans que personne ne trouve à redire, la colle, un grand classique que les parents du huitième arrondissement de Paris n'avaient pas encore repéré, et surtout le trichloréthylène dont nous nous servions pour fabriquer notre journal féministe. Car nous avions créé un journal féministe intitulé *Les Z'elles* (ou *Les Zèles*, suivant le numéro), ça aussi il faudrait le raconter. Avec le trichlo, nous transférions des photos découpées dans des magazines sur des feuilles de papier blanc. En superposant les images, nous obtenions des résultats politico-psychédéliques. Notre but était de dénoncer l'utilisation abusive du corps de la femme dans les hebdomadaires en général, et dans la publicité en particulier. Nous avions même écrit des poèmes pour défendre la cause, de longues énumérations où les mots retournaient comme des crêpes les idées reçues — enfin, telle était notre ambition. Des déesses à six bras y côtoyaient des singes paresseux.

Chaque exemplaire des *Z'elles*, unique évidemment, était vendu cinquante centimes. Le prix était marqué en bas de la page, au feutre, à côté de la date de publication.

L'effet du solvant, nous n'en parlions qu'entre nous, ce goût sucré dans la gorge et la tête qui partait un peu. Nous aimions cette sensation de vertige. Mon rêve secret était de perdre connaissance. À jeun, c'était encore mieux, et bien supérieur à la peau de banane séchée au four — l'information venait d'un journal underground du campus de Berkeley, autant dire un organe de référence : fumer de la peau de banane séchée provoquait des *hallucinations*.

L'effet n'était pas probant.

Un autre bruit avait couru qu'il ne s'agissait pas de faire sécher les peaux, mais les fils de bananes. Nous avions essayé en les alignant docilement sur du papier toilette. Quelques jours plus tard, nous avions vidé une cigarette à bout filtre, puis remplacé le tabac par les filaments ratatinés (on appelait ça une *écolière*, sans doute parce qu'elle pouvait passer inaperçue, même dans une cour de récréation, à la différence du cône habituel). Le goût était infect. Léa suggéra que le choix du papier toilette parfumé à la violette pour faire sécher les filaments n'était pas judicieux.

Nos expériences s'arrêtèrent là, ainsi que la publication de notre journal à cinquante centimes.

Nous découvrant un jour dans la chambre, toutes fenêtres fermées, en train de réaliser nos transferts, ma mère avait mis un terme à la douce intoxication. Elle nous expliqua les dangers des solvants en général et du trichloréthylène en particulier, qui pouvait provoquer de graves lésions du système nerveux et même, inhalé à haute dose, entraîner la mort. Ça nous avait fait grande impression.

Comme s'il était besoin de communiquer la nouvelle à tout le quartier, ma mère nous emmena avec elle à la droguerie de la rue de Ponthieu, et nous interdit solennellement devant la patronne d'y remettre jamais les pieds.

Léa me téléphona rue du Repos lorsqu'elle apprit que j'avais croisé Blondie une seconde fois. Elles étaient en froid toutes les deux, il était préférable que je me tienne à l'écart.

À l'écart de Blondie et à l'écart de la rue Saint-Denis, ce n'était pas un endroit pour moi.

Sur ce même ton cassant de grande sœur responsable, elle me demanda si j'allais mieux. Je l'avais inquiétée avec mes conneries. Sans me laisser le temps de répondre, elle me dicta un nouveau numéro où la joindre — le précédent était déjà obsolète.

Oui, elle avait bien reçu mon premier roman, et me félicitait bien sûr, elle était très impressionnée mais, pour être tout à fait franche, elle n'avait pas l'intention de le lire. L'histoire de cette jeune fille qui saute dans la Seine en plein hiver, gorgée de barbituriques, ça ne lui disait rien. Elle me remercia pour la dédicace et passa à un autre sujet.

Léa semblait en forme, heureuse d'avoir enfin trouvé un travail qui lui convenait (quel travail ? elle ne répondit pas). Il ne fallait plus que je me fasse de soucis : les petits trafics, les petits vols et les faux papiers, elle n'en ferait pas toute sa vie, parce que justement, c'était faux, c'était petit et, pour sa vie, elle rêvait d'autre chose. Sa demande de HLM était en cours. Dès qu'elle obtiendrait un logement digne de ce nom, Tom reviendrait habiter avec elle.

J'aurais dû être heureuse, me réjouir pour mon amie, me sentir soulagée au moins : cette conversation me laissa lourde et poisseuse. Je n'aimais pas la façon dont Léa parlait de mon livre. Si j'avais été *traîner* rue Saint-Denis, à défaut de réussir à joindre mon amie par téléphone, c'était peut-être parce que j'avais besoin d'elle. Léa ne me prenait pas au sérieux, ne m'avait jamais prise au sérieux. J'étais sa Bambi, voilà, son animal de compagnie, de bonne compagnie. Elle ne tenait pas à inverser les rôles. La peur, les doutes, les angoisses : dans son panier, pas dans le mien. La vie aussi, dans son panier, paradoxalement. La mort, les idées de mort, dans le mien, avec un torchon dessus.

Si Léa ne pouvait pas lire mon travail, je n'ai pas dit l'apprécier, le lire, au moins, y plonger ses yeux, notre amitié avait du souci à se faire. Marcher main dans la main pendant si longtemps, pour en arriver là... Une impasse, comme celle de la rue Robert-Estienne, sauf qu'au fond il n'y avait pas d'école, pas de porte, pas de maîtresse ni de cour de récréation : juste un mur aveugle, un mur du fond.

Je repensai à cette lettre que Léa m'avait envoyée de Fleury-Mérogis. Ce que nous avons compris, écrivait-elle, c'est que chacune peut aider l'autre à existier, et qu'ensemble nous arriverons à toucher la lune.

Belle déclaration. Si quelqu'un touchait la lune, ce serait elle, perchée sur mes épaules.

Pendant quelques semaines, j'accumulai les arguments pour ne pas rappeler Léa, et puis un jour, sans raison apparente, la douleur s'apaisa, cédant place à l'évidence : Léa me manquait. Elle restait une des seules personnes à qui j'avais envie de parler. J'avais besoin de nos rires. Besoin d'évoquer le passé. Besoin de comprendre, aussi, comment nous nous étions peu à peu éloignées, et ce qui nous liait encore malgré nos vies si différentes. Je me mis à lui inventer de nouvelles excuses. Elle ne pouvait pas s'approcher de mon livre parce qu'il racontait une histoire trop douloureuse, elle ne tenait pas à ce que je vienne rue Saint-Denis pour me préserver et si elle me donnait une image si positive d'elle-même, c'était pour m'encourager à balayer cette tristesse qui m'habitait depuis mon retour des États-Unis.

Je lui téléphonai à plusieurs reprises le mois suivant et chaque fois tombai sur des filles différentes à qui je laissai le même message. Enfin, Léa me rappela. Elle avait quelque chose à m'apprendre. Je retrouvai sa voix, sa façon si particulière de traîner un peu sur la fin des phrases.

Tu te souviens, au restaurant, la dernière fois…

La soupe à l'oignon ?

La soupe à l'oignon.

Oui ?

Je t'avais dit que j'étais garde du corps.

Oui…

Eh bien, maintenant, c'est différent.

On peut se voir ?

On peut se voir.

*

Léa voulait me montrer son studio, rue Saint-Denis, puisqu'il était libre jusqu'à midi. Elle était fière d'avoir un lieu de travail. Fière de mettre de l'argent de côté pour Tom, même si ce n'était pas toujours facile.

Je n'ai rien à te cacher, dit-elle en grattouillant une tache sur le daim noir de sa minijupe.

Elle était encore plus belle qu'avant, avec sa longue tresse dans le dos, ses lèvres parfaitement dessinées et son teint très pâle. Elle ressemblait à un tableau de Modigliani. Après avoir bu un café, elle m'entraîna dans un immeuble vétuste coincé entre un sex-shop et une boutique de lingerie qui vendait aussi des chaussures. La peinture s'écaillait, les boîtes aux lettres semblaient laissées à l'abandon — ici, m'expliqua Léa, tout le monde est de passage.

Oui, de passage, répéta-t-elle à mi-voix. Ça passe, ça passe…

Elle insista sur le fait qu'il ne s'agissait pas d'un endroit pour habiter, mais d'un local professionnel. Comme un magasin, en somme, où la chose à vendre, ce serait toi.

Ce n'était pas grave, ça n'avait pas l'air grave.

Je repensai aux affiches des spectacles du Lido, ces corps offerts à demi nus sur les Champs-Élysées, comme s'il n'y avait pas meilleure façon de rentabiliser ses ressources naturelles que de les exposer au regard des hommes. Et je me dis voilà, c'est fait, Léa est passée de l'autre côté.

Exactement ces mots : *elle est passée de l'autre côté*, comme dans l'expression ce qui est fait n'est plus à faire, ou encore : il n'y a que le premier pas qui compte. Je revoyais les vaches d'Ahmedabad qui mangeaient les cerfs-volants, la ficelle qui dépasse, le mancheur du métro, et je me demandai comment les prostituées se débrouillaient quand elles avaient leurs règles. Les autres trous, sans doute. Ou la main, mais la main, ça doit être moins lucratif. Je me sentais flottante, à la fois très présente, et curieusement en dehors de moi-même, comme si ces mots qui occupaient mon esprit n'étaient pas les miens. J'étais de nouveau une partie de Léa, je devais rester tout près d'elle sous peine d'être déchirée. La suivre, marche après marche, respirer avec elle, et avec elle prendre la vie *du bon côté*. Comme dans un film, une porte s'ouvre au second étage, un homme sort en renouant sa cravate. Il a l'air surpris de voir deux filles monter ensemble. Léa me lance un clin d'œil aguicheur — main devant la bouche, fou rire. Nous arrivons au cinquième étage, un peu essoufflées. Le client m'a-t-il prise pour une prostituée ? Ça me plaît plutôt, de jouer avec l'idée de faire jouir les hommes, n'importe quel homme. Ce qui vient. Le tout-venant. À cet instant, je ressens une certaine fierté d'avoir une amie si *marginale*. Si désirable. Si gonflée. J'aimerais lui ressembler, avoir de longs cheveux roux et de belles jambes avec des chevilles fines, comme celles des ouvreuses exclusivement payées de la main à la main par les clients. Je la trouve très courageuse.

*

La pièce était petite, bien rangée. Un lit (pas trop défoncé, commente Léa) recouvert d'un molleton rayé, comme on en trouve dans les hôtels près des gares, une table, une boîte de mouchoirs en papier et une autre de préservatifs, deux chaises pour poser les affaires, un châle de soie à franges, un cendrier sur pied qui se referme façon sucrier, deux appliques années soixante, un miroir, un bidet, un lavabo avec la marque de l'eau qui fuit et, à côté, une poubelle qui se referme aussi comme un sucrier.

Le reste, propre. Rien de trop. Au sol, de la moquette bleu nuit. Un tapis de bain à bouclettes dans le coin toilette et, sur le mur du fond, des posters de filles.

On a vite fait le tour, s'exclama Léa, bras levés, paumes vers le ciel, comme pour s'excuser de l'exiguïté des lieux.

Je souris timidement, il aurait fallu dire quelque chose, au moins que c'était *sympa* et que oui, les posters, ça changeait des animaux et de Jimi Hendrix. Léa ramena sa longue tresse devant ses yeux et l'observa comme un objet à part, un accessoire d'elle-même.

J'ai les cheveux qui recommencent à fourcher, murmura-t-elle, il faudrait que je les coupe un peu.

Nous étions là, debout, face à face. Je ne savais pas où m'asseoir, car si tout était fonctionnel dans ce studio, rien n'était accueillant. Alors, pour ajouter une pièce à son espace de travail, et compléter agréablement la visite, Léa désigna le trapèze de daim qui lui servait de jupe.

Ma nouvelle mini, je suis sûre que tu vas aimer le bruit !

Elle était très contente de son système de boutons-pression. Un geste, et clic, clic, clic ! la mini se détachait. En dessous, il y avait des bas qui tenaient tout seuls. Et la touffe rousse qui se découpait. Un triangle très net, comme collé avec un scratch. Ce n'était pas encore la mode des épilations rectangulaires. Le poil faisait partie intégrante de l'excitation.

Tu peux regarder, dit Léa en minaudant un peu.

Ça me gêne parce que tu es toute nue.

Je ne suis pas toute nue !

(Elle n'était pas toute nue, elle avait raison, c'était bien ça qui me gênait.)

Tu te souviens qu'on ne voulait pas aller à la piscine parce qu'on se trouvait trop grosses ? Tu me trouves trop grosse ?

Je levai doucement les yeux. Non, pas trop grosse. Toujours ce triangle roux qui fascine, le côté dru de la chose, ces poils tellement vigoureux qu'on avait l'impression de les voir pousser.

Et toi, me demanda Léa en grattouillant toujours cette maudite tache, mais sur sa peau maintenant, une marque bleue (de l'encre sans doute), toujours aussi complexée ?

Toujours aussi complexée.

Rires.

Léa attrapa le châle et le noua autour de sa taille. Les franges caressaient ses cuisses.

Tu te souviens, quand on se déguisait en bohémiennes ?

Oui, je me souvenais. Avec les tissus de sa mère, un foulard dans les cheveux et des papiers pliés en guise d'éventails, comme sur la pochette du 33 tours de *Carmen*. Le mot « bohème » nous attirait, ce mot qui « voulait dire on est heureux » dans cette chanson qui passait en boucle avenue Franklin-Roosevelt. Clara Mancini était amoureuse de Charles Aznavour, et quand elle chantait avec son accent italien, paupières baissées, « je vous parle d'un temps que les moins de vingt ans ne peuvent pas connaître », nous nous demandions toujours quelle était cette chose que nous ne saurions jamais.

Léa s'allongea sur le lit, nous serons mieux comme ça pour discuter, dit-elle, tu ne trouves pas ? Je vins la rejoindre, et elle se colla contre mon dos, en cuillère, comme on couvre un enfant pour le protéger du froid. Je me souviens très nettement de ce verbe, couvrir, couvrir un bruit, couvrir une distance, et du sentiment de honte qui s'empara de moi lorsque me vint à l'esprit son sens le plus trivial. Depuis la nuit des treize ans, nous ne nous étions jamais retrouvées aussi proches. Même dans la tente, après l'acide, nous étions plus loin. Léa chercha ma main et la cala sur son ventre. Je le sentais aller et venir, se gonfler et se dégonfler, je revoyais le triangle rouge, la blancheur de sa peau au-dessus des bas, ses jambes musclées, ses hanches saillantes et mon ventre se soulevant en même temps que le sien, je me dis que nous étions ensemble, toutes les deux ensemble, et cette phrase me bouleversa.

Le silence s'éternisait. Je n'osais pas bouger. Je ne savais pas quoi faire de ce désir qui montait en moi, pas quoi faire de l'image de ces deux jeunes femmes allongées sur un lit où, quelques heures plus tôt, des hommes avaient déchargé.

Heureusement, Léa se mit à parler.

Sa voix avait changé. Elle voulait me convaincre, il fallait que je comprenne. Depuis qu'elle était ici, elle avait retrouvé confiance en elle-même. On la choisissait. On la payait, et cet argent qu'on lui donnait prouvait bien qu'elle valait quelque chose, n'en déplaise à la société.

Ah bon, semblait-elle dire, tout s'achète ?

Léa avait pris les enseignements de son beau-père à la lettre, tant qu'à se faire couillonner, autant que ce soit contre de l'argent, comme si elle était l'incarnation de ce capitalisme que nous rejetions, qu'elle l'avait saisi à bras-le-corps, bouffé, ingurgité, et si certains pensaient qu'elle était ravalée à l'état de marchandise, ce n'était pas tout à fait juste, de son point de vue : c'était elle qui avalait, elle qui proposait ses services, et non le contraire.

Tu es un moment, disait-elle encore, dans la vie d'un homme. Et puis d'un autre homme. Et puis tu oublies.

*

Le passage s'était effectué le plus simplement du monde. Un jour, Blondie était rentrée accompagnée dans le studio, un autre studio, avec un couloir et une salle de bains séparée. Léa n'avait pas eu le temps de s'éclipser. Elle était restée cachée dans le couloir. Elle avait vu comment Blondie s'y prenait. Comment elle lavait le client, déroulait le préservatif. Ses affaires à lui, sur une chaise. Ses affaires à elle, peu de chose en vérité, sur l'autre chaise. Les bottes à talons, elle gardait. Le client se laissant guider jusqu'au lit, très impatient, un peu de salive pour que ça glisse, elle crie, ah, ah, mon chéri, oui, mon grand chéri, elle remue son bassin, vite, de plus en plus vite, et il s'arrête brusquement de bouger, la gueule grande ouverte, le buste tendu en arrière. Elle enlève le préservatif et y fait un nœud, il se relève, accepte le mouchoir en papier que Blondie lui tend et s'essuie la queue. Son slip est resté dans son pantalon, il enfile tout d'un coup et part sans demander son reste.

Quand j'ai entendu ses pas dans l'escalier, conclut Léa, je me suis dit que, pour deux cents francs, je pouvais faire un petit effort. Tu sais maintenant pourquoi Blondie est fâchée, parce que, depuis ce jour-là, je ne suis plus garde du corps, je suis corps.

Je suis corps, ces mots s'imprimèrent en creux dans mon cerveau. Je posai ma tête sur l'épaule de Léa. Sa poitrine était douce, un peu molle, comme si elle n'avait pas porté de soutien-gorge — peut-être n'en portait-elle pas, au fond.

Pour enlever le haut, reprit Léa comme si elle avait lu dans mes pensées, je demande un supplément, parce que moi, je suis plus frileuse du haut.

Alors qu'en bas, avec un peu de concentration, je ne sens rien.

Léa se retourna vers moi. M'avait-elle persuadée ? Ce travail était bon pour elle, il lui donnait beaucoup d'*assurance*. Elle me caressa la joue, comme si j'étais une petite, toute petite fille.

*

Comme je restais silencieuse, Léa revint à l'attaque.

Tu dois te dire qu'il s'agit d'une pièce de théâtre, expliqua-t-elle, sauf que je répète tous les jours avec des partenaires différents.

Et que tu joues *pour de vrai* ?

Pour de vrai ? On joue toujours pour de vrai, non ? C'est quand tu fais semblant de ne plus jouer que tu commences à mentir.

Je n'étais pas sûre d'avoir bien compris. Léa me donna l'exemple de ce client qui voulait toujours qu'elle jouisse *pour de vrai* — son obsession à lui, sa mission impossible — alors elle était obligée de simuler qu'elle ne simulait pas.

Là oui, elle avait conscience de tricher.

Elle respirait juste un peu plus fort, mais pas tout de suite, elle le laissait fourrager deux ou trois minutes et, quand elle sentait qu'il était mûr, elle commençait à gémir, des cris étouffés, très retenus. Ça le rendait dingue.

Après, il attendait des compliments sur sa queue. Il lui demandait si elle la trouvait belle, quelle drôle d'idée. Non, il ne lui demandait pas si elle la trouvait belle, il l'affirmait. « J'ai l'impression qu'elle te plaît bien, ma queue », et si Léa répondait gentiment, il lui glissait un billet supplémentaire.

Qu'elle me plaise ou non, conclut Léa, du moment qu'elle n'est pas trop grosse...

Les trop grosses, c'était pénible. Il existait des méthodes pour les empêcher de rentrer trop à fond, des méthodes pour qu'elles éjaculent plus vite — tu les serres, le sang est comprimé, et tu relâches de façon progressive, ça fait monter le sperme. Mais j'imagine que ce genre de technique ne t'intéresse pas beaucoup...

Non, pas beaucoup, en effet.

Depuis quelques semaines, Léa ne prenait plus le type qui désirait son bonheur, parce qu'il était en train de s'attacher à elle. Le micheton qui tombait amoureux, c'était la mort du petit commerce. Il allait planter la tente devant elle, les autres clients n'oseraient pas approcher...

Tu ne sais pas ce qu'il a inventé l'autre jour ? Il a déposé un bouquet de roses sur mon paillasson. Des belles roses, comme celles de la mère de Rachel Touati. Je les ai mises sur la poubelle de l'immeuble, bien en évidence, sans même enlever le papier cristal.

Tu trouves que j'aurais dû les garder ? Toujours aussi romantique... Mais il ne s'agit pas d'amour, tu comprends ? Ça n'a même rien à voir avec de l'amour. Il faut que tu penses ça comme...

Comme de la gymnastique. Ou de la kiné. C'est vrai, pourquoi on leur masserait les épaules, les jambes, les pieds, et pas la queue ? Est-ce que la queue a un statut particulier ? Est-ce qu'elle appartient au patrimoine national ?

Quand ils sortent d'ici, les clients sont rassurés aussi. Ils ont bandé, ils ont joui. En échange, ils ne donnent pas de l'amour ni du plaisir : ils donnent du fric. C'est simple. Il suffit de ne pas tout mélanger.

On parlait de jeu tout à l'heure, et dans un jeu il y a des règles. Moi, je n'accepte que l'argent. Les objets, les fleurs, les compliments, ça tourne au privé. Il faut poser ses limites, ne jamais laisser le client empiéter sur toi, sinon tu finis par le payer très cher.

Léa regarda sa montre. Il était temps de libérer le studio, une autre fille allait prendre la relève. Elles étaient trois à se partager le loyer. Trois à travailler à tour de rôle.

D'un tiroir sous le lit, Léa sortit ses vêtements de ville. Des vêtements très ordinaires.

Quand j'ai fini, m'expliqua-t-elle en s'habillant, je ne veux plus qu'on m'emmerde, alors jean, tee-shirt, blouson et basta. Les types qui draguent dans le métro, je ne supporte pas.

Léa me laissa descendre avant elle, il fallait qu'elle remette un peu d'ordre pour la suivante. L'idée qu'elle était peut-être en train de se piquer me serra le cœur. J'avais lu dans un article sur la prostitution que les filles de la rue Saint-Denis ne prenaient pas d'héroïne. Elles buvaient, avalaient des cachets, mais les drogues dures ne circulaient pas comme dans d'autres quartiers. Pourtant, Léa portait des manches longues, ce qui était mauvais signe. Quand elle me rejoignit en bas, elle semblait apaisée. Je l'accompagnai jusqu'à la place du Châtelet. Elle entreposait ses affaires, des livres surtout, chez des copines près de Château-Rouge. Des filles bien, qui se débrouillaient. Souvent, elle allait dormir dans un hôtel de la rue du Bac, de l'autre côté de la Seine. Chaque jour, elle devait tout décider : où elle passerait la nuit, où elle mangerait, et ça lui rappelait un extrait du journal de Kafka que Marc lui avait fait lire quelques mois avant sa mort.

Léa parlait lentement, comme si le français soudain n'était plus sa langue maternelle. Elle ne voulait pas se tromper de mots. Depuis quelques mois, elle avait découvert quelque chose qui avait profondément changé sa perception des hommes. Elle avait compris que Marc était son grand amour. Elle avait compris qu'elle n'aimerait jamais personne d'autre que lui. Depuis qu'elle savait ça, tout semblait plus facile.

Léa rencontra Béatrice rue Saint-Denis en mai 1987, quelques jours après le suicide de Dalida. Pour seule explication, la chanteuse avait laissé ces mots : « La vie m'est insupportable. Pardonnez-moi. » Toute la rue ne parlait que de ça.

Béatrice avait invité Léa à boire un verre. Léa avait hésité, ce n'était pas son habitude d'aller au café avec une inconnue, mais cette femme me ressemblait, elle avait les mêmes yeux que moi, le même regard liquide. Elle travaillait non pas *dans*, mais *autour de* la prostitution et lui proposa de participer à cette émission diffusée sur la première chaîne, et qui portait un titre étrange — impossible de m'en souvenir, mais vraiment bizarre. La chaîne venait d'être privatisée, les trois milliards de francs versés par le groupe Bouygues s'étalaient impudiques à la une des journaux — Léa voulait bien témoigner si on la rétribuait à la mesure de son expérience. Elle calcula son cachet sur la base du manque à gagner, le producteur coupa le chiffre en deux, on appellerait ça des défraiements. Léa râla pour la forme, puis accepta. Elle avait des choses à dire sur la place des prostituées dans la *société*, leur fonction, la façon dont elles étaient traitées, elle n'était pas mécontente de pouvoir s'exprimer publiquement à ce sujet. Elle aurait aimé axer son témoignage sur la prévention du sida, mais Béatrice avait insisté : l'épidémie ferait l'objet d'une autre émission et, pour le moment, c'est de prostitution *exclusivement* qu'il était question.

Exclusivement ? Ce mot laissa Léa perplexe. Pour elle, tout était lié et ne pouvait se ranger dans des boîtes hermétiques, mais peut-être n'était-ce qu'une maladresse de la part de Béatrice. Léa s'était engagée, il était trop tard pour reculer. Encore fallait-il se montrer à la hauteur de la situation. C'est là que j'intervenais. Elle m'avait vue chez Pivot et, malgré le bleu canard de mon chemisier trop bien repassé, elle trouvait que je m'en étais pas mal sortie. Si je pouvais la faire profiter de mon expérience...

Léa me racontait tout ça dans un courrier posté de Grenoble. À son retour, elle aurait aimé que je l'aide à préparer son interview.

Cette lettre me laissa une drôle d'impression. Il y avait dans la façon même d'inscrire les phrases sur la page, de les mettre en scène, une dispersion qui contredisait la cohérence des propos de Léa. Un vide, entre les lettres. Des points d'exclamation intempestifs. En signant, elle avait tant appuyé que le stylo avait troué le papier.

Je téléphonai en fin de journée chez les parents de Marc, en espérant tomber sur Tom, et c'est bien lui qui me répondit d'une voix assurée. Je me présentai comme une amie de sa mère, ne sachant pas si Léa lui avait parlé de moi, mais, à ma grande surprise, il savait exactement qui j'étais et m'apprit que sa grand-mère avait lu mon premier roman. L'année scolaire se terminait bien pour lui, plus qu'un mois et demi, à peine, et ce seraient les grandes vacances. Sa mère venait de lui annoncer qu'elle le prendrait quelques semaines à Paris. Ils habiteraient dans un bel hôtel près de la Seine. Je lui proposai de l'emmener au théâtre, ou toute autre chose qui lui ferait plaisir, et là il y eut un petit flottement. J'entendis la voix de Léa, elle voulait savoir qui était au bout du fil. Quand il prononça mon nom, je sentis quelque chose de très doux s'emparer de moi, comme si tout ce que j'avais partagé avec Léa prenait sens. Tom était là qui me reconnaissait, et c'était bien une preuve que notre amitié était toujours vivante.

*

Je faillis dire à la personne qui se trouvait devant ma porte qu'elle s'était trompée d'étage. Je n'avais pas reconnu Léa. Ses lèvres étaient rouge sang, elle qui se maquillait si peu d'habitude. Des lunettes de soleil cachaient la moitié de son visage. Ses cheveux — et c'était bien ça le plus frappant — étaient noir corbeau. Elle portait un ensemble en cuir, ou similicuir, avec un ceinturon élastique assorti à son rouge à lèvres. Je lui dis qu'elle était méconnaissable, et cela parut l'enchanter. C'est exactement ce qu'elle recherchait, être méconnaissable — condition sine qua non de sa participation à l'émission de télévision. Elle avait exigé aussi que sa voix soit modifiée. Il n'était pas question que Tom, ou un ami de Tom, puisse l'identifier, même s'il y avait peu de chances qu'ils tombent sur elle, le débat étant programmé en deuxième partie de soirée.

Ce que me demandait Léa n'était pas facile. Il fallait que je la fasse *travailler* — j'avais bien fait du théâtre, non ? —, que je lui pose des questions et que je lui donne des indications sur la façon d'introduire ses réponses. Il lui semblait qu'elle parlait de façon trop abrupte, en mélangeant les plans, comme dans ses peintures, et souvent elle lisait la perplexité dans le regard de ses interlocuteurs.

Je proposai à Léa de commencer par noter quelques phrases clés qui pourraient lui servir à construire sa réflexion. Léa s'obstina, elle préférait que nous mettions en scène l'interview, avec moi dans le rôle du journaliste — un homme d'une cinquantaine d'années, précisa-t-elle, l'œil qui frise et les paupières qui tombent, pas le mauvais bougre au fond mais toujours à l'affût du bon mot, de la remarque pertinente qui relancerait le sujet. Ainsi, au fil des questions, Léa me parla de son boulot, de sa vie, de ses clients. C'est vrai qu'elle mélangeait un peu tout, et c'était précisément cette épaisseur qui était intéressante. Léa n'était pas là où on l'attendait. Elle incarnait plusieurs paroles, plusieurs courants, qui s'exprimaient de façon simultanée. Elle prononça des phrases que je n'avais jamais entendues de sa bouche, des phrases qu'on ne dit pas forcément à une amie. Pas des secrets, non, des choses assez banales, si banales pour une activité aussi particulière qu'elles en devenaient frappantes. Elle me confia, par exemple, qu'elle ne reconnaissait pas ses clients dans la rue, même les habitués. Ces hommes qu'elle voyait plusieurs fois par mois, depuis des années, devenaient hors contexte de parfaits étrangers. Ce n'était ni une coquetterie ni une ruse pour se protéger, non : elle avait vraiment l'impression de les croiser pour la première fois, comme si le décor du studio réussissait à absorber leurs images, dès qu'ils passaient la porte, à les phagocyter. Elle pouvait certifier qu'elle avait eu un professeur de philo qui sentait la vanille, un maçon de Strasbourg qui se branlait en sautillant ; elle savait qu'elle avait monté sur son dos un jeune handicapé, en pensant à Lester Young, qu'elle avait reçu de nombreuses fois un chanteur allumé à l'élixir parégorique qui lui sortait les photos de ses enfants, et que la plupart de ses clients mariés aimaient leurs femmes, elle disait encore qu'elle préférait les étrangers aux Français, parce qu'ils étaient plus propres, mais tous ces gens n'étaient que des passants ordinaires. Même celui qui repartait toujours avec sa capote — il la mettait soigneusement dans un sac en plastique —, même lui, elle n'aurait pas pu dire s'il était petit ou grand, brun ou blond, elle n'en avait pas la moindre idée. Ses clients n'étaient pas invisibles : ils étaient abstraits. Un poids, des lignes. Pas des visages, non, des figures.

Et elle-même aussi, dans la petite chambre, il lui arrivait de s'abstraire, d'être doublée, en quelque sorte, par quelqu'un qui lui ressemblait. Elle baissait les yeux et se disait : mais c'est qui cette fille qui se fait tringler à ma place ?

Mais tringler, non, elle pensait que ce n'était pas le mot exact, ou plutôt si, le mot exact, mais difficile à prononcer devant une caméra. Et nous voilà, stylo en main, à chercher l'expression adéquate — posséder, il n'en était pas question, puisqu'il ne s'agissait que d'une location temporaire, ramoner ce n'était pas mieux, besogner, peut-être, quoiqu'un peu vieillot. Sauter, ou mettre, se faire mettre ? Non, rien ne nous plaisait, et Léa décida d'ignorer cet aspect du métier, son corps qui s'absentait quand un client le pénétrait, son corps remplacé par celui d'une autre, d'une étrangère, même si c'était dommage d'évacuer le sujet, car elle aurait pu enchaîner sur le vide juridique qui entourait la prostitution, le côté Belle au bois dormant de la chose, version gore, comme si les filles vivaient dans un monde parallèle, qu'elles n'étaient qu'une plaie dans l'espace, le fameux « mal nécessaire » dont parlait saint Augustin.

Je demandai à Léa comment elle parvenait à se dégager de son corps au moment même où il était le plus exposé. Pour moi, c'était un mystère. Elle m'expliqua que le principal (et là elle tenait une bonne piste, à la télé ils allaient adorer), le principal était de bien se déguiser, non seulement à l'extérieur (costume, rouge à lèvres), mais à l'intérieur de sa tête. Se maquiller, dedans. Pendant le *rapport* (rapport, c'est bien non ?), elle inventait toutes sortes de tactiques pour être ailleurs. Elle faisait ses comptes, visualisait les billets. Quand elle était en forme, elle se récitait des poèmes de Rimbaud, ce qui lui restait de son passage à Chevilly-Larue. Elle se souvenait aussi du monologue de Phèdre, en alexandrins.

C'était pratique les alexandrins, ça donnait le rythme.

Avec l'expérience, les gestes devenaient automatiques, et pourtant elle était attentionnée, elle prenait soin des clients, elle s'occupait de tout. Elle enfilait le préservatif, comme une professionnelle qu'elle était. Une professionnelle du corps. S'il y avait quelque chose de louche, des boutons, du blanc qui sortait quand elle appuyait sur le prépuce, elle lui disait gentiment, écoute, mon petit chéri, il y a un truc qui ne va pas, je pense que ce n'est pas bon pour toi de venir ici, il faudrait d'abord aller voir un médecin. Elles servaient aussi à ça, les prostituées.

Je demandai à Léa si elle avait adopté un nom de guerre. Je pensai à son père, mais il était trop tard pour formuler autrement la question. Je rougis. Un nom de guerre ? Oui, c'était une bonne façon de le dire. Au début, elle s'était fait appeler Karine, mais pas longtemps. C'était ça, sa différence avec les autres filles.

Karine, pour Anna Karenine ?

Non, pour Anna Karina.

J'aurais dû le deviner. Nous avions été ensemble voir *Pierrot le Fou* à sa reprise rue des Écoles. Léa se souvenait de cette réplique que Belmondo lançait (elle l'avait notée dans son petit carnet) : « Y avait la civilisation athénienne, y a eu la Renaissance, et maintenant on entre dans la civilisation du cul ! », qu'elle associait à cette imprécation de Louis Aragon, dans *La Révolution surréaliste*, recopiée à la page suivante : « Que les trafiquants de drogue se jettent sur nos pays terrifiés. Que l'Amérique au loin croule de ses buildings blancs… »

Pouvait-elle, à mon avis, citer ces phrases à la télé ?

J'étais embarrassée. J'avais l'impression que Léa voulait prouver qu'on pouvait être prostituée et avoir quelque chose dans la tête. Cette posture volontariste me gênait un peu, et risquait de produire l'effet inverse sur les spectateurs. Je n'en revenais pas de tout ce qui avait été dit, en si peu de temps, une heure à peine, était-il vraiment nécessaire de convoquer Godard, Aragon ou saint Augustin ?

Il y avait un sujet cependant que nous n'avions pas encore abordé. La question de la liberté ou, pourquoi tourner autour du pot : celle du proxénète.

En guise de réponse, Léa chercha quelque chose dans son sac. Elle tira d'une pochette grise la photo d'un homme sans âge, pas vraiment beau, pas vraiment masculin, pas vraiment rien du tout, un menton fuyant, des sourcils clairsemés et elle me dit avec un petit sourire : Pendant longtemps, j'ai exercé à mon compte. Maintenant, c'est lui mon papa.

Évidemment, ça reste entre nous, ajouta-t-elle. Pour la télé, je travaille en indépendante.

— Comment vous est venue cette idée de vous vendre ?

— Je ne me vends pas, je vends un service.

— Faire l'amour est un service ?

— Je ne fais jamais l'amour.

— Quel genre de rapport entretenez-vous avec les clients ?

— Sexuels. Non, pas sexuels. Marchands.

— Et ce n'est pas dégradant ?

— Pas plus dégradant que cette femme qui dort dans la rue, à l'entrée des studios.

— Quelle est la phrase qui vous a le plus gênée, de la part d'un client ?

— Tu pourrais être ma fille.

— Et celle qui vous a fait le plus plaisir ?

(Silence, gros plan sur le visage de Léa, ses lunettes noires, ses lèvres serrées.)

L'interview avait commencé sur les chapeaux de roue. Le journaliste avait énoncé les règles du jeu, on commencerait par une salve de questions, en guise d'introduction, pour mettre le téléspectateur en appétit — ensuite, après le générique, on prendrait le temps de développer chaque réponse. Léa était en pleine forme. J'avais eu l'autorisation de rester sur le plateau, je la voyais de profil, elle se tenait très droite. Le journaliste se penchait vers elle avec bienveillance. Il s'agissait d'un faux direct, c'est-à-dire que l'émission était filmée dans les conditions du direct, mais diffusée un autre jour. Si le début semblait convenir au réalisateur de l'émission (il leva le pouce pour montrer sa satisfaction pendant le passage du générique), la suite de l'entretien s'était révélée plus chaotique. Le journaliste avait eu le malheur de parler à Léa de cet argent facile qu'elle gagnait chaque jour. Léa avait bondi, elle avait tout déballé.

De l'argent *facile*, vraiment, c'est ce qu'il croyait ?

De l'argent rapide, oui, peut-être, mais sûrement pas facile. Et Léa s'était lancée dans un monologue contre ces *espèces*, cette drôle d'espèce d'argent que les clients lui refilaient. Un truc qui brûle les doigts, qui doit être dépensé très vite. Pas sale, non, le journaliste n'y était pas du tout : coûteux, oui, de l'argent qui coûte. De l'argent contre la peur — peur du couteau, du vol, de l'agression. De l'argent, pour compenser, pour que ça vaille la *peine*.

La violence ? Elle allait de soi. Intégrée au métier. Bouffée, incorporée. Là, au creux du ventre. Omniprésente.

Le plus dur à supporter ? Les insultes. Les jeunes qui sortaient des boîtes de nuit et vous traitaient de putain. Ils allaient se branler plus loin, cachés entre deux voitures.

Et les déséquilibrés ?

Oui, les dingues aussi. Et, sans être dingues, ceux qui ne respectaient pas les règles. Ceux qui essayaient d'embrasser. De force, ils prenaient la tête et…

Je voyais le journaliste s'impatienter. Léa parlait trop, et trop vite à son goût.

La bouche, c'est uniquement pour les fellations, poursuivait-elle, pas pour les baisers. L'anus non plus, elle ne faisait pas. Les deux côtés du tube digestif. La purification par l'avilissement, comme Catherine de Sienne qui mangeait la merde de ses malades, ce n'était pas son rayon.

Le journaliste essaya de l'interrompre, mais Léa ne l'écoutait pas. Il fit un signe au cameraman. Le réalisateur vint se placer devant moi, dans l'espoir de capter le regard de Léa.

Sans cesse baliser, entendis-je, dans les deux sens du terme. Avoir peur et poser ses limites. Peur de se faire violer, à chaque passe, surtout au début, de perdre le contrôle…

Le journaliste sauta sur l'occasion. Se faire violer ? releva-t-il en haussant les sourcils, avec toujours en dessous l'œil qui frisait.

Cette façon doucereuse de prononcer ce mot, violer, comme une éponge qui dégouline… Elle se revit devant le juge des enfants, elle se revit à Chevilly-Larue, la fourchette de sa voisine de table qui crisse, ce bruit insupportable, ce besoin immédiat d'imposer le respect et cette haine qui monte en elle : Léa bondit, le journaliste n'a pas le temps de s'écarter. Il est blessé à l'arcade sourcilière — le coup de la bague — le sang jaillit, dommage pour ses notes, et pour toute l'émission qui commençait si bien.

Béatrice avait déniché la perle rare, une pute qui récitait des alexandrins pendant les passes, malheureusement il avait fallu la couper au montage. Béatrice en trouva une autre, moins originale, mais moins susceptible aussi, que l'on interviewa rue Tiquetonne. Elle demandait seulement une chose : qu'on lui mette, à la diffusion, un rectangle noir sur les yeux.

*

Léa fut hospitalisée d'urgence après l'émission. On ne me laissa pas entrer dans le service avec elle. Le lendemain, on me fit savoir qu'elle ne souhaitait recevoir personne. Le journaliste s'en tira avec deux points de suture — chic type, il ne porterait pas plainte, et me ferait parvenir pour Léa son dernier livre dédicacé en lui souhaitant sur la page de garde un prompt rétablissement.

Un prompt rétablissement ? Je crois qu'en lisant ces lignes, je pensai pour la première fois à Léa en termes de maladie ou de guérison. J'en fus troublée au point de me demander si nous n'étions pas atteintes des mêmes troubles — n'étions-nous pas liées par cette *affection*, ce manque diffus, ou alors ce trop-plein, qui s'était révélé pendant la nuit des treize ans ? Nous combattions, chacune à notre manière, des fantômes sans noms.

Je reçus une lettre de Léa la semaine suivante. Elle était devenue un peu parano, écrivait-elle, à force de prendre des *trucs*. Elle voulait bien croire que le journaliste n'avait rien dit de blessant, que son œil frisait naturellement, et que ce petit sursaut de sourcils, comme l'avait expliqué Béatrice, était une façon de relancer l'attention du spectateur, et non la manifestation d'un doute quant à la possibilité pour une prostituée de se faire violer par son client. Elle voulait bien le croire, mais bon...

Léa avait joint à sa lettre six billets de cent francs, ce qu'elle avait sur elle en liquide. Ça me paraissait énorme. Il fallait que j'aille glisser un mot sous la porte du studio de la rue Saint-Denis, avec l'argent, pour qu'on lui garde sa place. Si on me demandait de ses nouvelles, je devais dire qu'elle s'était cassé un petit os dans le pied, qu'elle n'avait pas le droit de marcher, même avec des béquilles, et surtout ne pas parler de l'émission. Ne pas parler du tout, en fait, ça valait mieux. Juste glisser l'enveloppe sous la porte, vers midi de préférence. Elle me demanda aussi de lui rapporter quelques affaires, mais quand je me présentai à l'hôpital, l'infirmière m'annonça que Léa avait été transférée ailleurs. Je compris qu'elle avait besoin de passer une fois de plus par la case désintoxication.

Je savais que Léa reviendrait vers moi quand elle serait en état de le faire. Dans ces moments intermédiaires, j'étais d'une grande inutilité. Je partis en vacances après avoir signé le bon à tirer de mon second roman, qui sortirait à la rentrée.

*

Au mois d'octobre suivant, c'est d'une voix calme que Léa m'annonça sa rupture avec celui que je n'arrivais pas à appeler son *papa* — disons 43 Ans, puisque je ne compris jamais le prénom de son souteneur, mais son âge, oui — tu te rends compte, répétait Léa, il n'a que quarante-trois ans, il a l'air beaucoup plus vieux, non ? Elle m'avait demandé comment je le trouvais, je lui avais dit la vérité : il ne payait pas de mine. Léa avait éclaté de rire. Elle l'avait choisi pour cette raison-là, justement, parce qu'il ne payait pas de mine.

Celui qui payait de mine, il fallait lui donner beaucoup plus d'argent en échange.

43 Ans était repéré dans la rue, mais guère gourmand, telle était sa qualité principale. Il faisait partie de la bande dans laquelle évoluait Léa, si on peut appeler ça *évoluer* — petits vols, pharmacies, falsifications toujours, et quelques casses plus importants, dont un mémorable au dernier étage du Bon Marché, avec sortie des fourrures par les toits, il y avait même eu un article d'une demi-page à la rubrique des faits divers. Léa le gardait comme un trésor de guerre dans la doublure de son blouson blanc.

*

Léa avait exercé pendant trois ans en toute liberté, prétendant que son homme était en prison, mais le temps passant, ça commençait à se voir un peu trop qu'elle était seule. Si elle ne s'occupait pas sérieusement de cet aspect des choses, elle allait se retrouver avec un type dangereux sur le dos, un de ces macs en costume trois pièces qui font le bonheur des cinéastes. Son rêve à elle n'était pas non plus de fonder un foyer bourgeois ni d'ouvrir une pizzeria dans un camion, comme certaines de ses collègues, elle avait simplement besoin d'être encadrée, comme on encadre un tableau, histoire de ressortir un peu mieux sur le mur. Elle ne cherchait pas un type qui lui offrirait des bijoux avec l'argent qu'elle aurait gagné, elle voulait un proxénète de proximité, pour quitter la marge de la marge, et marquer de façon plus claire sa place dans le milieu.

C'est dans cette perspective qu'un jour, après le travail, Léa avait accepté que 43 Ans lui paie un verre, puis un second, ainsi leur association avait commencé par deux doses de cognac discrètement vidées dans le pot d'un ficus anémique.

*

Léa ne supportait pas l'alcool, l'American Legion lui avait laissé quelques souvenirs douloureux sans doute. Son visage se fermait lorsqu'elle parlait de ses collègues de la rue Saint-Denis qui marchaient à la bière et au Martini. Elle comprenait, bien sûr, faire une passe à jeun n'était pas donné à tout le monde, mais l'héroïne, à son avis, c'était plus propre, et surtout plus pacifique. Encore fallait-il s'en procurer de façon régulière, se cacher, y accorder un gros budget. Un second boulot, en somme, qui venait doubler le premier. Ainsi sa vie s'organisait entre deux activités complémentaires — la recherche passionnelle d'un produit et sa consommation d'un côté, la prostitution de l'autre.

Elle ne parla pas de cet aspect des choses à 43 Ans, bien sûr. Elle lui expliqua qu'elle commençait à avoir une bonne clientèle, mais qu'elle ne dégageait pas assez de bénéfice à son goût. L'argent arrivait et repartait, elle avait l'impression de rembourser une dette éternelle. Ce qu'elle attendait de lui ? Qu'il la motive à gagner mieux sa vie, qu'il la protège et lui redonne de l'énergie. Une relation tranquille, non violente, d'autant plus solide qu'elle grandirait sur la base d'un libre consentement. Il s'agissait pour elle, était-il besoin de le préciser, d'un rapport strictement commercial.

Après l'avoir bien écoutée, 43 Ans lui suggéra de se spécialiser dans les masos. Léa en avait la stature physique, assurait-il, et les capacités mentales.

Il la mettrait sur les rails, elle n'avait rien à craindre, et effectivement, en changeant de panoplie, Léa attira de nouveaux clients qui étaient prêts à payer cher des services peu contraignants. Elle se demandait pourquoi elle n'y avait pas pensé plus tôt. Ses nouvelles cuissardes avaient un franc succès, ainsi que son collier de chien qui marquait nettement la frontière entre sa tête et le reste de son corps.

L'avantage avec les masos, c'est qu'ils se débrouillaient tout seuls. Même pas besoin de se fatiguer à leur vidanger les burettes, disait Léa, il suffit de leur donner des ordres, branle-toi comme ci, branle-toi comme ça, et ils se branlaient comme ci, ou comme ça. Quand ils demandaient quelque chose de particulier, une fessée en disant « Maman n'est pas contente », lécher le dessous des bottes, se faire piquer les testicules avec les talons aiguilles, il ne fallait jamais avoir l'air surpris. Ah oui, tu aimerais que je t'enfonce mes talons aiguilles dans les couilles ? Si c'est vraiment ça que tu veux, c'est possible, mais il faudra s'attendre à un supplément...

Le ton est très naturel : bien sûr, mon petit canard, on peut le faire — alors tu vas te renseigner, c'est quoi ce bordel, au début tu es déroutée, mais les filles t'expliquent et en fin de compte, les talons dans les couilles, tu ne trouves pas ça plus pervers que certaines publicités pour les produits de luxe.

De l'extérieur, les masos, ça semblait tout bénef : pas de contact direct avec le corps, pas de capote qui pète, des rallonges budgétaires importantes, comme si, en doublant la mise, les clients prenaient deux fois plus de plaisir. Alors petit à petit, racontait Léa, tu t'habilles un peu plus classe, tu t'attires des cadres, des banquiers. Des petits chefs. Toute la journée, ils participent à des réunions, inspectent le travail, donnent des ordres, signent des lettres de licenciement et, le soir, ils t'invitent à leurs rituels expiatoires, des partouzes élégantes dans de grandes maisons à trente kilomètres de Paris. Là tu peux refuser, mais ils savent s'y prendre pour que tu acceptes. Amusant les premières fois. À la longue, usant sur le plan psychologique. Pas bon pour l'équilibre, le maso. Pas envie de finir en H.P., merci, j'ai déjà donné.

Léa était revenue aux clients sans spécialité. Les pères de famille, les solitaires, les complexés. Dans ces circonstances, elle n'était plus si sûre d'avoir besoin de 43 Ans. Elle essaya de lui annoncer calmement qu'elle désirait se remettre à son compte, il l'entendit moins calmement. Elle alla se cacher dans un squat près de la République, il la fit suivre et la retrouva. Quand Léa me téléphona, l'affaire s'était envenimée. Il exigeait trois cents francs de dédommagement par jour, et une amende forfaitaire de cent cinquante mille francs pour sortir de l'engagement. Léa m'annonça le chiffre en riant, y croyait-elle vraiment ? Pourtant, si elle m'appelait, c'est qu'elle avait rendez-vous avec lui, le soir même, à 8 heures, place des Innocents, et qu'elle ne savait pas comment tout ça allait se terminer. Elle avait téléphoné à Tom, aussi, à sa mère et à John Palmer. Elle ne leur avait rien dit de la situation, mais au moins moi, je pourrais leur expliquer tout ça s'il lui arrivait quelque chose.

J'essayai de persuader Léa qu'il fallait prévenir la police, sa réponse fut cinglante : il n'en était pas question. Elle voulait garder sa place rue Saint-Denis, et pour ce faire elle devait tenir, disait-elle, sa mentalité.

Tenir sa mentalité, voilà le verbe qui revenait. Après *couvrir*, de nouveau *tenir*. Et après tenir ?

Léa essaya de me rassurer. Les macs sont des lâches, m'expliqua-t-elle, mais ils ont leur honneur. Quand tu as compris ça, l'absurdité de ça, tu as déjà parcouru la moitié du chemin. Si j'arrive à le convaincre qu'il s'en tire la tête haute, j'aurai gagné. Question d'orgueil, devant les copains surtout, les autres du bar. Il faut qu'il puisse leur faire croire que j'ai payé, ou que je paie, finalement, même si ce n'est pas avec de l'argent. Ou que j'ai été échangée. Il n'y a pas d'autre solution, si je veux garder la boutique, je suis obligée d'affronter.

De tenir ma mentalité.

*

Tout se passa très vite ensuite, comme dans ces films où l'image est tellement précise qu'elle en devient irréelle. Je reconnus de loin le blouson blanc, celui avec l'article dans la doublure, mais ce n'était pas Léa qui le portait. Elle l'avait prêté à l'un de ses témoins, ainsi qu'elle me le présenta, un petit Italien tatoué jusqu'au cou qui se prenait pour Rambo. Le second témoin était un routard allumé du squat de République, pas plus haut que le premier, et nettement moins capable, en apparence, de dégager une once d'agressivité. Léa ne parut pas surprise de me voir. Elle protesta pour la forme, tu n'aurais pas dû venir, puis me présenta, sous le nom de Bambi, comme son amie d'enfance, sa sœur de sang. Je dépassais les témoins d'une tête, je dus me baisser pour les embrasser car, pour dire bonjour à une fille, ces garçons-là faisaient la bise.

À 8 heures tapantes, 43 Ans arriva de la rue Pierre-Lescot. Il était accompagné de Patrick, un grand type à la peau noire que Léa avait l'air de connaître. Elle s'avança vers eux, mains dans les poches, comme dans les westerns, puis quand ils furent face à face, pour une raison mystérieuse, ils revinrent tous les trois vers moi. Léa me demanda si je n'avais pas quelque chose à lui prêter qui pourrait servir de caution, un bijou, une pièce d'identité. Je n'avais sur moi qu'un billet de dix francs glissé dans le plastique de ma carte orange, alors 43 Ans saisit Léa par le col et lui conseilla d'arrêter son cirque. Cette fois, il allait la lui donner.

On va t'la donner, répétait-il en cherchant le regard de Patrick, on va t'la donner.

Léa répondait, en appuyant sur chaque syllabe, on va *se* la donner, d'accord, ne t'énerve pas, on va *se* la donner.

Je compris un peu tard qu'ils parlaient de la mort.

*

Rambo, très sûr de lui, déclencha la bagarre pendant que je détournais l'attention de Patrick, lui demandant où il avait trouvé sa montre, une très jolie montre vraiment, je ne disais pas ça pour le flatter. Il fut obligé d'interrompre la conversation, 43 Ans avait besoin de son aide, me fit un clin d'œil en guise d'excuse et tomba à bras raccourcis sur le pauvre routard qui n'eut même pas le temps de se protéger le visage. Les passants n'osaient pas s'approcher. Les flics arrivèrent très vite. Le routard et Rambo étaient sur le carreau, Léa se mit à courir, suivie de 43 Ans, de Patrick, puis de moi. Je n'avais jamais été bonne en course à pied. Je vis que Patrick m'attendait aux coins des rues, attentif à ne pas me perdre. Nous étions soudain solidaires tous les quatre — et moi, parmi les quatre, au même titre que Léa. Il n'était plus question de se battre, ni de se la donner, mais de *se sauver*.

43 Ans avait sa voiture garée dans une rue près de l'Hôtel de Ville. Il m'obligea à m'asseoir devant, pour que Patrick surveille Léa sur la banquette arrière. La conversation était étrange, parfois amicale, presque enjouée, et puis soudain elle s'envenimait, Léa l'avait cherché, ça ne se faisait pas de rompre le contrat comme ça, du jour au lendemain, sans compensation, il ne fallait pas les prendre pour des cons. Ils connaissaient au bois de Boulogne un endroit idéal pour lui régler son compte. 43 Ans prétendait qu'il avait des flingues dans le coffre. Je commençai à paniquer et cherchai le regard de Léa dans le rétroviseur — un regard calme, presque indifférent. J'avais l'impression qu'elle s'entendait bien avec Patrick. Je me retournai sous prétexte de lui demander une cigarette, et constatai en effet que la relation avait évolué. Le sexe de Patrick sortait tout droit de sa braguette et la main blanche de Léa allait et venait, sans que rien ne bouge dans l'expression de son visage.

L'allume-cigare ne marchait pas, 43 Ans me donna du feu. Mes jambes tremblaient, mais je n'avais pas peur, c'était autre chose.

Nous n'arriverions jamais au bois de Boulogne. Place de l'Étoile, Patrick tapa sur l'épaule de 43 Ans.

C'est arrangé, dit-il, je prends Léa avec moi. On va bien s'entendre tous les deux. Si tu touches à elle encore une fois, ça va être ta fête, compris ?

Le feu de l'avenue Mac-Mahon passa au rouge. Une petite fille traversa en courant, il commençait à pleuvoir. 43 Ans se retourna d'un air désemparé et, comme Patrick insistait en lui broyant la nuque, il se gara à l'angle de l'avenue des Ternes et nous laissa sortir de la voiture.

Léa ne proposa pas de me raccompagner ni de prendre un verre. Elle m'embrassa du bout des lèvres avant de s'engouffrer dans un taxi. Patrick avait l'air pressé de quitter le quartier. Je rentrai en métro, et ce n'étaient plus les jambes seulement qui tremblaient, mais tout mon corps, secoué par des sanglots.

*

Pendant les vacances de la Toussaint, l'appartement de la rue Jean-Mermoz fut cambriolé. La porte n'était pas fracturée, seuls les bijoux avaient disparu. Les chaînes de mon arrière-grand-mère, son médaillon, la montre en or de mon père, quelques bagues et un coffret que Léa aimait beaucoup. Quand on ouvrait le couvercle, s'échappaient les notes aigrelettes d'une valse inconnue.

*

Étions-nous en été ? En hiver ? Je ne revois rien. Je sais qu'il y eut une grande période de flottement, et qu'un dimanche, en sortant de chez ma mère, je croisai Clara Mancini.

Léa avait obtenu son HLM, un trois-pièces très correct près de la porte des Lilas. Elle y habitait avec son nouvel ami, quelqu'un de sérieux, aux yeux de Clara Mancini, qui avait un vrai métier : Patrick était serrurier certifié, il travaillait régulièrement avec la police.

Pouvait-il s'agir du Patrick que je connaissais, celui de la banquette arrière ?

Je téléphonai à Léa le soir même, et Léa me le confirma. Il y eut un blanc dans la conversation. L'idée qu'elle puisse vivre avec quelqu'un qui collaborait avec les flics pour déloger des gens ou saisir leurs biens me laissa une impression de dégoût, et mon malaise était d'autant plus vif qu'il fallait bien l'avouer : Patrick ne me laissait pas indifférente. Lorsque Léa me fit comprendre qu'il était préférable de ne plus lui téléphoner, j'en fus presque soulagée. Elle m'expliqua que Patrick était jaloux de moi, il avait bien remarqué la façon dont nous nous regardions toutes les deux par rétroviseur interposé (mais n'était-ce pas elle, plutôt, qui avait remarqué que Patrick me regardait d'un air attendri ?). C'était un homme particulier, insistait-elle, très possessif, mais au moins elle se sentait en sécurité avec lui. Elle ne voulait pas, une fois de plus, tout bousiller.

Une histoire d'amour ? Non, pas ce mot-là encore, mais quelque chose de solide, enfin, une construction.

La vision de la main blanche de Léa sur le sexe de son nouvel ami, Patrick le serrurier, me reviendrait souvent à l'esprit, comme s'il m'avait fallu jouer et rejouer la scène pour l'assimiler, et admettre que Léa vivait avec cet homme. Je rajoutais parfois du vernis rose sur les ongles de Léa, ou un peu de sperme, ou beaucoup de sperme qui giclait dans son cou, près de ses cheveux roux, sur ses lèvres, ce sperme qui faisait des enfants.

J'appris la naissance de Flore par le courrier.

Flore, la fille de Léa et de Patrick. La demi-sœur de Tom.

Je téléphonai le lendemain et tombai sur une voix masculine. Quand je me présentai, on raccrocha.

J'étais moi-même enceinte de quatre mois, et Léa ne le savait pas. Nous avions tout à fait perdu contact, comme on dit perdre connaissance. Je crois que j'étais allée trop loin en rejoignant Léa à la Fontaine des Innocents. Et surtout, je n'avais pas supporté qu'elle m'abandonne en sortant de la voiture, avenue des Ternes, comme si ce que nous venions de partager était anodin. Mettre tout ça sur le compte de Patrick m'arrangeait bien. J'écartai l'idée qu'il puisse être responsable du cambriolage de la rue Jean-Mermoz, mais le doute revenait toujours, comme ces balles accrochées à un élastique sur lesquelles, de toutes nos forces de petites filles, nous tapions avec des raquettes en bois.

J'envoyai pour Flore un cadeau par la poste, un fennec en peluche d'une douceur inouïe, et reçus en guise de remerciement une photo sombre de la petite et une lettre. Léa ne parlait ni de l'épisode de la voiture ni de la rue Saint-Denis, seulement, une fois de plus, de la jalousie maladive de son ami. L'accouchement s'était bien passé. Elle avait repensé aux premiers mois de Tom. À notre façon d'affirmer, quand nous le promenions dans sa poussette, qu'il n'était pas notre petit frère, mais notre fils.

Si un jour tu t'ennuies, disait-elle en guise de conclusion, tu pourras toujours écrire un livre sur nous.

Et en bas de la page, en tout petit, d'une écriture enfantine : je serai toujours ta Léa, même si ça ne se voit pas.

Ce fut le dernier signe de la décennie.

Le dernier signe du millénaire.

La mémoire a cette qualité étrange, contradictoire en apparence, de renforcer le contour des souvenirs au lieu de les estomper. En passant des couleurs naturelles aux teintes sépia, les lignes se dégagent et révèlent l'architecture des choses. Les triangles se superposent au trapèze de la jupe en daim. Les pages rabattues, tachées, raturées, s'empilent et se répondent, comme l'homme du Talon-Minute et Patrick le serrurier, avec sa grosse montre et son double métier. Les mots s'insinuent, ils ont leur existence propre qui se moque des impasses et des sens interdits, alors un monde se constitue dont personne n'a toutes les clés. Ce qui n'y est pas dit se dit autrement, comme dans cette phrase que Léa aimait bien citer : les crocodiles grandissent toute leur vie.

Une nuit s'est cachée dans le pli d'une feuille, la nuit de nos treize ans qui restera pour moi plus qu'une énigme : un puits sans fond. À la fois source et abîme, terreur et fascination. Je revois tout en détail, la position des lits, celle des corps, j'entends le bruit des persiennes et Léa répétant, *il n'y a pas de raison, pas de raison.*

Je me souviens de cette attirance pour le vide, quand Léa ouvre la fenêtre — la mort m'apparaît alors comme une *solution.*

Tout ça est au présent, derrière mes yeux, dessiné nettement. Chargée de cette vibration des voix au bord des larmes, seule l'image de Léa me semble moins précise.

Clara Mancini habite toujours le grand appartement de l'avenue Franklin-Roosevelt. Il y a quelques mois, j'ai déposé dans sa boîte aux lettres un paquet pour Léa. Il contenait deux cents pages de ce texte qu'elle m'avait suggéré d'écrire *si je m'ennuyais.*

Si je m'ennuyais d'elle, ou si je m'ennuyais tout court ?

Je ne m'attendais pas à recevoir une réponse si rapidement. Léa m'appela le dimanche suivant, en fin de journée. Elle avait lu, elle avait aimé parce que c'était nous et pas nous à la fois, comme si j'avais gardé l'intérieur, et changé la peau. Elle me donna des nouvelles de sa famille, en vrac : elle avait quitté Patrick et la rue Saint-Denis, Flore venait de fêter ses sept ans, elle voulait apprendre le violon, Tom était magnifique, Clara Mancini en forme — et le pompon, tiens-toi bien : John Palmer a vendu sa maison de campagne, il habite chez son frère, dans le Missouri, il ne m'avait jamais dit qu'il avait un frère, mais bon... Et aussi, tout de même, à propos de ce que tu as écrit : si je t'ai laissée avenue des Ternes, sans même te proposer de te raccompagner chez toi en taxi, c'était à cause de Patrick, il commençait à être en manque. Quant au cambriolage chez ta mère, je te le jure, je n'y suis pour rien.

La voix de Léa était plus éraillée qu'avant, je ne la reconnaissais pas tout à fait, comment dire ? La conversation était agréable, très agréable même, fluide. Presque un peu décevante.

Nous nous parlions au téléphone comme si c'était hier, et ce n'était pas hier.

Nous échangions des informations.

*

Le récit se poursuivit le lendemain soir dans un restaurant indien, derrière la gare du Nord. J'attendis Léa devant la porte, je ne voulais pas rentrer, même s'il commençait à faire froid : j'avais trop peur qu'elle ne vienne pas. Je me répétais « tout va bien se passer, tout va bien se passer », comme une fille qui va faire l'amour pour la première fois.

Je reconnus Léa de loin, elle avait toujours sa longue tresse posée sur l'épaule et sa démarche nonchalante, non, elle ne se pressait pas. Ses yeux étaient très cernés, peut-être était-ce le maquillage qui lui donnait cet air incertain, le fond de teint, le rouge à lèvres, toutes ces choses qu'elle n'utilisait avant qu'avec parcimonie. Elle me dit qu'elle avait travaillé tard dans la nuit sur un dossier, elle était crevée. Son nouveau projet lui prenait beaucoup d'énergie. Son projet ? Léa voulait ouvrir à Paris un hôtel associatif, comme il en existait déjà au Danemark. Elle me tendit une coupure de presse protégée par une chemise plastifiée.

Dans un quartier agréable de Copenhague,

écrivait le journaliste, non loin de la maison d'Hans Christian Andersen, la façade colorée d'un hôtel attirait l'attention des passants. Aucun des employés n'avait suivi l'école hôtelière. Tous étaient d'ancien(ne)s toxicomanes. La plupart d'entre eux suivaient un programme de substitution à l'hôpital, les médecins avaient remplacé les dealers et les services sociaux soutenaient l'entreprise, se félicitant du bon accueil réservé aux clients. En guise d'illustration, le graphiste avait joué sur la similitude des deux mots anglais *to care* (prendre soin) et *to cure* (soigner) en utilisant une typographie un peu datée.

L'idée de l'hôtel me plut tout de suite, elle me ramenait loin en arrière, quand John Palmer, assis à califourchon sur une chaise de cuisine, essayait de nous inculquer l'esprit d'entreprise — elle me rappelait surtout que nous voulions être *humanistes* toutes les deux. Léa avait repéré un bail à céder rue Daguerre, elle me décrivit le lieu avec enthousiasme, puis, par un de ces détours dont elle seule connaissait le secret, elle fit atterrir la conversation en plein cœur de l'enfance. Une chose l'avait intriguée, à propos des animaux, pourquoi n'avais-je pas parlé dans la première partie de mon texte des chevaux stationnés près du rond-point des Champs-Élysées ? Pas les ânes du jardin, non, les chevaux qui tiraient des fiacres. Ils avaient des œillères et un sac en cuir accroché sous la queue pour récupérer le crottin. Ça leur faisait comme un organe supplémentaire, une bizarrerie.

Léa avait pensé à eux quand elle avait lu le passage sur l'exhibitionniste du métro. Ma façon d'affirmer qu'il était *impair*. C'était drôle, cette manière de parler des hommes, elle voyait bien ce que je voulais dire.

Comme nous avions fini de manger, Léa posa le manuscrit sur la table, elle avait pris quelques notes à propos de la scène avec le journaliste, elle cherchait la page exacte, mais ne la trouvait pas. Tout en continuant à feuilleter le manuscrit, elle se mit à parler de ces chansons que je chantais dans les rues de New York, avais-je au moins conscience de ce que je racontais ? Des histoires d'orphelines, d'alcool et de cocaïne, de filles perdues et de macs qui encaissaient les bénéfices. De quoi sourire, rétrospectivement.

À l'époque, elle n'aimait pas tellement les chansons réalistes, mais depuis quelques années, des bouts de phrases lui revenaient à l'esprit, des refrains où *Bibi-la-Crème* rimait avec *Je t'aime*, et c'était toute une vision de Paris qui remontait. Les chiffonniers, derrière le trou des Halles, le vitrier de Saint-Eustache qui passait rue Saint-Denis pour se rincer l'œil. On avait toujours peur qu'il se prenne les pieds dans les pavés et qu'il tombe avec son chargement de verre.

J'avais l'impression qu'à certains moments de la conversation, Léa passait en mode interne. Ses mots caressaient l'intérieur de son crâne, comme des flammes qui lèchent la vitre d'un poêle. Ils ne m'étaient pas particulièrement adressés, puis soudain elle levait les yeux et lançait une phrase d'une justesse fulgurante, comme celle qu'elle venait de prononcer sur les chansons réalistes, elle y revenait, et *l'amour sentimental*. Oui, c'est ce qu'il aurait fallu développer : cette idée que la prostitution lui avait permis d'échapper aux sentiments, et, même si ça pouvait paraître étrange, de mettre le sexe au second plan. Puis, comme si elle ne m'avait rien dit d'important, elle me demanda si j'avais beaucoup pensé à elle pendant toutes ces années où nous ne nous étions pas vues.

Oui, j'avais pensé à elle, mais pas tant que ça, finalement.

Léa éclata de rire. Elle non plus, pas tant que ça.

Elle chercha quelque chose dans son sac, une boîte à pilules dont elle sortit des médicaments. Deux gros cachets et deux gélules qu'elle posa devant elle sur la table.

Une seringue, dit-elle simplement, on l'a utilisée à plusieurs. J'ai été dépistée pour mes trente et un ans. Je touche du bois : jusqu'à présent, je m'en sors.

J'avançai ma main vers la sienne, posée à plat sur la table. Pourquoi ne l'avais-je pas suivie sur le chemin de la drogue, qu'est-ce qui m'avait retenue ? Léa avait tout pris sur elle, pour nous deux. Tout pris à l'intérieur de son corps. Elle me caressa les doigts. Il n'y avait pas vraiment de tendresse dans sa façon de faire, elle semblait juste s'assurer de ma présence, comme si elle découvrait que moi aussi j'avais des mains. C'est à ce moment-là qu'elle m'a demandé d'un air sérieux : et la fin, tu y as pensé ?

La fin ? Quelle fin ?

Celle du roman, bien sûr. De quelle autre fin voudrais-tu parler ?

*

Je l'ai trouvée, ta fin, dit Léa en se remettant du rouge à lèvres.

Ah oui ?

Tu n'as qu'à me faire mourir. C'est la seule solution, sinon ça ne ressemblera à rien ton truc.

La faire mourir ? Je repoussai l'idée en bloc, sans réfléchir, même si elle était bonne — surtout si elle était bonne. Non, il n'était pas question de s'amuser avec ça, avec ce feu-là, le jeu était trop dangereux.

Léa fit cette petite moue que je connaissais bien. Trop dangereux pour qui ?

Je rougis. Trop dangereux pour moi. Je lui parlai de Truman Capote, qui avait attendu l'exécution des criminels dont il racontait l'histoire pour pouvoir enfin terminer *De sang-froid*. Il n'avait plus rien publié après ce livre, comme si son écriture n'avait pas survécu à ce trop-plein de réalité.

Léa m'écoutait en peaufinant son maquillage. Il y eut un silence, elle cherchait de nouveaux arguments. Son obstination à vouloir écrire la fin du roman prouvait au moins qu'elle l'avait adopté, et rien ne me faisait plus plaisir.

Une bonne mort bien nette, renchérit-elle, tu n'as pas besoin de dire que j'ai le sida, tout le monde s'en fout, il faut une image pour terminer, un truc explosif ! Un accident d'avion, je ne sais pas moi, une déflagration dans les airs ! Un feu d'artifice ! Qu'est-ce qu'on pourrait imaginer…

Le serveur passait un linge mouillé sur les tables voisines en bâillant. L'heure tournait, les derniers clients quittaient la salle, et Léa, étrangère au monde qui l'entourait, parlait, parlait, inventant encore et encore de nouvelles façons de mourir, comme pour repousser le moment de nous séparer.

*

Nous marchions dans la rue, Léa revint à l'attaque.

C'est un roman, non, tu as le droit de faire ce que tu veux avec tes personnages ?

Si ce n'est pas un roman, pourquoi dis-tu que Steven travaillait près du McDo ? Et cette histoire de kiosque, à Grenoble, tu l'as sortie d'où ?

Tu vois, c'est un roman. Et qui décide à la fin ? Est-ce que c'est le personnage qui décide, ou l'auteur ?

J'étais de son avis : c'était à l'auteur de décider.

Léa haussa les épaules. Ma résistance à raconter sa disparition, à immortaliser sa mort, comme elle disait, lui paraissait le fruit de scrupules idiots. J'essayai de lui expliquer qu'il y avait bien d'autres façons de finir, sans doute moins spectaculaires, mais qui conviendraient mieux — en fait, je n'avais pas vraiment d'idées, alors, pour convaincre Léa, je me mis à mon tour à improviser des fins, et encore d'autres fins qui venaient recouvrir les siennes et, peu à peu, en ternir l'évidence. Nous pourrions aller passer des vacances chez le frère de John Palmer, par exemple, à Saint Louis, ils viendraient tous les deux nous chercher à l'aéroport en moto, ou alors nous irions visiter l'hôtel de Copenhague, et là, derrière le comptoir, il y aurait un garçon très grand…

Tu m'écoutes ? Il y a aussi ce rêve que j'ai fait la nuit dernière…

Léa releva la tête, et me regarda pour la première fois depuis que nous étions sorties du restaurant. Ton rêve, quel rêve ?

Nous étions à Paris, ensemble. Il neigeait. Tu me donnais le chiffre 8, un huit élégant sculpté dans du bois de chêne. La figure basculait lentement — couchée, elle devenait le signe de l'infini. La neige continuait à tomber, de gros flocons très doux qui enveloppaient la ville.

Léa s'arrêta de marcher, indécise, prenant tout le temps qu'il fallait pour visualiser la scène. Le grand huit, dit-elle à mi-voix, les hauts, les bas, les rails du train fantôme, les deux boucles du 8 qui tournent au ralenti… La neige, le froid qui brûle et ce ne sont plus des mots qui sortent de nos bouches : c'est de la fumée. Des cris d'enfants, plus loin, une dispute, puis un blanc assourdissant, un blanc qui gagne, comme s'il remontait du bas de la page pour effacer la douleur. Le huit, toujours couché — oui, tu as raison, ça pourrait se terminer comme ça.

Ou alors, encore plus simplement, sans rien de particulier. Deux filles qui marchent d'un bon pas dans les rues de Paris. Toutes les deux, vivantes.

C'est bien ça qui est extraordinaire, non ? Toutes les deux. Vivantes.

DU MÊME AUTEUR

Aux Éditions Gallimard

SIRÈNE, 1985 (« Folio », *n° 3415*).

LA GIRAFE, 1987 (« Folio », *n°2065*).

ANATOMIE D'UN CHŒUR, 1990 (« Folio », *n° 2402*).

L'HYPNOTISME À LA PORTÉE DE TOUS, 1992 (« Folio », *n° 2640*).

LA CARESSE, 1994 (« Folio », *n° 2668*).

CELUI QUI COURT DERRIÈRE L'OISEAU, 1996 (« Folio », *n° 3173*).

DOMINO, 1998 (« Folio », *n° 3551*).

LA NOUVELLE PORNOGRAPHIE, 2000 (« Folio », *n° 3669*).

LA REINE DU SILENCE, 2004 (« Folio », *n° 4315*).

VOUS DANSEZ ?, 2005 (« Folio », *n° 4568*).

LES INSÉPARABLES, 2008 (« Folio », *n° 5042*).

Aux Éditions du Mercure de France

UN ENFANT DISPARAÎT, 2005 (« Le Petit Mercure »).

Aux Éditions Hazan

DES ENFANTS, 1997. Photographies de Sabine Weiss.

Aux Éditions Albin Michel Jeunesse

COMMENT L'ÉLÉPHANT A PERDU SES AILES, illustrations Hélène Riff.

LES TROIS SŒURS CASSEROLES, 2000, illustrations Frédéric Rébéna.

CHARIVARI À COT-COT CITY, 2001, illustrations Christophe Merlin.

LE MONDE DE NOUNOUILLE, 2001, illustrations Clément Oubrerie.

Aux Éditions Gallimard Jeunesse

UNE MÉMOIRE D'ÉLÉPHANT, 1998, illustrations Quentin Blake.

LES TROMPES D'EUSTACHE, 2005, illustrations William Wilson.

LA KANGOUROUTE, 2006, illustrations William Wilson.

Aux Éditions Paris-Musées

ETNA, LA FILLE DU VOLCAN, 2003, illustrations Hervé di Rosa.

COLLECTION FOLIO

Dernières parutions

4711. Flora Tristan	*Promenades dans Londres.*
4712. Mario Vargas Llosa	*Tours et détours de la vilaine fille.*
4713. Camille Laurens	*Philippe.*
4714. John Cheever	*The Wapshot.*
4715. Paule Constant	*La bête à chagrin.*
4716. Erri De Luca	*Pas ici, pas maintenant.*
4717. Éric Fottorino	*Nordeste.*
4718. Pierre Guyotat	*Ashby* suivi de *Sur un cheval.*
4719. Régis Jauffret	*Microfictions.*
4720. Javier Marías	*Un cœur si blanc.*
4721. Irène Némirovsky	*Chaleur du sang.*
4722. Anne Wiazemsky	*Jeune fille.*
4723. Julie Wolkenstein	*Happy End.*
4724. Lian Hearn	*Le vol du héron. Le Clan des Otori, IV.*
4725. Madame d'Aulnoy	*Contes de fées.*
4726. Collectif	*Mai 68, Le Débat.*
4727. Antoine Bello	*Les falsificateurs.*
4728. Jeanne Benameur	*Présent ?*
4729. Olivier Cadiot	*Retour définitif et durable de l'être aimé.*
4730. Arnaud Cathrine	*La disparition de Richard Taylor.*
4731. Maryse Condé	*Victoire, les saveurs et les mots.*
4732. Penelope Fitzgerald	*L'affaire Lolita.*
4733. Jean-Paul Kauffmann	*La maison du retour.*
4734. Dominique Mainard	*Le ciel des chevaux.*
4735. Marie Ndiaye	*Mon cœur à l'étroit.*
4736. Jean-Christophe Rufin	*Le parfum d'Adam.*
4737. Joseph Conrad	*Le retour.*
4738. Roald Dahl	*Le chien de Claude.*
4739. Fédor Dostoïevski	*La femme d'un autre et le mari sous le lit.*

4740. Ernest Hemingway — *La capitale du monde* suivi de *L'heure triomphale de Francis Macomber.*
4741. H.P. Lovecraft — *Celui qui chuchotait dans les ténèbres.*
4742. Gérard de Nerval — *Pandora* et autres nouvelles.
4743. Juan Carlos Onetti — *À une tombe anonyme.*
4744. R.L. Stevenson — *La Chaussée des Merry Men.*
4745. H.D. Thoreau — *« Je vivais seul, dans les bois ».*
4746. Michel Tournier — *L'aire du Muguet* précédé de *La jeune fille et la mort.*
4747. Léon Tolstoï — *La Tempête de neige* et autres récits.
4748. Tonino Benacquista — *Le serrurier volant.*
4749. Bernard du Boucheron — *Chien des os.*
4750. William S. Burroughs — *Junky.*
4751. Françoise Chandernagor — *La voyageuse de nuit.*
4752. Philippe Delerm — *La tranchée d'Arenberg et autres voluptés sportives.*
4753. Franz-Olivier Giesbert — *L'affreux.*
4754. Andrea Levy — *Hortense et Queenie.*
4755. Héléna Marienské — *Rhésus.*
4756. Per Petterson — *Pas facile de voler des chevaux.*
4757. Zeruya Shalev — *Thèra.*
4758. Philippe Djian — *Mise en bouche.*
4759. Diane de Margerie — *L'Étranglée.*
4760. Joseph Conrad — *Le Miroir de la mer.*
4761. Saint Augustin — *Confessions. Livre X.*
4762. René Belletto — *Ville de la peur.*
4763. Bernard Chapuis — *Vieux garçon.*
4764. Charles Julliet — *Au pays du long nuage blanc.*
4765. Patrick Lapeyre — *La lenteur de l'avenir.*
4766. Richard Millet — *Le chant des adolescentes.*
4767. Richard Millet — *Cœur blanc.*
4768. Martin Amis — *Chien Jaune.*
4769. Antoine Bello — *Éloge de la pièce manquante.*
4770. Emmanuel Carrère — *Bravoure.*
4771. Emmanuel Carrère — *Un roman russe.*
4772. Tracy Chevalier — *L'innocence.*
4773. Sous la direction d'Alain Finkielkraut — *Qu'est-ce que la France ?*

4774. Benoît Duteurtre	*Chemins de fer.*
4775. Philippe Forest	*Tous les enfants sauf un.*
4776. Valentine Goby	*L'échappée.*
4777. Régis Jauffret	*L'enfance est un rêve d'enfant.*
4778. David McNeil	*Angie ou les douze mesures d'un blues.*
4779. Grégoire Polet	*Excusez les fautes du copiste.*
4780. Zoé Valdés	*L'éternité de l'instant.*
4781. Collectif	*Sur le zinc. Au café avec les écrivains.*
4782. Francis Scott Fitzgerald	*L'étrange histoire de Benjamin Button* suivi de *La lie du bonheur.*
4783. Lao She	*Le nouvel inspecteur* suivi de *Le croissant de lune.*
4784. Guy de Maupassant	*Apparition et autres contes de l'étrange.*
4785. D. A. F. de Sade	*Eugénie de Franval.*
4786. Patrick Amine	*Petit éloge de la colère.*
4787. Élisabeth Barillé	*Petit éloge du sensible.*
4788. Didier Daeninckx	*Petit éloge des faits divers.*
4789. Nathalie Kuperman	*Petit éloge de la haine.*
4790. Marcel Proust	*La fin de la jalousie.*
4791. Friedrich Nietzsche	*Lettres choisies.*
4792. Alexandre Dumas	*La Dame de Monsoreau.*
4793. Julian Barnes	*Arthur & George.*
4794. François Bégaudeau	*Jouer juste.*
4795. Olivier Bleys	*Semper Augustus.*
4796. Éric Fottorino	*Baisers de cinéma.*
4797. Jens Christian Grøndahl	*Piazza Bucarest.*
4798. Orhan Pamuk	*Istanbul.*
4799. J.-B. Pontalis	*Elles.*
4800. Jean Rolin	*L'explosion de la durite.*
4801. Willy Ronis	*Ce jour-là.*
4802. Ludovic Roubaudi	*Les chiens écrasés.*
4803. Gilbert Sinoué	*Le colonel et l'enfant-roi.*
4804. Philippe Sollers	*L'évangile de Nietzsche.*
4805. François Sureau	*L'obéissance.*
4806. Montesquieu	*Considérations sur les causes de la grandeur des Romains et de leur décadence.*

4807. Collectif	*Des nouvelles de McSweeney's.*
4808. J. G. Ballard	*Que notre règne arrive.*
4809. Erri De Luca	*Sur la trace de Nives.*
4810. René Frégni	*Maudit le jour.*
4811. François Gantheret	*Les corps perdus.*
4812. Nikos Kavvadias	*Le quart.*
4813. Claudio Magris	*À l'aveugle.*
4814. Ludmila Oulitskaïa	*Mensonges de femmes.*
4815. Arto Paasilinna	*Le bestial serviteur du pasteur Huuskonen.*
4816. Alix de Saint-André	*Il n'y a pas de grandes personnes.*
4817. Dai Sijie	*Par une nuit où la lune ne s'est pas levée.*
4818. Antonio Tabucchi	*Piazza d'Italia.*
4819. Collectif	*Les guerres puniques.*
4820. Patrick Declerck	*Garanti sans moraline.*
4821. Isabelle Jarry	*Millefeuille de onze ans.*
4822. Joseph Kessel	*Ami, entends-tu...*
4823. Clara Sánchez	*Un million de lumières.*
4824. Denis Tillinac	*Je nous revois...*
4825. George Sand	*Elle et Lui.*
4826. Nina Bouraoui	*Avant les hommes.*
4827. John Cheever	*Les lumières de Bullet Park.*
4828. Didier Daeninckx	*La mort en dédicace.*
4829. Philippe Forest	*Le nouvel amour.*
4830. André Gorz	*Lettre à D.*
4831. Shirley Hazzard	*Le passage de Vénus.*
4832. Vénus Khoury-Ghata	*Sept pierres pour la femme adultère.*
4833. Danielle Mitterrand	*Le livre de ma mémoire.*
4834. Patrick Modiano	*Dans le café de la jeunesse perdue.*
4835. Marisha Pessl	*La physique des catastrophes.*
4837. Joy Sorman	*Du bruit.*
4838. Brina Svit	*Coco Dias ou La Porte Dorée.*
4839. Julian Barnes	*À jamais* et autres nouvelles.
4840. John Cheever	*Une Américaine instruite* suivi de *Adieu, mon frère.*
4841. Collectif	*«Que je vous aime, que je t'aime !»*

4842.	André Gide	*Souvenirs de la cour d'assises.*
4843.	Jean Giono	*Notes sur l'affaire Dominici.*
4844.	Jean de La Fontaine	*Comment l'esprit vient aux filles.*
4845.	Yukio Mishima	*Papillon* suivi de *La lionne.*
4846.	John Steinbeck	*Le meurtre* et autres nouvelles.
4847.	Anton Tchékhov	*Un royaume de femmes* suivi de *De l'amour.*
4848.	Voltaire	*L'Affaire du chevalier de La Barre* précédé de *L'Affaire Lally.*
4849.	Victor Hugo	*Notre-Dame de Paris.*
4850.	Françoise Chandernagor	*La première épouse.*
4851.	Collectif	*L'œil de La NRF.*
4852.	Marie Darrieussecq	*Tom est mort.*
4853.	Vincent Delecroix	*La chaussure sur le toit.*
4854.	Ananda Devi	*Indian Tango.*
4855.	Hans Fallada	*Quoi de neuf, petit homme ?*
4856.	Éric Fottorino	*Un territoire fragile.*
4857.	Yannick Haenel	*Cercle.*
4858.	Pierre Péju	*Cœur de pierre.*
4859.	Knud Romer	*Cochon d'Allemand.*
4860.	Philip Roth	*Un homme.*
4861.	François Taillandier	*Il n'y a personne dans les tombes.*
4862.	Kazuo Ishiguro	*Un artiste du monde flottant.*
4863.	Christian Bobin	*La dame blanche.*
4864.	Sous la direction d'Alain Finkielkraut	*La querelle de l'école.*
4865.	Chahdortt Djavann	*Autoportrait de l'autre.*
4866.	Laura Esquivel	*Chocolat amer.*
4867.	Gilles Leroy	*Alabama Song.*
4868.	Gilles Leroy	*Les jardins publics.*
4869.	Michèle Lesbre	*Le canapé rouge.*
4870.	Carole Martinez	*Le cœur cousu.*
4871.	Sergio Pitol	*La vie conjugale.*
4872.	Juan Rulfo	*Pedro Páramo.*
4873.	Zadie Smith	*De la beauté.*
4874.	Philippe Sollers	*Un vrai roman. Mémoires.*
4875.	Marie d'Agoult	*Premières années.*
4876.	Madame de Lafayette	*Histoire de la princesse de Montpensier* et autres nouvelles.

4877. Madame Riccoboni	*Histoire de M. le marquis de Cressy.*
4878. Madame de Sévigné	*« Je vous écris tous les jours… »*
4879. Madame de Staël	*Trois nouvelles.*
4880. Sophie Chauveau	*L'obsession Vinci.*
4881. Harriet Scott Chessman	*Lydia Cassatt lisant le journal du matin.*
4882. Raphaël Confiant	*Case à Chine.*
4883. Benedetta Craveri	*Reines et favorites.*
4884. Erri De Luca	*Au nom de la mère.*
4885. Pierre Dubois	*Les contes de crimes.*
4886. Paula Fox	*Côte ouest.*
4887. Amir Gutfreund	*Les gens indispensables ne meurent jamais.*
4888. Pierre Guyotat	*Formation.*
4889. Marie-Dominique Lelièvre	*Sagan à toute allure.*
4890. Olivia Rosenthal	*On n'est pas là pour disparaître.*
4891. Laurence Schifano	*Visconti.*
4892. Daniel Pennac	*Chagrin d'école.*
4893. Michel de Montaigne	*Essais I.*
4894. Michel de Montaigne	*Essais II.*
4895. Michel de Montaigne	*Essais III.*
4896. Paul Morand	*L'allure de Chanel.*
4897. Pierre Assouline	*Le portrait.*
4898. Nicolas Bouvier	*Le vide et le plein.*
4899. Patrick Chamoiseau	*Un dimanche au cachot.*
4900. David Fauquemberg	*Nullarbor.*
4901. Olivier Germain-Thomas	*Le Bénarès-Kyôto.*
4902. Dominique Mainard	*Je voudrais tant que tu te souviennes.*
4903. Dan O'Brien	*Les bisons de Broken Heart.*
4904. Grégoire Polet	*Leurs vies éclatantes.*
4905. Jean-Christophe Rufin	*Un léopard sur le garrot.*
4906. Gilbert Sinoué	*La Dame à la lampe.*
4907. Nathacha Appanah	*La noce d'Anna.*
4908. Joyce Carol Oates	*Sexy.*
4909. Nicolas Fargues	*Beau rôle.*
4910. Jane Austen	*Le Cœur et la Raison.*
4911. Karen Blixen	*Saison à Copenhague.*

4912. Julio Cortázar — *La porte condamnée* et autres nouvelles fantastiques.
4913. Mircea Eliade — *Incognito à Buchenwald...* précédé de *Adieu !...*
4914. Romain Gary — *Les trésors de la mer Rouge.*
4915. Aldous Huxley — *Le jeune Archimède* précédé de *Les Claxton.*
4916. Régis Jauffret — *Ce que c'est que l'amour* et autres microfictions.
4917. Joseph Kessel — *Une balle perdue.*
4918. Lie-tseu — *Sur le destin* et autres textes.
4919. Junichirô Tanizaki — *Le pont flottant des songes.*
4920. Oscar Wilde — *Le portrait de Mr. W.H.*
4921. Vassilis Alexakis — *Ap. J.-C.*
4922. Alessandro Baricco — *Cette histoire-là.*
4923. Tahar Ben Jelloun — *Sur ma mère.*
4924. Antoni Casas Ros — *Le théorème d'Almodóvar.*
4925. Guy Goffette — *L'autre Verlaine.*
4926. Céline Minard — *Le dernier monde.*
4927. Kate O'Riordan — *Le garçon dans la lune.*
4928. Yves Pagès — *Le soi-disant.*
4929. Judith Perrignon — *C'était mon frère...*
4930. Danièle Sallenave — *Castor de guerre*
4931. Kazuo Ishiguro — *La lumière pâle sur les collines.*
4932. Lian Hearn — *Le Fil du destin. Le Clan des Otori.*
4933. Martin Amis — *London Fields.*
4934. Jules Verne — *Le Tour du monde en quatre-vingts jours.*
4935. Harry Crews — *Des mules et des hommes.*
4936. René Belletto — *Créature.*
4937. Benoît Duteurtre — *Les malentendus.*
4938. Patrick Lapeyre — *Ludo et compagnie.*
4939. Muriel Barbery — *L'élégance du hérisson.*
4940. Melvin Burgess — *Junk.*
4941. Vincent Delecroix — *Ce qui est perdu.*
4942. Philippe Delerm — *Maintenant, foutez-moi la paix !*
4943. Alain-Fournier — *Le grand Meaulnes.*
4944. Jerôme Garcin — *Son excellence, monsieur mon ami.*
4945. Marie-Hélène Lafon — *Les derniers Indiens.*

Composition Floch.
Impression CPI Bussière
à Saint-Amand (Cher), le 20 février 2010.
Dépôt légal : février 2010.
Numéro d'imprimeur : 100413/1.
ISBN 978-2-07-041672-1./Imprimé en France.

171915